普通高等教育机械类"十二五"规划系列教材

U0140732

机械制造技术基础（下册）

周桂莲　主编

杨化林　王　冬　崔明铎　副主编

高　进　主审

电子工业出版社
Publishing House of Electronics Industry
北京·BEIJING

内 容 简 介

本书是省精品课程配套教材，根据教育部机械基础课程教学指导分委员会有关"工程材料及机械制造基础课程教学改革指南"精神，结合国内外教材的内容和结构特点，以及作者多年来理论和实践教学的经验编写而成。全书共 6 章，内容包括金属切削理论基础，金属切削加工方法与装备，机械加工工艺规程设计，机床夹具，精密、超精密加工与特种加工，先进制造技术与制造模式等。在内容编排上，对目前仍在广泛应用的常规工艺进行精选和保留，对过时的内容予以淘汰，增加了技术上较为成熟、应用范围较宽或发展前景看好的"三新"（新材料、新技术、新工艺）内容。同时，配有与教材内容一致的电子课件和书中所有插图，以供授课教师参考。

本书可作为普通高等院校不同专业、不同学时的机械类、近机类各专业教材，也可作为高职工科院校及材料科学与工程及机械制造工程专业技术人员的参考书。

图书在版编目（CIP）数据

机械制造技术基础. 下册/周桂莲主编. —北京：电子工业出版社，2011.11
普通高等教育机械类"十二五"规划系列教材
ISBN 978-7-121-14815-6

I . ①机… II . ①周… III . ①机械制造工艺－高等学校－教材 IV . ①TH16

中国版本图书馆 CIP 数据核字（2011）第 209989 号

策划编辑：余 义
责任编辑：刘真平
印　　刷：北京市顺义兴华印刷厂
装　　订：三河市双峰印刷装订有限公司
出版发行：电子工业出版社
　　　　　北京市海淀区万寿路 173 信箱　邮编　100036
开　　本：787×1092　1/16　印张：12.75　字数：326 千字
印　　次：2011 年 11 月第 1 次印刷
印　　数：3000 册　　定价：26.00 元

前　　言

　　本书根据教育部机械基础课程教学指导分委员会有关"工程材料及机械制造基础课程教学改革指南"精神，结合大工程背景下机械制造学科的快速发展趋势与高等教育的改革现状，以国家教育部本科课程改革指南为指导，由青岛科技大学、山东轻工业学院、山东科技大学、山东建筑大学、佳木斯大学、青岛农业大学、潍坊职业学院等高校长期从事基础课程教学和工程训练教学的具有丰富理论及实践教学经验的教师，以科学性、先进性、系统性、实用性为目标编写而成。本书尤其注重对学生解决工程技术问题的实践能力、综合素质及创新能力的培养。

　　本书建立在原金属工艺学基础上，力图把传统与先进的制造工艺基础联系在一起，内容涉及工程材料、材料成形、机械加工基础知识、金属切削加工方法与设备、典型表面加工方法的分析、机械加工工艺过程的基础知识及先进制造技术，具备了基础性、实践性、趣味性和跨学科的知识结构。同时，在内容编排上，对目前仍在广泛应用的常规工艺进行精选和保留，对过时的内容予以淘汰，并增加了技术上较为成熟、应用范围较广或发展前景看好的"三新"（新材料、新技术、新工艺）内容，既体现了常规制造技术与现代制造技术、材料科学和现代信息技术的密切交叉与融合，也体现了制造技术的历史传承和未来发展趋势，为学生的进一步学习及今后从事机械产品设计和加工制造方面的工作奠定基础。同时，本书还配有电子课件和书中所有插图，可通过yuy@phei.com.cn或华信教育资源网进行申请。

　　本书既是机类各专业学习现代制造技术的专业基础教材，也是理、工、文、医、经、管、艺术等不同学科快速获取工业知识的特色基础教材。本书可作为高等院校不同专业、不同学时的机械类、近机类等各专业的教科书，也可作为高职工科院校及机械制造工程技术人员的参考书。

　　本书的内容具有一定的灵活性，在保证教学基本要求的前提下，各院校在教学安排时可结合自己学校的情况来决定学时数。

　　全书分上、下两册，上册由周桂莲教授、高进教授主编，胡心平、宗云任副主编，孙士斌、曹芳、刘宏、孙静、许丹、孙爱芹、田俊峰参编。上册共分4章，主要内容有工程材料、铸造、塑性成形、焊接等。下册由周桂莲教授主编，杨化林、王冬、崔明铎任副主编，杨芳、孙静、庄殿霞、李勇参编。下册共分6章，主要内容有金属切削理论基础，金属切削加工方法与装备，机械加工工艺规程设计，机床夹具，精密、超精密加工与特种加工，先进制造技术与制造模式等。其中，周桂莲编写第2章2.1～2.8节、第5章5.2节；杨化林编写第3章、第6章6.1～6.3节；王冬编写第1章、第2章2.9节；崔明铎编写第4章；杨芳编写第5章5.1节；孙静编写第6章6.4节。多媒体课件上册由胡心平、曹芳、宗云、高进制作；下册由王冬、杨化林、崔明铎、杨芳、庄殿霞、李勇制作。每章后面有习题或综合实训练习，以供学生自学或思考。全书由周桂莲、高进统稿。

　　由于编者水平所限，书中难免有不当之处，诚请广大读者提出宝贵意见，编者邮箱为kdzgl@126.com或gaoj@sdili.edu.cn。

编　者

目　　录

第1章

金属切削理论基础

金属切削加工是在金属切削机床上用金属切削刀具从工件表面上去除多余的金属材料，使被加工零件的尺寸、形状精度和表面质量符合预定的技术要求。金属切削理论就是通过对金属切削加工过程的研究，寻求其内在本质与规律，并合理利用这些规律控制切削加工过程，以提高生产率、提高加工质量和降低加工成本。

要实现对金属的切削加工必须具备三个条件：刀具与工件之间要有相对运动；刀具应具有适当的几何参数；刀具材料应具有一定的切削性能。本章主要介绍切削运动、刀具角度、刀具材料和切削过程中的基本规律等知识。

1.1 基本定义

1.1.1 切削运动与切削用量

1. 零件表面的形成

零件表面的形状虽然多种多样，但都是由基本表面和成形面组成的。基本表面包括外圆面、内圆面（孔）、平面，成形面包括螺纹、齿轮的齿形和沟槽等。

外圆面和内圆面是以某一直线为母线，以圆为导线作旋转运动所形成的表面。

平面是以某一直线为母线，以另一直线为导线作平移运动所形成的表面。

成形面是以曲线为母线，以圆或直线为导线作旋转或平移运动所形成的表面。

零件典型表面的加工方法如图 1-1 所示。

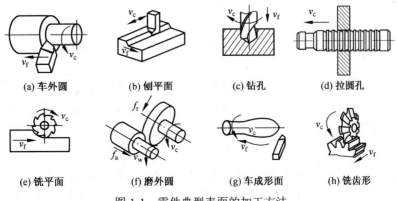

(a) 车外圆　　(b) 刨平面　　(c) 钻孔　　(d) 拉圆孔

(e) 铣平面　　(f) 磨外圆　　(g) 车成形面　　(h) 铣齿形

图 1-1 零件典型表面的加工方法

2．切削运动

切削运动又叫做表面成形运动，依据其作用不同，可分为主运动和进给运动，如图1-1所示。

1）主运动

切下切屑所需的最基本的运动叫主运动。在切削过程中，主运动的速度最高，消耗的功率最大，且主运动只有一个。主运动可以是回转运动，如车削、钻削、铣削、磨削；也可以是直线运动，如拉削、刨削、插削等。

2）进给运动

使切削能持续进行以形成工件所需表面的运动叫进给运动。一般情况下，进给运动的速度较低，消耗的功率小。进给运动的数量可以是一个或几个，如车削外圆或端面时，只有一个进给运动；而外圆磨削时，有轴向、周向和径向三个进给运动。进给运动可以连续进行，如车外圆、钻孔和铣平面等；也可以间歇进行，如刨平面、插键槽等。

切削运动的大小和方向可以用切削运动的速度矢量来表示。如图1-2所示，在外圆车削时，主运动的速度矢量为$\vec{v}_c$，进给运动的速度矢量为$\vec{v}_f$，将主运动与进给运动合成，得到合成切削运动，其合成切削速度矢量为$\vec{v}_e$，三个运动的速度矢量关系为

$$\vec{v}_c + \vec{v}_f = \vec{v}_e \tag{1-1}$$

$\vec{v}_e$与$\vec{v}_c$之间的夹角为η，称做合成切削速度角。

$$\tan\eta = \frac{v_f}{v_c} \tag{1-2}$$

对于外圆车削，由于在数值上$v_f \ll v_c$，则可近似认为：$v_c = v_e$。

3．切削加工中的工件表面

在切削过程中，切削层金属在刀具的作用下转变为切屑，从而在工件上加工出所需要的新表面。在新表面的形成过程中，工件上有三个不断变化的表面，如图1-2所示。

（1）待加工表面。待加工表面是指工件上即将被切除的表面。

（2）过渡表面（又称加工表面）。加工表面是指刀具切削刃正在切削的工件表面。

（3）已加工表面。已加工表面是指去除工件上多余的金属材料后，形成符合要求的工件新表面。

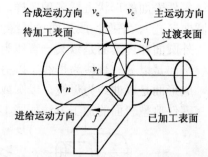

图1-2 外圆车削时各速度矢量之间的关系

4．切削用量

切削用量包括切削速度v_c、进给量f（或进给速度v_f、每齿进给量f_z）和背吃刀量a_p，这三个量的大小不仅对切削过程有着重要的影响，而且也是计算生产率，设计相关工艺装备的依据，故称为切削用量三要素。

1）切削速度v_c

单位时间内，工件与刀具沿主运动方向的相对位移称为切削速度，单位为m/min或m/s。

若主运动为回转运动（如车、铣、内外圆磨削、钻、镗），其切削速度v_c为工件或刀具最大直径处的线速度，计算公式为

$$v_c = \frac{\pi dn}{1\,000} \qquad (1\text{-}3)$$

式中　d——刀具切削刃处的最大直径或工件待加工表面处的直径（mm）；

　　　n——刀具或工件的转速（r/min）。

　　若主运动为往复直线运动（如刨削、插削），切削速度 v_c 的平均值为

$$v_c = \frac{2Ln_r}{1\,000} \qquad (1\text{-}4)$$

式中　L——往复运动的行程长度（mm）；

　　　n_r——主运动每分钟的往复次数（str/min）。

　　2）进给量 f

　　进给量即每转进给量，指主运动每转一转（刀具或工件每转一转）时，刀具与工件间沿进给运动方向上的相对位移，单位为 mm/r。

　　进给量还可以用进给速度 v_f 或每齿进给量 f_Z 来表示。

　　进给速度 v_f 指单位时间内刀具与工件沿进给运动方向上的相对位移，单位为 mm/min 或 mm/s。

　　对于多齿刀具而言（如麻花钻、铰刀、铣刀等），当刀具转过一个刀齿时，刀具与工件沿进给运动方向上的相对位移称为每齿进给量 f_Z，单位为 mm/z。

　　上述三者关系为

$$v_f = n \cdot f = n \cdot f_Z \cdot z \qquad (1\text{-}5)$$

式中　n——主运动转速（r/min）；

　　　z——刀具的圆周齿数。

　　3）背吃刀量 a_p

　　背吃刀量是指已加工表面与待加工表面之间的垂直距离（周铣法除外），单位为 mm。

　　对于外圆车削

$$a_p = \frac{d_w - d_m}{2} \qquad (1\text{-}6)$$

式中　d_w——工件待加工表面处直径（mm）；

　　　d_m——工件已加工表面处直径（mm）。

　　对于钻孔

$$a_p = \frac{d_o}{2} \qquad (1\text{-}7)$$

式中　d_o——麻花钻直径（mm）。

1.1.2　刀具角度

　　刀具的种类繁多，尽管它们的外形与结构不同，但切削部分具有共性。外圆车刀结构简单，应用广泛，具有代表性。下面以外圆车刀为例，说明刀具几何角度的相关定义。

1. 刀具切削部分的结构要素

　　如图 1-3 所示，外圆车刀由刀头和刀杆两部分组成。刀杆是刀具的夹持部分，安装在机床的刀架上，其下表面为车刀的安装基准面，水平放置。刀头是刀具的切削部分，担负切削工作。刀具切削部分的结构要素如下：

（1）前刀面 A_γ。前刀面是切屑流经的刀面。

（2）主后刀面 A_α。主后刀面是指与工件的过渡表面相对的刀面，简称后刀面。

（3）副后刀面 A_α'。副后刀面是指与工件的已加工表面相对的刀面。

（4）主切削刃 S。主切削刃是前刀面与主后刀面的交线，它担负主要的切削工作。

（5）副切削刃 S'。副切削刃是前刀面与副后刀面的交线，它配合主切削刃工作并最终形成已加工表面。

（6）刀尖。主切削刃与副切削刃的交接部分称为刀尖，可分为尖点刀尖、圆弧刀尖和倒角刀尖，如图1-4所示。

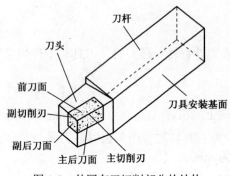

图1-3　外圆车刀切削部分的结构

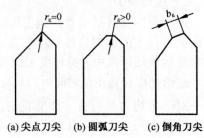

(a) 尖点刀尖　(b) 圆弧刀尖　(c) 倒角刀尖

图1-4　刀尖的形状

2. 刀具角度参考系

为了定义刀具的角度，引入若干假想的参考平面，由这些参考平面组成刀具角度参考系。刀具角度参考系可分为标注参考系和工作参考系。

1）刀具标注参考系

刀具标注参考系又称为刀具静态参考系，是在两个假定条件下建立的：

① 假定运动条件。不考虑进给运动的大小，即假设进给速度等于零。这样，可以用主运动的方向近似代替合成切削运动方向。

② 假定安装条件。假定切削刃选定点与工件的中心线等高，并假定刀杆的中心对称线与进给运动方向垂直。

由于刀具切削刃上各点的运动情况可能不同，因此，在建立刀具角度参考系时，以切削刃上的某一指定点作为研究对象，这一点称为切削刃选定点。

刀具标注参考系由以下几个参考平面组成，如图1-5所示。

（1）基平面 P_r。通过主切削刃选定点，与该点主运动方向垂直的平面，简称基面。它与车刀的安装基准面平行。

（2）切削平面 P_s。通过主切削刃选定点，与切削刃 S 相切，并与基平面 P_r 垂直的平面称为切削平面，即主运动方向与切削刃在选定点处的切线所构成的平面。因此切削平面 P_s 必垂直于基平面 P_r。

（3）正交平面 P_o。通过主切削刃选定点，同时垂直于基平面 P_r 和切削平面 P_s 的平面称为正交平面。正交平面 P_o 必垂直于主切削刃 S 在基平面 P_r 上的投影。同样，刀具副切削刃 S' 上正交平面也如此定义，记为"P_o'"。

由 P_r、P_s 及 P_o 组成正交平面参考系，三者相互垂直，如图1-5(a)所示。

（4）法平面 P_n。通过主切削刃选定点，垂直于主切削刃 S 的平面称为法平面。

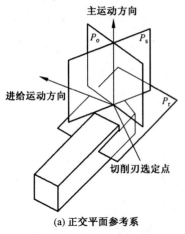
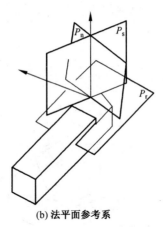
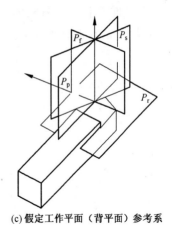

(a) 正交平面参考系　　　　(b) 法平面参考系　　　　(c) 假定工作平面（背平面）参考系

图 1-5　正交平面与法平面参考系

由 P_r、P_s 及 P_n 组成法平面参考系，如图 1-5(b)所示。

（5）假定工作平面 P_f。通过主切削刃选定点，与基平面 P_r 垂直且与进给运动方向平行的平面称为假定工作平面，也就是主运动方向与进给运动方向所构成的平面。

（6）背平面 P_p。通过主切削刃选定点，同时垂直于基平面 P_r 和假定工作平面 P_f 的平面称为背平面。

由 P_r、P_s 和 P_f（P_p）组成假定工作平面（背平面）参考系，如图 1-5(c)所示。

需要说明的是，由于假定了运动和安装条件，在标注角度参考系中确定的刀具角度，往往不能确切地反映切削加工的真实情况。为此，还需建立刀具工作角度参考系。

2）刀具工作参考系

刀具工作参考系又称刀具动态参考系，是考虑了刀具与工件之间的实际运动情况和实际安装条件下建立的参考系。刀具工作参考系中的参考平面要加"工作"二字，其符号要加注下标"e"，如工作基面用"P_{re}"表示，工作切削平面用"P_{se}"表示，以区别于刀具标注参考系。

刀具工作参考系的建立方法与刀具标注角度参考系一样，唯一的区别在于前者以合成运动方向为依据，而后者以主运动方向为依据。

（1）工作基面 P_{re}。通过切削刃选定点，垂直于合成运动方向的平面称为工作基面。

（2）工作切削平面 P_{se}。通过切削刃选定点，与切削刃相切，并垂直于工作基面 P_{re} 的平面称为工作切削平面。该平面包含合成运动方向。

其他参考平面，如 P_{oe}、P_{fe}、P_{pe} 和 P_{ne} 的定义与刀具标注参考系下的相应参考平面相似。

3. 刀具角度

刀具的切削刃或刀面在空间的方位角度称为刀具角度，可分为标注角度和工作角度。

1）刀具的标注角度

在刀具标注参考系中确定的刀具角度，称为标注角度，亦称刀具的静态角度。刀具的标注角度是在设计、制造和刃磨刀具时使用的角度。

在正交平面参考系（P_r—P_s—P_o）内标注的角度：

（1）前角 γ_o。前角是指在正交平面 P_o 中测量的前刀面 A_γ 与基面 P_r 之间的夹角。

（2）后角 α_o。后角是指在正交平面 P_o 中测量的后刀面 A_α 与切削平面 P_s 之间的夹角。

如图 1-6 所示，刀具的前角和后角是有正负之分的。若基面 P_r 位于刀具实体之外，则前角为正值；若基面 P_r 位于刀具实体之内，则前角为负值；若基面 P_r 与前刀面 A_γ 重合，则前角为零度。后角 α_o 的正负判别方法与前角相同。

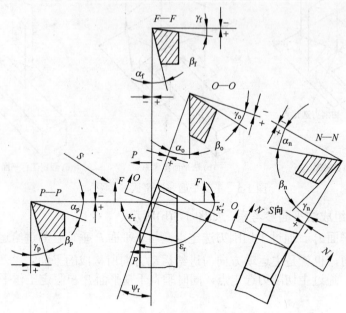

图 1-6　车刀的标注角度

（3）楔角 β_o。楔角是指在正交平面 P_o 中测量的前刀面 A_γ 与后刀面 A_α 之间的夹角。

由上述定义可知

$$\gamma_o + \alpha_o + \beta_o = 90° \tag{1-8}$$

（4）主偏角 κ_r。主偏角是指在基面 P_r 中测量的主切削刃 S 与进给方向之间的夹角。

（5）副偏角 κ_r'。副偏角是指在基面 P_r 中测量的副切削刃 S' 与进给方向之间所夹的锐角。

（6）刀尖角 ε_r。刀尖角是指在基面 P_r 中测量的主切削刃 S 与副切削刃 S' 之间的夹角。

由图 1-6 可以看出，

$$\kappa_r + \kappa_r' + \varepsilon_r = 180° \tag{1-9}$$

（7）余偏角 ψ_r。余偏角是指在基面 P_r 中测量的主切削刃 S 与背平面 P_p 之间的夹角。

$$\kappa_r + \psi_r = 90° \tag{1-10}$$

（8）刃倾角 λ_s。刃倾角是指在切削平面 P_s 中测量的主切削刃 S 与基面 P_r 之间的夹角。

刃倾角也有正负之分，如图 1-7 所示。判断方法是：将刀具水平放置，若刀尖位于切削刃最高点，则刃倾角为正值；若刀尖位于切削刃最低点，则刃倾角为负值。

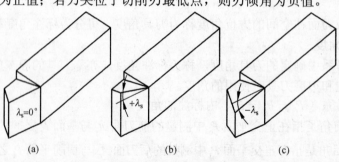

图 1-7　刃倾角的正负

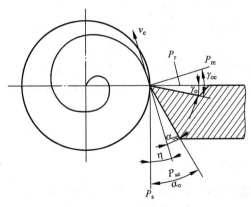

图1-8　横向进给运动对工作角度的影响

2）刀具的工作角度

在切削过程中，由于受合成切削运动和刀具安装的影响，真正起作用的不是刀具的标注角度，而是由工作参考系下确定的刀具角度，这个角度称为刀具的工作角度。

下面针对进给运动和刀具安装情况两方面来叙述对刀具工作角度的影响。

（1）进给运动的影响。

① 横向进给的影响。横向进给时，刀具的进给方向与工件的轴线垂直，以切断刀为例，如图1-8所示。

当不考虑进给运动时，切削刃选定点相对于工件的运动轨迹为一圆周，此时基面 P_r 与刀具的安装基面（刀杆底平面）平行，切削平面 P_s 与刀具的安装基面垂直，此时的前角 γ_o 和后角 α_o 为刀具的标注角度。当考虑进给运动后，切削刃选定点相对于工件的运动轨迹为一螺旋线，合成切削速度 v_e 方向为切削刃选定点所对应螺旋线处的切线方向，工作基面 P_{re} 应与该切线方向垂直，而工作切削平面 P_{se} 与工作基面 P_{re} 垂直。于是，P_{re}、P_{se} 均相对于 P_r、P_s 逆时针转动了一个 η 角。可见，刀具的实际工作前角 γ_{oe} 增大，实际工作后角 α_{oe} 减小。刀具的实际工作前角和后角与标注角度的关系为

$$\gamma_{oe} = \gamma_o + \eta \qquad \alpha_{oe} = \alpha_o - \eta \qquad (1\text{-}11)$$

$$\tan\eta = v_f/v_c = f/\pi d \qquad (1\text{-}12)$$

式中　η ——合成切削速度角（°）；

　　　　d ——切削刃选定点处工件直径（mm）。

由上式可知，η 随着 d 的减小而增大，当切断刀切至靠近工件轴线时，刀具的工作后角 α_{oe} 是较小的负数，此时，工件不是被刀具切断，而是被刀具的后刀面挤断。

② 纵向进给的影响。纵向进给时，以外圆车削为例，刀具的进给方向与工件的轴线平行，如图1-9所示。

同上述分析一样，当不考虑进给运动时，基面 P_r 与刀杆底平面平行，切削平面 P_s 与刀杆底平面垂直，此时侧前角 γ_f 和侧后角 α_f 为刀具的标注角度。当考虑进给运动后，工作基面 P_{re} 应与合成切削速度 v_e 方向垂直，而工作切削平面 P_{se} 与工作基面 P_{re} 垂直。在假定工作平面 P_f 中，P_{re}、P_{se} 均相对于 P_r、P_s 逆时针转动了一个 η_f 角。可以看出，刀具的实际工作前角 γ_{fe} 增大，实际工作后角 α_{fe} 减小，和标注角度的关系为

$$\gamma_{fe} = \gamma_f + \eta_f \qquad \alpha_{fe} = \alpha_f - \eta_f \qquad (1\text{-}13)$$

$$\tan\eta_f = f/\pi d \qquad (1\text{-}14)$$

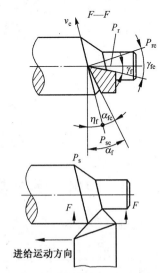

图 1-9　纵向进给运动对工作角度的影响

式中　η_f ——假定工作平面中测量的合成切削速度角（°）；

　　　　d ——切削刃选定点处工件直径（mm）。

（2）刀具安装的影响。

① 切削刃选定点安装高低的影响。以切断刀为例，如图 1-10 所示，若切削刃选定点高于工件中心线，工作基面 P_{re} 应与切削刃选定点处的主运动方向垂直（不考虑进给运动），而工作切削平面 P_{se} 与该点主运动方向平行，工作参考系相对于标注参考系转动了一个 μ 角。可见，刀具的实际工作前角 γ_{oe} 增大，实际工作后角 α_{oe} 减小。刀具的实际工作前角和后角与标注角度的关系为

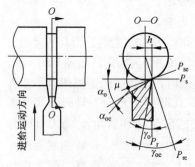

$$\gamma_{oe} = \gamma_o + \mu \qquad \alpha_{oe} = \alpha_o - \mu \qquad (1\text{-}15)$$

$$\sin\mu = 2h/d \qquad (1\text{-}16)$$

式中　h——切削刃选定点高于工件中心线的距离（mm）；

　　　d——切削刃选定点处的工件直径（mm）。

若切削刃选定点低于工件中心线，则上式中 μ 的符号相反。对于圆孔加工（如镗削），上式中 μ 的符号与外圆车削相反。

② 刀杆中心线与进给方向不垂直的影响。如图 1-11 外圆车削所示，此时，主要影响刀具实际工作主偏角 κ_{re} 和副偏角 κ'_{re}，与对应标注角度的关系为

图 1-10　切削刃选定点安装高低对工作角度的影响

$$\kappa_{re} = \kappa_r \pm G \qquad \kappa'_{re} = \kappa'_r \mp G \qquad (1\text{-}17)$$

式中　G——刀杆中心对称线与进给运动方向垂线间的夹角（°）。

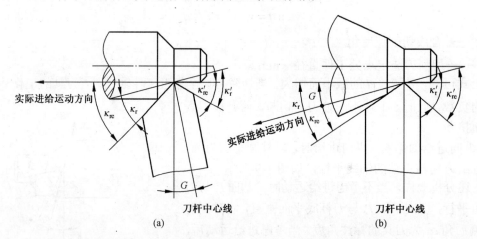

(a)　　　　　　　　　　　　　　(b)

图 1-11　刀杆中心线与进给方向不垂直时对工作角度的影响

1.1.3　切削层参数与切削方式

1. 切削层参数

切削层是指刀具的切削刃在一次走刀的过程中从工件表面上切下的一层金属。切削层的截面尺寸称为切削层参数。切削层参数不仅决定了切屑尺寸的大小，而且对切削过程中产生的切削变形、切削力、切削热和刀具磨损等现象也有一定的影响。

以外圆车削为例，如图 1-12 所示。当工件旋转一转时，刀具沿进给方向向前移动一个进给

量，即从位置Ⅰ移到位置Ⅱ，此时切下的一层金属为切削层。过切削刃的某一选定点，在基面内测量切削层的截面尺寸，即为切削层参数。

1）切削层公称厚度 h_D

切削层公称厚度是指在基面内垂直于主切削刃方向测量的切削层尺寸，单位为 mm。

$$h_D = f \cdot \sin \kappa_r \qquad (1-18)$$

2）切削层公称宽度 b_D

切削层公称宽度是指在基面内沿着主切削刃方向测量的切削层尺寸，单位为 mm。

$$b_D = a_p / \sin \kappa_r \qquad (1-19)$$

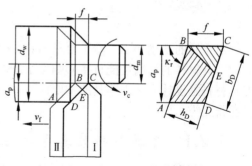

图 1-12　外圆车削时的切削层参数

3）切削层公称面积 A_D

切削层公称面积是指在基面内测量的切削层横截面积，单位为 mm^2。

由图 1-12 可以看出，切削层横截面并非平行四边形 $ABCD$，而是近似平行四边形 $ABED$，两者相差一个 $\triangle BCE$。在切削过程中，切削刃没有切下 $\triangle BCE$ 区域的金属，而是残留在工件的已加工表面上，这一区域面积称为残留面积 ΔA_D。残留面积的存在使工件已加工表面变得粗糙。因此，当残留面积 ΔA_D 较小时，切削层公称面积 A_D 可近似按下式计算：

$$A_D \approx h_D \cdot b_D = f \cdot a_p \qquad (1-20)$$

若刀具的切削刃为曲线，则切削层的截面形状如图 1-13 所示。这时，切削刃各点所对应的切削厚度互不相等。

2．切削方式

1）自由切削与非自由切削

只有一条直线型切削刃参加工作的切削称为自由切削，而曲线型切削刃或两条及两条以上的直线型切削刃参加工作的切削称为非自由切削。非自由切削时，切屑流出受到干扰，切屑产生较为复杂的三维变形。为了分析问题的方便，本章以自由切削为对象加以研究。

2）直角切削与斜角切削

切削刃垂直于合成切削运动方向的切削方式称为直角切削，即 $\lambda_s = 0°$，如图 1-14(a)所示。切削刃不垂直于合成切削运动方向的切削方式称为斜角切削，即 $\lambda_s \neq 0°$，如图 1-14(b)所示。

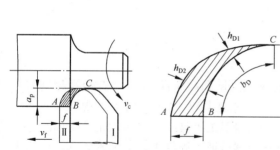

图 1-13　曲线刃切削时的切削厚度和切削宽度

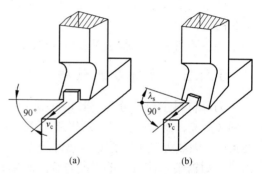

图 1-14　直角切削与斜角切削

1.2 刀具材料

对金属的切削加工，除了要求刀具有合理的几何角度外，尚需刀具材料具有良好的切削性能。刀具材料的切削性能直接影响着生产率、工件的加工质量及刀具的制造成本等。正确选择刀具材料是设计和选用刀具的重要内容之一，特别是对某些难加工材料的切削，刀具材料的选用显得尤为重要。

1.2.1 刀具材料应具备的性能

刀具材料是指刀具切削部分的材料。由于刀具切削部分是在高温、高压及强烈挤压与摩擦的恶劣条件下工作的，对刀具材料的性能有较高的要求。

1）足够的强度和韧性

刀具的切削部分在切削时要承受很大的切削力、冲击力和切削振动，为防止刀具脆性断裂和崩刃现象的发生，刀具材料的抗弯强度和冲击韧性必须足够。

2）较高的硬度和耐磨性

硬度是指刀具材料抵抗其他物体压入其表面的能力。刀具材料的硬度必须更高于被加工材料的硬度，一般要求刀具材料的常温硬度在 HRC 62 以上。

耐磨性指刀具材料抵抗摩擦磨损的能力。通常，刀具材料硬度越高，耐磨性也越好。

3）较好的耐热性

耐热性是指刀具在高温环境下仍能保持足够的强度、韧性、硬度和耐磨性的能力。通常用高温硬度来衡量刀具材料耐热性的好坏。

4）良好的热物理性能和耐热冲击性

刀具材料的导热系数越大，导热性越好，切削热容易向外传散，有利于降低切削温度；线膨胀系数越小，可减小刀具的热变形，耐热冲击性越好，不会因较大的热冲击而使刀具产生微裂纹，甚至刀具断裂。

5）良好的工艺性

为便于刀具本身的制造和刃磨，要求刀具材料有良好的工艺性。工艺性包括冷加工工艺性（切削性能和磨削性能）和热加工工艺性（焊接性能、热塑性能和热处理性能等）。

另外，在满足以上性能要求的前提下，尽量采用资源丰富、价格低廉等比较经济的材料。

但是，上述对刀具材料的各项要求，往往是相互矛盾的。如强度高、韧性好的材料，其硬度和耐磨性较差；耐热性较好的材料，其韧性又不足够。所以应根据具体的切削条件，综合考虑上述各项要求，合理选择刀具材料。

1.2.2 常用刀具材料

刀具材料主要可分为工具钢（碳素工具钢、合金工具钢和高速钢）、硬质合金和超硬刀具材料（陶瓷、金刚石及立方氮化硼）等三大类。其中，碳素工具钢（如 T10A）、合金工具钢（如 9SiCr），因热处理工艺性和耐热性较差，一般常用于制造手工工具或一些形状比较简单的低速刀具，如锯条、锉刀、手用铰刀等。而超硬刀具材料，强度低、脆性大，且成本较高，仅适用于某些有限的场合。在实际生产中，应用最为广泛的刀具材料还是高速钢和硬质合金。

1．高速钢

高速钢是加入了较多的 W、Cr、Mo、V 等合金元素的高合金工具钢。和其他工具钢相比，其综合力学性能有所提高，特别是耐热性显著提高，当切削温度达到 600℃时，仍能正常切削，切削速度可提高 2～4 倍。高速钢的抗弯强度甚至可达到 4GPa，是硬质合金的 2～3 倍，是陶瓷的 5～6 倍。由于高速钢刀具材料综合力学性能较好，故广泛应用于形状复杂、尺寸较大的刀具制造中，如麻花钻、铰刀、铣刀、拉刀、各种齿轮加工刀具及其他各种成形刀具。表 1-1 所示为几种常用高速钢的牌号、性能及主要用途。

表 1-1　几种常用高速钢的牌号、性能及主要用途

牌　　号	常温硬度 /HRC	高温硬度 （600℃时）/HRC	抗弯强度 /GPa	冲击韧性 /(MJ/m²)	主　要　特　性	主　要　用　途
W18Cr4V （W18）	63～66	48.5	2.94～3.33	0.17～0.31	可磨削性好	复杂刀具、成形刀具 及精加工刀具
W6Mo5Cr4V2 （M2）	64～66	47～48	3.43～3.92	0.39～0.44	高温塑性好，可磨削 性较差，热处理工艺性 较差	复杂刀具、成形刀具 及热轧刀具
9W18Cr4V	66～68	51	3～3.40	0.17～0.22	磨削性能及耐热性 好，冲击韧性较低，热 处理工艺性差	用于切削不锈钢、耐 热合金等材料的刀具
W6Mo2Cr4V2Al	67～69	54～56	2.84～3.82	0.22～0.29	耐热性、耐磨性好， 可塑性较差	用于切削难加工材料 的刀具

2．硬质合金

硬质合金由高硬度、难熔金属碳化物（WC、TiC、TaC 和 NbC 等）和金属黏结剂（Co、Ni）通过粉末冶金的方法制成。这些金属碳化物的种类和含量决定了刀具材料的硬度，称为硬质相。而金属黏结剂的含量决定刀具材料的强度和韧性，称为黏结相。硬质合金刀具材料的硬度、耐磨性和耐热性均优于高速钢，常温硬度可达 HRA 89～94，在 800～1 000℃仍能进行切削，切削速度是高速钢的 2～5 倍，加工效率很高，应用非常广泛。但是硬质合金的强度和韧性较低，制造工艺性较差。表 1-2 所示为几种金属碳化物的性能。

表 1-2　几种金属碳化物的性能

种　　类	硬度/HV	熔点/℃	弹性模量/GPa	导热系数/(W/m℃)	密度/(g/cm³)
WC	1 780	2 900	720	29.3	15.6
TiC	3 000～3 200	3 200～3 250	321	24.3	4.93
TaC	1 599	3 730～4 030	291	22.2	14.3

1）硬质合金的分类

硬质合金刀具材料以碳化钨基（WC）应用较为广泛，国际上将碳化钨基硬质合金分为三类：K 类、P 类和 M 类。其常用牌号、成分及性能如表 1-3 所示。

（1）K 类硬质合金（WC—Co）。K 类硬质合金相当于旧牌号 YG 类硬质合金。和其他硬质合金相比，强度高，韧性好，可制出比较锋利的切削刃且抗冲击性好，适用于加工短切屑的黑色金属（脆性材料，如铸铁）、有色金属和非金属材料，但硬度和耐磨性较差。常用牌号有 K01、K10、K20、K30、K40（旧牌号有 YG3、YG6X、YG6、YG8 等），牌号中的数字越大，则含Co 量越多，刀具材料的强度和韧性就越好，硬度和耐磨性越差。因此，K01 适合于精加工，K10、K20 适合于半精加工，K30、K40 适合于粗加工。

（2）P 类硬质合金（WC—TiC—Co）。P 类硬质合金相当于旧牌号 YT 类硬质合金。与含钴量相同的 K 类硬质合金相比，P 类硬质合金的硬度和耐磨性较好，强度和韧性较差，特别是具有较高的耐热性、较好的抗黏结和抗氧化能力，适合于加工长切屑的黑色金属，如钢料等塑性材料。常用牌号有 P01、P10、P20、P30、P40 等，牌号中的数字越大，则 Co 的含量越多，TiC 的含量越少，刀具材料的硬度和耐磨性越差，强度和韧性越好。因此，P01 适合于精加工，P10、P20 适合于半精加工，P30、P40 适合于粗加工。旧牌号有 YT5、YT14、YT15 和 YT30 等。

（3）M 类硬质合金（WC—TiC—TaC（NbC）—Co）。M 类硬质合金相当于旧牌号 YW 类硬质合金。在 P 类硬质合金中加入 TaC（NbC），可提高其抗弯强度和冲击韧性，并提高硬质合金的高温强度和高温硬度，提高抗氧化能力。这类合金既可加工短切屑的黑色金属、有色金属，也可加工长切屑的黑色金属，因此又称做通用硬质合金。常用的有 M10、M20、M30 等牌号。牌号中的数字越大，则 Co 的含量越多，韧性越高而耐磨性越低，适合于粗加工；反之，适合于精加工。旧牌号有 YW1、YW2 等。

表 1-3　常用 WC 基硬质合金的牌号、化学成分及物理性能

类别	牌号	化学成分/(%)				物理性能					相近的 ISO 牌号
		WC	TiC	TaC (NbC)	Co	硬度		抗弯强度/GPa	冲击韧性/(kJ/m²)	导热系数/(W/m℃)	
						HRA	HRC				
K 类	YG3	97	—		3	91	78	1.10		87.9	K01
	YG6X	94	—		6	91	78	1.35		79.6	K05
	YG6	94	—		6	89.5	75	1.40	26.0	79.6	K10
	YG8	92	—		8	89	74	1.50		75.4	K20
P 类	YT30	66	30		4	92.5	80.5	0.90	3.00	20.9	P01
	YT15	79	15		6	91	78	1.15	—	33.5	P10
	YT14	78	14		8	90.5	77	1.20	7.00	33.5	P20
	YT5	85	5	—	10	89.5	75	1.30		62.8	P30
M 类	YW1	84	6	4	6	92	80	1.25		—	M10
	YW2	82	6	4	8	91	78	1.50		—	M20

2）硬质合金的选用

正确选用硬质合金的牌号对刀具的切削性能有重要的影响。如上所述，K 类硬质合金适于加工铸铁、有色金属和非金属材料；P 类硬质合金适于加工钢料等塑性材料；M 类硬质合金既可加工铸铁、有色金属，也可加工钢料。

硬质合金刀具材料选用时还应考虑以下几点：

① 粗加工时，切削力较大并伴随着切削振动，刀具易崩刃，应选用强度高、韧性好的刀具材料。

② 精加工时，切削速度往往较高，工件与刀具摩擦严重，应选用硬度高、耐磨性好的刀具材料。

③ 断续切削时，对刀具的冲击大，应选用强度高、韧性好的刀具材料。

④ 在切削淬硬钢、高强度钢、奥氏体钢和高温合金时，切削力集中在切削刃附近，易造成崩刃，不宜选用 P 类硬质合金，而用强度高、韧性好的 K 类硬质合金。

⑤ 在切削钛合金（如 1Cr18Ni9Ti）时，若采用 P 类硬质合金，则由于硬质合金中的钛元素与工件中的钛元素之间的亲和力会使刀具产生冷焊现象，会使切削温度升高，加剧刀具磨损，这时应选用不含钛且导热性好的 K 类硬质合金刀具加工。

⑥ 由于硬质合金制造工艺性较差且强度和韧性较低（与合金工具钢相比），不适于制造形状复杂、尺寸大的刀具。

不同硬质合金的牌号及应用范围见表1-4。

表1-4　常用硬质合金的牌号及用途

类别	牌号	用途		
K类	K01	强度和韧性	硬度和耐磨性	适于铸铁、冷硬铸铁、短切屑可锻铸铁的高速精加工
	K10			适于硬度高于 HBW 220 的铸铁、短切屑可锻铸铁的精加工和半精加工
	K20			适于硬度低于 HBW 220 的灰铸铁、短切屑可锻铸铁在中等切速下、轻载荷粗加工和半精加工
	K30			适于铸铁、短切屑可锻铸铁在不利条件下采用大切削角的低速粗加工
	K40			适于铸铁、短切屑可锻铸铁在不利条件下采用低速、大进给量的粗加工
P类	P01	强度和韧性	硬度和耐磨性	适于钢、铸钢的高速、小切削面积、无振动条件下的精加工
	P10			适于钢、铸钢的高速、中小切削面积条件下的车削、仿形车削、车螺纹和铣削的半精加工
	P20			适于钢、铸钢、长切屑可锻铸铁的中等切速、中等切削面积条件下的车削、仿形车削、铣削、小切削面积的刨削的半精加工
	P30			适于钢、铸钢、长切屑可锻铸铁在中等切速下的半精加工和精加工
	P40			适于钢、含砂眼和气孔的铸钢件，在低速、大切削角条件下的中、低速粗加工
M类	M10	强度和韧性	硬度和耐磨性	适于不锈钢、铸钢、铸铁和合金铸铁、可锻铸铁，在中高速条件下的车削加工
	M20			适于锰钢、铸钢、不锈钢、合金钢、合金铸铁、可锻铸铁在中速、中等切削面积条件下的车削、铣削加工
	M30			适于锰钢、铸钢、不锈钢、合金钢、合金铸铁、可锻铸铁在中速、大切削面积条件下的车削、铣削加工

3. 其他刀具材料

1）陶瓷

常用的陶瓷材料有 Al_2O_3 基陶瓷和 Si_3N_4 基陶瓷两类。

（1）Al_2O_3 基陶瓷。Al_2O_3 基陶瓷又可分为纯氧化铝基陶瓷和复合氧化铝基陶瓷，其中复合氧化铝基陶瓷较为常用。

复合氧化铝基陶瓷是在 Al_2O_3 中加入高硬度、难熔碳化物（如 WC、TiC）及金属添加剂（如 Ni、Mo）经热压而成，其抗弯强度可达 0.80GPa，硬度达到 HRA 93～94。和硬质合金刀具材料相比，有以下特点：切削速度是硬质合金的 2～5 倍；耐热性很好，在 1 200℃时，硬质合金已丧失切削能力，而陶瓷此时的硬度可达 HRA 80，仍能进行切削；有很高的化学稳定性，抗冷焊、扩散磨损的能力强；与金属材料的摩擦系数小，加工表面粗糙度较小；但强度和韧性相对较弱，抗冲击能力差。主要用于淬硬钢、冷硬铸铁等材料的半精加工和精加工。

（2）Si_3N_4 基陶瓷。Si_3N_4 基陶瓷是在 Si_3N_4 中加入 TiC 及 Co 等进行热压而成，其强度和韧性可达到 1GPa 以上，抗冲击性较好。同时，导热系数、线膨胀系数及耐热冲击性均优于 Al_2O_3 基陶瓷。

2）人造金刚石

人造金刚石是在高温高压条件下，借助催化剂由石墨转化而成的。它是目前已知最硬的刀具材料，其硬度可达 HV 10 000，是硬质合金硬度的 6～8 倍，可制成非常锋利的切削刃，且切削时不易产生积屑瘤，已加工表面粗糙度小。它既可以加工硬质合金、陶瓷、玻璃等高硬耐磨材料，也可加工有色金属及其合金。但也存在一些缺点：

（1）耐热性较差。当切削温度超过 700～800℃时，碳原子即转化为石墨结构而丧失原有的硬度。

（2）不适于加工铁族材料。由于金刚石刀具材料中的碳元素与工件材料总的铁元素有很强的化学亲和性，在高温下碳元素极易产生扩散现象，使金刚石刀具表面石墨化，因此不适于加工铁族材料。

3）立方氮化硼

立方氮化硼是由较软的六方氮化硼在高温高压下加入催化剂转化而成的，其硬度仅次于金刚石，但热稳定性和化学稳定性均优于金刚石，可耐 1 500℃高温，可以用较高的切削速度实现对淬硬钢、冷硬铸铁、高温合金等材料的半精加工和精加工。

1.3　金属切削过程中的物理现象

在切削加工的过程中，伴随着切削变形、切削力、切削热、刀具磨损等物理现象的发生。在掌握切削刀具基本知识的基础上，研究分析这些物理现象，对于保证零件的加工质量，降低加工成本和提高生产率具有十分重要的意义。下面以切削塑性材料为例，来说明金属切削的变形过程。

1.3.1　金属切削变形过程

刀具对工件的切削加工，实际上是切削层金属材料受到刀具的切削刃和前刀面强烈推挤作用，发生强烈的塑性变形，从工件母体上脱离下来，变成切屑。对切屑形成过程的研究是金属切削过程中的根本问题，是研究切削过程中其他各物理现象的基础。

1. 积屑瘤

1）积屑瘤现象

切削钢、铝合金等塑性材料时，在切削速度不高而又能形成带状切屑的情况下，有一些来自切屑底层的金属冷焊并层积在刀具前刀面上，形成硬度很高的三角形楔块（是工件硬度的 2～3 倍），它能够代替切削刃和前刀面进行切削，这一楔块称为积屑瘤，如图 1-15 所示。

图 1-16 所示为积屑瘤示意图。可见，积屑瘤黏结在刀具前刀面上并包络切削刃，其向前伸出的尺寸称为积屑瘤的高度 H_b，向下伸出的尺寸称为过切量 Δh_D。

图 1-15　带有积屑瘤的切屑根部显微照片

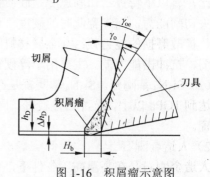

图 1-16　积屑瘤示意图

2）积屑瘤的成因

由于刀—屑间的挤压和摩擦，使一部分切屑底层的金属冷焊在刀具前刀面上，形成滞留层，这是积屑瘤形成的基础。当切屑流经滞留层时（产生的摩擦相当于"内摩擦"），受滞留层的阻碍而黏结在滞留层上，切屑底层金属在滞留层上逐渐层积，最后形成积屑瘤。

除刀—屑摩擦外，积屑瘤的形成还与工件材料及温度有关。若工件材料的加工硬化倾向大，经塑性变形的滞留层因加工硬化而使其强度、硬度增加，耐磨性好，能够抵抗切屑的挤压和摩擦而在前刀面停留，产生积屑瘤。若温度过低，刀—屑之间不易发生冷焊，不能形成滞留层，不会产生积屑瘤；若温度过高，切屑底层的金属弱化，同样也不会产生积屑瘤。因此，积屑瘤只有在适当的温度下才会产生。

一般来说，切削速度越高，则切削温度也越高。因此，可利用切削速度代替切削温度来分析对积屑瘤的影响。

3）积屑瘤对切削过程的影响

（1）对刀具耐用度的影响。积屑瘤黏结在刀具前刀面上，在相对稳定时，可代替切削刃和前刀面进行切削，起到保护刀具的作用。若不稳定，则积屑瘤破裂而从前刀面脱落，可能会带走刀具表面的金属颗粒，造成刀具磨损加剧。

（2）增大刀具的实际工作前角。产生积屑瘤后，实际起作用的前刀面是积屑瘤表面，刀具实际工作前角 γ_{oe} 增大，可降低切削力，这对切削过程是有利的。

（3）增大切削厚度。由于有过切量 Δh_D 的存在，使实际切削厚度增大。

（4）增大已加工表面粗糙度。积屑瘤在切削刃各点的过切量不同，在已加工表面上切出深浅和宽窄不同的"犁沟"，使粗糙度增大；积屑瘤的产生、成长与脱落是一个动态变化的过程，易引起切削振动，使粗糙度增大。因此，精加工时应设法避免或减小积屑瘤。

可见，积屑瘤的存在对切削过程的影响有利有弊。对于粗加工，积屑瘤的存在是有利的；对于精加工，则是不利的。

2．切削变形的影响因素

1）工件材料

工件材料的强度和硬度越高，切削力越集中，平均正应力增大，变形系数减小，变形程度减轻。

2）刀具前角

刀具前角增大使剪切角增大，变形程度减轻。

3）切削速度

切削塑性材料时，在无积屑瘤的速度区域，切削速度增大，使变形系数减小。在有积屑瘤的速度区域，切削速度增大，刀具的实际工作前角增大，变形系数减小。

切削脆性材料时，切削速度对切削变形的影响不显著。

4）切削厚度

切削厚度增大，前刀面所受法向力增大，摩擦系数减小，剪切角增大，变形系数减小。

3．切屑的种类

加工条件不同，切削变形程度也不同。变形程度对切屑的形状会有一定的影响。在生产实际中，切屑形状多种多样，如带状屑、C 形屑、螺卷屑、长紧卷屑、发条状卷屑、宝塔状卷屑、崩碎屑等。归纳起来可分为四种类型：带状切屑、节状切屑、粒状切屑和崩碎切屑，如图 1-17 所示。

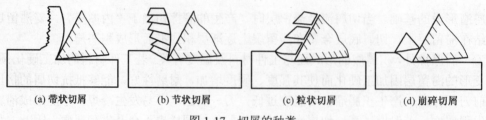

(a) 带状切屑　　　(b) 节状切屑　　　(c) 粒状切屑　　　(d) 崩碎切屑

图 1-17　切屑的种类

1）带状切屑

带状切屑的外表面呈毛绒状，内表面是光滑的。利用显微镜观察，在切屑的侧面上可以看到剪切面的条纹，但肉眼看来大体是平整的。一般情况下，在加工塑性金属材料时，切削速度较高，刀具前角较大，切削厚度较小，可形成带状切屑。其切削过程比较平稳，切削力波动较小，已加工表面粗糙度较小。

2）节状切屑

节状切屑又称挤裂切屑，其外表面呈锯齿形，内表面有时有裂纹。在形成带状切屑的条件下，适当降低切削速度，增大切削厚度，减小刀具前角可形成此类切屑。

3）粒状切屑

在形成节状切屑的条件下，进一步降低切削速度，增大切削厚度，减小刀具前角，切屑沿着剪切面方向分离，形成一个个独立的梯形单元，这时节状切屑就变成粒状切屑（又称单元切屑）。

可见，上述三种切屑都是在切削塑性材料时形成的，当改变切削速度、切削厚度或刀具前角等切削条件时，这三种切屑形态往往可以相互转化。

4）崩碎切屑

切削脆性材料时，由于材料的塑性较小，抗拉强度低，在刀具的作用下，工件材料在未发生明显塑性变形的情况下就已脆断，形成不规则的碎块状切屑，同时使工件的已加工表面凸凹不平。

1.3.2　切削力

切削力不仅对切削热的产生、刀具磨损、加工质量等方面有重要的影响，而且也是计算切削功率，制定切削用量，设计和使用机床、刀具和夹具等工艺装备的主要依据。因此，研究切削力的规律，对生产实际有重要的意义。

1. 切削力的来源及切削力的合成与分解

1）切削力的来源

刀具在切削工件时，前刀面对切屑，后刀面对已加工表面有强烈的挤压与摩擦，使工件及切屑产生严重的弹塑性变形。若以刀具作为受力对象，则工件、切屑的弹塑性变形抗力及摩擦又反作用于刀具，如图 1-18 所示。因此，切削力的来源有工件、切屑对刀具的弹塑性变形抗力和工件、切屑对刀具的摩擦阻力两个方面。

2）切削分力

以外圆车削为例，在直角切削时，若不考虑副切削刃的切削作用，上述各力对刀具的作用合力 F 应在刀具的正交平面 P_o 内。为了便于测量和应用，可将合力 F 分解为三个相互垂直的分力，如图 1-19 所示。

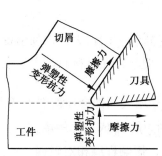

图 1-18 切削力的来源

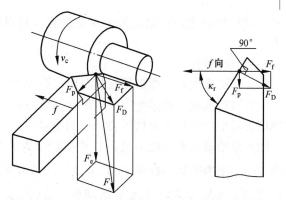

图 1-19 切削合力及其分解

（1）切削力 F_e。切削力与基面垂直，即平行于切削速度方向。在切削过程中，切削力所消耗的功率约占总量的 99% 左右，所以 F_e 是计算切削功率的主要依据，同时又是设计机床、刀具、夹具的主要数据，故又称为主切削力。

（2）进给力 F_f。进给力在基面内，与进给运动方向平行，即与工件的轴线平行。进给力是计算进给运动所消耗的功率，设计校核进给机构强度的主要依据。

（3）背向力 F_p。背向力在基面内，与进给运动方向垂直，即与工件的轴线垂直。外圆车削时，因背向力方向上的运动速度等于零，所以 F_p 不消耗切削功率。但是由于 F_p 作用在工艺系统刚度最弱的方向上，易使工件变形和产生振动，影响加工质量，尤其是加工细长轴时更为显著。背向力 F_p 是选用机床主轴轴承和校验机床刚度的依据。

3）切削功率

切削功率是各切削分力所消耗功率之和。外圆车削时，背向力 F_p 不消耗功率，进给力 F_f 消耗的功率很小，仅为总功率的 1%～2%，可忽略不计。所以切削功率 P_c 主要是切削力 F_e 消耗的功率，可按下式计算：

$$P_c \approx \frac{F_e \cdot v_c}{1\,000} = \frac{F_e \cdot \pi \cdot d_w \cdot n}{6 \times 10^7} \qquad (1\text{-}21)$$

式中　P_c——切削功率（kW）；

　　　F_e——切削力（N）；

　　　v_c——切削速度（m/s）；

　　　n——工件转速（r/min）；

　　　d_w——工件待加工表面直径（mm）。

计算机床电动机功率时，还要考虑机床的传动效率，即

$$P_E \geqslant \frac{P_c}{\eta} \qquad (1\text{-}22)$$

式中　P_E——机床电动机功率（kW）；

　　　P_c——切削功率（kW）；

　　　η——机床传动效率，一般取 0.75～0.85。

2. 切削力的影响因素

1）工件材料

切削塑性材料时，工件材料的强度、硬度高，切削力增大；强度、硬度相近的工件材料，

若加工硬化倾向大，切削力增大。切削脆性材料时，被切材料的弹塑性变形小，切削力相对较小。

2）切削用量

（1）切削速度 v_c。切削塑性材料时，在无积屑瘤的速度区域，随着 v_c 的增大，切削温度升高，工件材料的强度和硬度因产生弱化现象而降低，切削力减小。切削脆性材料时，由于变形和摩擦都较小，所以 v_c 对切削力的影响不显著。

（2）进给量 f 和背吃刀量 a_p。根据切削力的理论公式，f 及 a_p 增大，都会使切削力增大，但两者对切削力的影响程度不同。a_p 增大，变形系数 Λ_h 不变，切削力随 a_p 成正比例增大；f 增大，切削厚度 h_D 增大，使 Λ_h 有所减小，故切削力不成正比例增大，影响程度相对较弱。

3）刀具几何参数

（1）刀具前角 γ_o。加工塑性材料时，γ_o 增大，使变形系数 Λ_h 和 C 值减小，切削力降低。

加工脆性材料时，由于刀—屑摩擦、切削变形及加工硬化现象不明显，故 γ_o 的变化对切削力的影响不如切削塑性材料时显著。

（2）负倒棱。在刀具的前刀面上，沿切削刃方向磨出前角为负值（或前角为零，或很小的正前角）的窄棱面，以增加刃区的强度，这一窄棱面成为负倒棱。通常用负倒棱前角 γ_{o1} 及其棱面宽度 $b_{\gamma1}$ 来衡量，如图 1-20(a)所示。

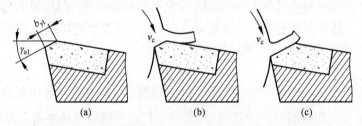

图 1-20　带有负倒棱的刀具前刀面与切屑的接触情况

显而易见，负倒棱的存在会使切削力增大。其影响程度与切削时负倒棱面所起的作用有关。若刀屑接触长度远大于负倒棱宽度 $b_{\gamma1}$，如图 1-20(b)所示，则切屑流出时，刀具前刀面起主要作用，实际工作前角是 γ_o，负倒棱的存在使切削力增大，但影响程度不显著；若刀屑接触长度小于或等于负倒棱宽度 $b_{\gamma1}$，如图 1-20(c)所示，则切屑流出时，实际起作用的是负倒棱面，实际工作前角为 γ_{o1}，这时负倒棱的存在使切削力增大且影响显著。

4）刀具的磨损

刀具发生磨损，特别是后刀面磨损后，在刀具的后刀面沿切削刃的方向上，磨出后角为零的棱面，使刀具后刀面与工件的摩擦加剧，切削力增大。

5）切削液

采用润滑效果好的切削油，能减小前刀面与切屑、后刀面与工件表面的摩擦，显著地降低切削力。

1.3.3　切削热与切削温度

切削热和切削温度是切削过程中极为重要的物理现象，不仅与其他物理现象有相互影响，而且也影响工件的加工质量和刀具耐用度。

1．切削热的产生与传出

1）切削热的产生

生产中，切削时所消耗的能量除有 1%～2% 用于形成新表面和以晶格扭曲等形式形成潜藏能外，绝大部分消耗的能量都转化为热能。工件切削过程中存在着强烈的弹塑性变形和摩擦，这是导致切削热产生的主要原因，如图 1-21 所示。切削热的产生来自使工件及切屑发生弹塑性变形消耗的能量而转化的热和切屑与前刀面、已加工表面与后刀面的摩擦而产生的热两个方面。

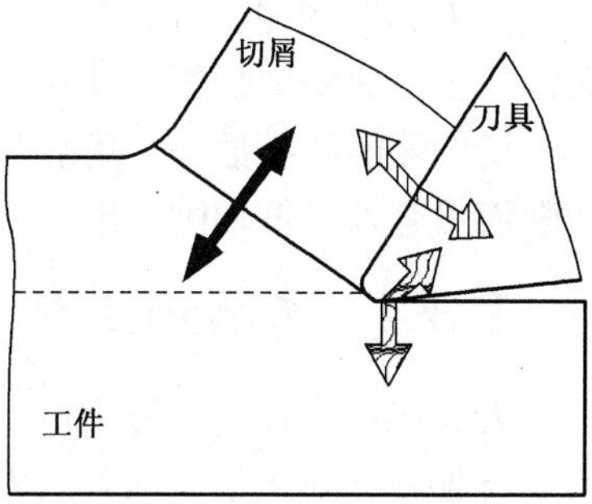

图 1-21　切削热的产生与传出

2）切削热的传出

如图 1-21 所示，在切削区产生的热量要向刀具、工件、切屑和周围的介质（空气或切削液）传散。加工方式不同，从刀具、工件、切屑和周围的介质传热的比例也不同，如表 1-5 所示。

表 1-5　车削、钻削时切削热的传散

	从工件传出的热	从刀具传出的热	从切屑传出的热	从介质传出的热
车削	3%～9%	10%～40%	50%～86%	1%
钻削	52.5%	12.5%	28%	5%

切削热的产生与传出直接影响切削区温度的高低。如工件材料的导热系数高，由工件和切屑传散的热量多，工件的温度较高，但切削区的温度较低，这有利于降低刀具的磨损，提高刀具耐用度；若刀具材料的导热系数高，从刀具传散的热量多，切削区的温度也会降低。若在切削时采用冷却效果较好的切削液，可大大降低切削区的温度。

2．切削温度的影响因素

1）工件材料

工件材料的强度、硬度越高，产生的切削力越大，消耗的切削功率多，产生的切削热多，切削温度升高；工件材料的导热性好，从切屑和工件传出的热量多，使切削区的温度降低；切削脆性材料时，由于切削变形和摩擦都比较小，所以切削温度一般低于钢料等塑性材料。

2）切削用量

（1）切削速度 v_c。当 v_c 升高时，尽管切削力 F_c 有所减小（若不考虑积屑瘤的影响），但消耗的切削功率还是增大的，产生的切削热增多。

（2）进给量 f。进给量 f 增大使切削温度升高。

（3）背吃刀量 a_p。当背吃刀量 a_p 增大时，尽管产生的热量成正比例增多，但参加工作的切削刃长度也成正比例增加，明显改善了散热条件。因此，a_p 变化对 θ 的影响不明显。

切削温度是影响刀具耐用度最为主要的因素，所以，在机床允许的情况下，为有效地控制切削温度，提高刀具耐用度，选用大背吃刀量和进给量，比选用大的切削速度有利。

3）刀具几何参数

（1）刀具前角 γ_o。刀具前角 γ_o 增大，使切削力 F_c 明显减小，产生的热量减少，切削温度 θ 降低。但 γ_o 若减小得过多，由于楔角 β_o 也减小，使刀具的容热体积减小，传出的热量也少，θ 不会进一步降低，反而可能会升高，如图 1-22 所示。

（2）主偏角 κ_r。主偏角 κ_r 对切削力 F_e 的影响不大。

（3）刀具的磨损和切削液。

当刀具磨损时，在后刀面上磨出一个后角为零的窄棱面，与工件的摩擦加剧，使切削温度升高。

切削液能起到散热、减小摩擦的作用，因此，合理使用切削液可有效降低切削温度。

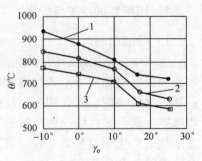

$a_p = 3\ \text{mm},\ f = 0.1\ \text{mm/r}$

$1—v_c = 135\ \text{m/min};\ 2—v_c = 105\ \text{m/min};$
$3—v_c = 81\ \text{m/min}$

图 1-22　前角与切削温度的关系

1.3.4　刀具的磨损与耐用度

刀具在正常使用过程中，一方面切下切屑，另一方面刀具本身也会逐渐产生磨损。当刀具的磨损达到一定程度时，会使切削力增大，切削温度急剧升高，这时既影响工件的加工质量，也易使刀具过度磨损或发生破损（如烧刀、塑性变形、崩刃等）而废弃。因此，需要及时对刀具进行重磨或更换刀片，防止刀具过度磨损。本节主要讲述刀具的磨损，包括磨损形态、磨损原因、磨损过程、磨钝标准及刀具耐用度等内容。

1. 刀具磨损的形态

在切削过程中，切屑与前刀面、工件与后刀面的接触区内，存在强烈的挤压与摩擦，并伴随着较高的温度，使前、后刀面逐渐磨损，如图 1-23 所示。

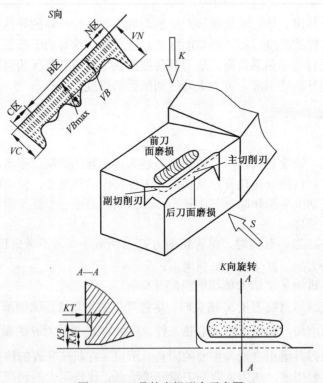

图 1-23　刀具的磨损形态示意图

1）前刀面磨损

当切削塑性材料时，如果切削速度较高，切削厚度较大，在前刀面靠近切削刃的位置因切削温度最高而磨出一个小凹坑（称为月牙洼），形成前刀面磨损。随着切削的继续，前刀面磨损加剧，月牙洼的深度和宽度逐渐扩展，使月牙洼与切削刃间的棱边变窄，切削刃强度大为削弱，极易导致崩刃而造成刀具的破损。前刀面磨损程度一般以月牙洼最大深度 KT 表示。

2）后刀面磨损

无论切削塑性材料还是脆性材料，由于刀具的后刀面与工件表面挤压与摩擦，在后刀面沿切削刃方向上磨出后角为零度的窄棱面，而造成后刀面磨损。切削刃各点处的磨损是不均匀的。因此可将后刀面磨损带分为三个区域：C 区、B 区和 N 区，其磨损程度用磨损带宽度来衡量，分别用 VC、VB 和 VN 来表示。在 C 区（刀尖处），由于切削热比较集中，散热条件差，磨损严重。在 N 区（工件待加工表面处的后刀面磨损带），由于工件表面有硬皮或产生加工硬化现象，待加工表面处的材料硬度较大，导致 N 区磨损比较严重；同时，在 N 区存在着很高的应力梯度和温度梯度，引起很大的剪应力，使磨损严重；此区域刀具材料在高温下易发生化学反应使磨损加剧。而在 B 区（后刀面磨损带的中间部位），磨损带长度较大，磨损程度相对较轻。刀具副后刀面的磨损与后刀面的情况类似，由于切削负荷小，磨损程度相对较弱。

3）前、后刀面同时磨损

这是一种兼有上述两种情况的磨损形式。在切削塑性材料时，经常会发生这种磨损。

2．刀具磨损的原因

与普通零件不同，刀具的工作环境有以下特点：刀具与工件间的接触压力大，有时超过工件材料的屈服极限；刀具与切屑、工件的新形成表面接触，易发生化学反应；刀具的工作环境温度高，有时甚至达到 1 000℃以上。因此，刀具发生磨损是机械作用、热作用和化学作用综合影响的结果。

1）硬质点磨损

虽然工件的硬度低于刀具的硬度，但在工件中经常掺杂一些硬度高、熔点高的硬质点，如碳化物（Fe_3C、TiC）、氮化物（TiN、Si_3N_4）和氧化物（SiO_2、Al_2O_3）等，能在刀具表面划出一道道沟痕，造成刀具磨损。

由于这些硬质点的高温硬度也很高，因此硬质点磨损在各种切削速度（切削温度）下都存在。但在低速切削时，其他磨损原因尚不显著，硬质点磨损成为刀具磨损的主要原因。高速钢刀具在中低速下工作，且其耐磨性较硬质合金差，故高速钢刀具发生硬质点磨损的比重较大。

2）冷焊磨损

在适当的温度和压力下，刀具与工件、切屑之间因挤压摩擦而产生冷焊现象。在切削运动的作用下，冷焊结点受剪而破裂。一般来说，冷焊结点的破裂往往发生在强度较低的工件或切屑上，但由于交变应力、接触疲劳、热应力及刀具表层结构缺陷等原因，冷焊结点也可能在刀具表面破裂，这样刀具表面的颗粒被工件或切屑带走，造成刀具的磨损。

冷焊现象一般在中低速下产生，而高速钢刀具就在这个速度区域内工作，因此高速钢刀具易发生冷焊磨损；硬质合金刀具通过提高切削速度后，可减轻发生冷焊磨损的程度。

3）扩散磨损

在切削过程中，相互接触的切屑底层金属、工件新表面及刀具表面都是新鲜表面，当切削温度较高时，工件与刀具的化学元素活性增强，会发生扩散现象，即元素从浓度高的一侧向浓度低的一侧扩散，从而改变刀具表面的化学成分，使刀具表面变得脆弱，丧失原有的切削性能，造成刀具的磨损。

实验表明，刀具与工件间的元素浓度差值越大，切削温度越高，扩散现象越明显，刀具发生扩散磨损的程度越严重。高速钢刀具的工作温度较低，发生扩散磨损的程度要远小于硬质合金刀具。

4）化学磨损

在切削温度为700~800℃以上时，刀具材料与某些介质（如空气中的氧或切削液中的硫、氯等）发生化学反应，在刀具表面形成一层硬度较低的化合物，从而丧失刀具材料原有的切削性能，造成刀具磨损。但是空气和切削液不易进入刀—屑接触区，化学磨损主要发生在主、副切削刃的工作边界处。

综上所述，切削温度（或切削速度）是影响刀具磨损最主要的因素。图1-24所示为不同切削温度下刀具发生磨损的原因及其磨损强度。可见，在高温时，刀具发生扩散和化学磨损的强度较高；在中低温时，冷焊磨损占主导地位；而磨料磨损强度基本上不随温度变化。

3．刀具磨损过程

刀具的磨损不仅影响工件的尺寸精度和表面质量，而且也影响刀具材料的消耗和加工成本。因此，当刀具磨损到一定程度就不能继续使用。那么，刀具磨损到什么程度就不能使用了呢？这需要制定一个磨钝的标准。为此，先研究刀具的磨损过程。

根据切削实验，可得出如图1-25所示的刀具磨损曲线。可以看出，磨损曲线近似由三段直线组成，根据直线的斜率不同，可将刀具的磨损分为三个阶段。

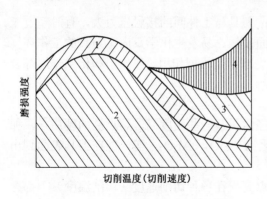

1—磨料磨损；2—冷焊磨损；3—扩散磨损；4—化学磨损

图1-24 切削温度对刀具磨损的影响

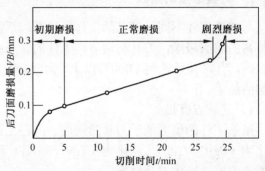

刀具：P10（TiC涂层）外圆车刀；工件：60Si2Mn（HRC 40）；

刀具几何参数：$\gamma_o = 4°$，$\kappa_\gamma = 45°$，$\lambda_s = -4°$，$r_\varepsilon = 0.5$ mm；

切削用量：$v_c = 115$ m/min，$f = 0.2$ mm/r，$a_p = 1$ mm

图1-25 车刀的典型磨损曲线

1）初期磨损阶段

初期磨损阶段磨损曲线的斜率较大，即刀具磨损严重。分析原因，一方面是新刃磨的刀具表面粗糙不平，以及存在显微裂纹、刃磨裂纹等缺陷，造成刀具磨损；另一方面，新刃磨的刀具切削刃比较锋利，后刀面与加工表面间接触面积小，压应力较大，使这一阶段刀具磨损较快。

2）正常磨损阶段

正常磨损阶段磨损曲线的斜率与初期相比减小，即刀具磨损相对平缓。经初期磨损后，刀具粗糙的表面已被磨平，且在后刀面沿切削刃方向磨出一条窄棱面，刀具与工件间接触压强减小，磨损强度降低。

3）剧烈磨损阶段

剧烈磨损阶段磨损曲线的斜率很大，即刀具磨损剧烈。这一阶段的刀具切削刃变钝，切削力增大，同时刀具后刀面的磨损带宽度 VB 较大，与工件摩擦强烈，造成刀具磨损加剧。在此磨损阶段到来之前，应及时更换或重新刃磨刀具。

4．刀具耐用度及其经验公式

1）刀具耐用度的概念

一把新刃磨的刀具，从开始切削直到磨损量达到磨钝标准为止的纯切削时间（不包括装卸工件，刀具位置的调整等辅助时间），称为刀具耐用度，以 T 表示。T 是确定换刀时间的重要依据。

刀具寿命与刀具耐用度不同。刀具寿命表示一把新刀用到报废为止总的切削时间，其中包括多次重磨。因此，刀具寿命等于刀具耐用度乘以重磨次数。

刀具耐用度也可用达到磨钝标准前的切削路程（单位为 km）或加工零件数 N 表示。

2）刀具耐用度的确定

确定刀具耐用度的合理数值通常有两种方法：

① 根据单件工序工时最短的原则来确定刀具耐用度，即最大生产率耐用度，用 T_p 表示。

② 根据单件工序成本最低的原则来确定刀具耐用度，即经济耐用度，用 T_c 表示。

一般情况下，这两种情况应当兼顾。

1.4　切削条件的合理选择

切削条件包括工件材料、刀具参数、切削用量和切削液等。以工件材料为主要依据，合理选择其他切削条件，对加工质量、生产率、加工成本有重要影响。

1.4.1　工件材料的切削加工性

切削加工性是指工件材料被切削加工的难易程度。它是一个相对性的概念，一种材料切削加工性的好坏，是相对另一种材料而言的。在不同的情况下，材料切削加工性的衡量指标可以不同。

1．以相对加工性来衡量

所谓相对加工性，是以切削正火状态下 45 钢（$\sigma_b = 0.637$ GPa）的 v_{60} 作为基准，记做 $(v_{60})_j$，切削其他工件材料的 v_{60} 与之相比的数值，用 K_r 表示，则

$$K_r = v_{60}/(v_{60})_j \qquad (1-23)$$

式中　v_{60}——当刀具耐用度 $T = 60$ min 时，切削某种材料所允许的切削速度（m/min）；

$(v_{60})_j$——当刀具耐用度 $T = 60$ min 时，切削正火状态下 45 钢所允许的切削速度（m/min）。

相对加工性 K_r 是最常用的加工性指标，在不同的加工条件下都适用。通常分为八个等级，如表 1-6 所示。凡 $K_r > 1$ 的材料，其加工性比 45 钢好；凡 $K_r < 1$ 的材料，其加工性比 45 钢差。

表 1-6　材料切削加工性等级

加工性等级	名称和种类		相对加工性	代表性材料
1	很容易切削的材料	一般有色金属	> 3.0	5-5-5 铜铅合金、9-4 铝铜合金、铝镁合金
2	容易切削的材料	易切削钢	2.5～3.0	退火 15Cr、自动机钢
3		较易切削钢	1.6～2.5	正火 30 钢
4	普通材料	一般钢和铸铁	1.0～1.6	正火 45 钢、灰铸铁
5		稍难切削的材料	0.65～1.0	2Cr13 调质钢、85 钢
6	难切削材料	较难切削的材料	0.5～0.65	45Cr 调质钢、65Mn 调质钢
7		难切削材料	0.15～0.65	50CrV 调质钢、某些钛合金
8		很难切削材料	< 0.15	某些钛合金、铸造镍基高温合金

2. 以已加工表面质量来衡量

精加工时，常以已加工表面作为衡量工件材料切削加工性的指标。容易获得较好的已加工表面质量的材料，其切削加工性好，反之较差。

3. 以切削力或切削温度来衡量

在粗加工或机床刚度、功率不足时，用此项指标来衡量切削加工性。在相同的切削条件下，产生的切削力小，切削温度低的工件材料，其切削加工性好，反之较差。

4. 以切屑控制的难易程度来衡量

在自动机床或自动生产线上，常以此项指标来衡量工件材料的切削加工性。若切屑容易控制，切削加工性好，否则较差。

1.4.2 刀具几何参数的合理选择

1. 前角 γ_o 的功用及合理选择

1）前角的功用

（1）影响切削力及切削功率。刀具前角增大，可减小切削变形程度，减小切屑与前刀面的挤压与摩擦，使切削力减小，切削功率降低。

（2）影响刀具强度和散热条件。刀具前角增大，会使刀具的楔角减小，刀具强度降低，刀具散热的体积减小，散热条件变差。

（3）影响已加工表面粗糙度。减小刀具前角，易产生积屑瘤，并引起切削振动，增大表面粗糙度。

（4）影响切屑形态和断屑效果。减小刀具前角，切屑的变形程度增大，切屑因加工硬化而变得脆硬，容易折断。

可见，前角的大小对切削过程有利有弊，应根据具体的加工条件合理选择。

2）前角的合理选择

所谓刀具的合理前角，是指在满足加工要求的前提下，使刀具耐用度为最大时所对应的刀具前角，记为 γ_{opt}。由于刀具材料、工件材料及加工质量等条件不同，刀具的合理前角也不同。如图 1-26 所示为刀具材料及工件材料不同时刀具的合理前角。因此，应综合考虑各个加工条件，合理选择。

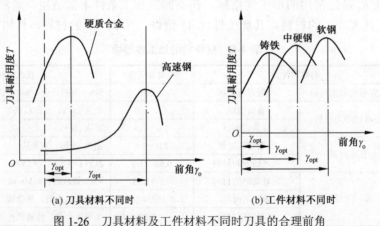

(a) 刀具材料不同时　　　　　　　(b) 工件材料不同时

图 1-26　刀具材料及工件材料不同时刀具的合理前角

① 当工件材料的强度、硬度较低时，可选择较大的前角；当工件材料的强度、硬度高时，应取较小的前角，甚至选用负前角；加工冷作硬化倾向大的材料时，应选用较大的前角；加工脆性材料时，宜选用较小的前角。

② 刀具材料的强度高、韧性好时，应选用较大的前角，否则选取较小的前角。

③ 粗加工、断续切削或带有硬皮的铸锻件加工时，为保证刀具有足够的强度，应选用较小的前角。

④ 对于成形刀具，为保证刃形与工件廓形尽可能相同，应选用较小的正前角。

⑤ 机床功率不足或工艺系统刚度较差时，为降低切削力及切削功率，应选用较大的前角。

2. 后角 α_o 的功用及合理选择

1）后角的功用

（1）影响后刀面与工件加工表面间的摩擦。增大刀具后角，可减小摩擦。从这个作用上来看，后角的增大可提高已加工表面质量，延长刀具耐用度。

（2）影响刀具强度和散热条件。增大刀具后角，使楔角减小，将削弱切削刃和刀头的强度，刀具容热体积减小，散热条件变差。

（3）增大后角，可减小切削刃钝圆半径 r_n，使切削刃锋利。

（4）当磨钝标准 VB 相同时，后角大的刀具到达磨钝标准所磨去的金属体积较大，可延长刀具耐用度。但若以刀具的径向磨损量 NB 作为磨钝标准，则情况相反，如图 1-27 所示。

2）后角的合理选择

所谓刀具的合理后角，是指在满足加工要求的前提下，使刀具耐用度为最大时所对应的刀具后角，记为 α_{opt}。合理后角的选择与刀具材料、工件材料、切削厚度及其他加工条件等因素有关，应针对具体情况，具体分析。

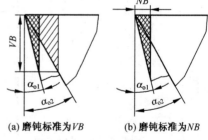

(a) 磨钝标准为 VB　　(b) 磨钝标准为 NB

图 1-27　后角与刀具磨损体积的关系

① 其他加工条件相同时，高速钢刀具材料的合理后角要小于硬质合金的。原因是：相同条件下，高速钢刀具的合理前角大于硬质合金刀具的前角，为保证高速钢刀具有足够的强度，其后角应小一些。

② 工件材料的强度、硬度较高或脆性较大时，为保证刀具有足够的强度，宜取较小的后角。工件材料的塑性大，易发生加工硬化时，为减小刀具的磨损及提高已加工表面质量，应选较大的后角。

③ 当切削厚度增大时，对刀具的作用力增大，为提高刀具强度，应选较小的后角。

④ 粗加工、强力切削及承受冲击载荷的刀具，要求刀具有足够的强度，应取较小的后角；而精加工时，为减小后刀面的摩擦，提高已加工表面质量，应取较大的后角。

⑤ 当工艺系统刚度较差时，应适当减小后角，以减小或消除易产生的切削振动。通常，在刀具后刀面沿切削刃方向磨出后角为零度的窄棱面（刃带）或后角为负值的窄棱面（消振棱），这样既可以起到消振作用，又对已加工表面起到熨压作用，可提高已加工表面质量。但需要指出的是，对上述窄棱面的宽度应控制合理。

⑥ 对于定尺寸刀具，如铰刀、圆孔拉刀等，后角值应取小一些，以增加刀具的重磨次数，提高刀具的寿命。

3. 主偏角 κ_r、副偏角 κ_r' 的功用及合理选择

1) 主偏角、副偏角的功用

（1）影响切削层参数的大小。当进给量 f 和背吃刀量 a_p 不变时，主偏角增大，则切削厚度 h_D 增大，切削宽度 b_D 减小，即切屑变得窄而厚。此时切屑变形增大，容易折断。

（2）影响残留面积的高度。减小主偏角、副偏角，可降低残留面积的高度，使已加工表面粗糙度减小。

（3）影响切削刃、刀尖的强度和散热条件。减小主偏角、副偏角，可使刀尖角 ε_γ 增大，提高刀尖强度，改善散热条件；同时减小主偏角，参加工作的主切削刃长度增大，单位长度切削刃上所受到的切削力减小，间接提高了切削刃的强度。

（4）影响切削分力的大小。增大主偏角，使进给力 F_f 增大，背向力 F_p 减小。

2) 主偏角的合理选择

① 当工艺系统刚度较好时，主偏角通常取较小的数值；但工艺系统刚度不足时易产生振动，对刀具的冲击较大。因此，对于脆性相对较大的硬质合金刀具，在粗加工和半精加工时，主偏角取 $60°\sim75°$。

② 加工高硬的材料，如冷硬铸铁、淬硬钢等，为提高切削刃的强度，宜取较小的主偏角。

③ 工艺系统刚性较好时，减小主偏角可降低切削温度，提高刀具耐用度；工艺系统刚性不好时，如切削细长轴时，为减小工件变形，避免产生振动，应尽量减小背向力 F_p，主偏角较大，甚至可取到 $90°\sim93°$。

④ 选择刀具主偏角，还与其他具体加工条件有关。如单件小批生产，应选择可通用性好的 $45°$ 车刀；加工阶梯轴时，选用 $90°$ 车刀等。

3) 副偏角的合理选择

在不引起切削振动的情况下，副偏角的数值尽量选取得小一些。

加工高硬材料及断续切削时，为提高刀具强度，应取较小的副偏角，通常 $\kappa_r'=4°\sim6°$；对于车刀、刨刀、硬质合金面铣刀等一般刀具，副偏角可取 $5°\sim10°$；对于切断刀、锯片铣刀及沟槽铣刀等，为保证刀具强度，副偏角很小，一般为 $\kappa_r'=1°\sim2°$；对于精加工刀具，为提高表面质量，可磨出 $\kappa_r'=0°$ 的一段副切削刃（修光刃），但其长度应选取适当，否则将引起切削振动。

4. 刃倾角 λ_s 的功用及合理选择

1) 刃倾角的功用

（1）影响切屑流出方向。如图 1-28 所示，当 $\lambda_s=0°$ 时，切屑流向过渡表面；当 $\lambda_s<0°$ 时，切屑流向待加工表面；当 $\lambda_s>0°$ 时，切屑流向已加工表面。

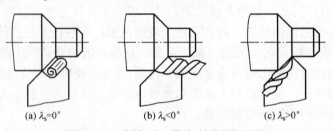

(a) $\lambda_s=0°$　　　　(b) $\lambda_s<0°$　　　　(c) $\lambda_s>0°$

图 1-28　刃倾角对切屑流出方向的影响

（2）影响刀具强度和容热条件。减小刃倾角，刀具强度增大，散热条件得以改善，有利于

提高刀具的耐用度；同时，在背吃刀量不变的情况下增大 $|\lambda_s|$，则参加工作的主切削刃长度增大，单位长度切削刃所承受的负荷减小，这样就间接增大了切削刃强度。

（3）影响切削刃的锋利程度。与直角切削（$\lambda_s = 0°$ 时）相比较，斜角切削（$\lambda_s \neq 0°$ 时）使实际起作用的切削刃钝圆半径减小，切削刃变得锋利。

（4）影响切削分力的大小。如前所述，增大刃倾角，使进给力增大，背向力减小。

2）刃倾角的合理选择

加工一般钢料和灰铸铁，粗车时取 $\lambda_s = -5°\sim 0°$，精车时取 $\lambda_s = 0°\sim 5°$，有冲击载荷时取 $\lambda_s = -15°\sim -5°$，冲击特别大时可取 $\lambda_s = -45°\sim -30°$；车削淬硬钢，$\lambda_s = -12°\sim -5°$；强力刨削，取 $\lambda_s = -20°\sim -10°$；微量精车时，为提高刀具的锋利程度，可取 $\lambda_s = 45°\sim 75°$；工艺系统刚度不足时，为尽量减小背向力，可适当增大刃倾角；金刚石和立方氮化硼车刀，为提高刀具强度，刃倾角可取负值。

1.4.3　切削用量的选择

在工艺系统确定的前提下，切削用量就是切削加工过程中最为"活跃"的要素。切削用量选择得合理与否，对于提高生产率，保证加工质量和延长刀具耐用度均有重要影响。所谓合理的切削用量，是指能够获得较高的生产率、较长刀具耐用度和较好的加工质量所对应的切削用量。

1. 切削用量的作用

1）对切削加工生产率的影响

生产率可用材料切除率 Q_z 来表示。所谓金属切除率，即单位时间内切除金属材料的体积。显而易见，材料切除率 Q_z 与切削用量三要素之间的关系为

$$Q_z = v_c \cdot f \cdot a_p \cdot 10^3 \qquad (1\text{-}24)$$

式中　Q_z——金属切除率（mm^3/s）；

　　　v_c——切削速度（m/s）；

　　　f——进给量（mm/r）；

　　　a_p——背吃刀量（mm）。

可见，切削用量中三个要素与生产率均呈线性关系，增大每一要素都可使生产率成正比例增大。

2）对加工质量的影响

当增大背吃刀量或进给量时，都可使切削力增大，因易产生切削振动而降低零件的加工精度和表面质量，并且进给量增大还会使已加工表面的残留面积高度增大，严重影响表面粗糙度；当采用高速切削时，可降低切削力，并能减小或避免积屑瘤和鳞刺的产生，有利于提高加工质量。

3）对刀具耐用度的影响

如 1.3.4 节中所述，切削速度对刀具耐用度影响最大，进给量次之，背吃刀量影响最小。

所以，在优选切削用量以提高生产率时，首选大的背吃刀量，然后选大的进给量，最后选大的切削速度。

2. 切削用量的选择原则

1）背吃刀量的选择

粗加工时，加工余量尽量一次走刀切除。例如，在中等功率的普通车床（C620）上加工时，背吃刀量可达 8～10 mm。但对于以下情况，可分几次走刀：

① 工艺系统刚度不足或加工余量不均匀时，易产生较大的切削振动；

② 加工余量太大，易导致机床功率或刀具强度不足；

③ 断续切削时，刀具受到较大冲击而易造成损坏。

半精加工时，若单边余量 $\Delta > 2$ mm，应分两次走刀切除：第一次切除$(2/3\sim3/4)\Delta$，第二次切除$(1/3\sim1/4)\Delta$；若单边余量 $\Delta \leqslant 2$ mm，则可一次走刀切除。

精加工时，应一次走刀切除所有精加工工序余量，一般为 0.1～0.4 mm。

2）进给量的选择

粗加工时，在工艺系统强度、刚度及机床功率允许的情况下，选用尽可能大的进给量；半精加工或精加工时，在能够满足加工精度和表面质量的前提下，选用较大的进给量。

3）切削速度的选择

① 粗加工时，由于背吃刀量和进给量均较大，为降低切削温度，保证刀具耐用度，应选取较低的切削速度；相反，精加工时，为提高加工质量，应尽量避开形成积屑瘤和鳞刺的速度区域，采用高速切削。

② 工件材料的强度、硬度较高时，应选较低的切削速度；反之，则选较高的切削速度。

③ 和高速钢刀具相比较，硬质合金刀具的切削性能较好，允许的切削速度较高。

④ 断续切削时，为减小冲击，应适当降低切削速度。

1.4.4　切削液的选择

合理选用切削液可以改善切屑、工件与刀具间的摩擦情况，可以散热降温，对于提高刀具耐用度，提高加工精度和改善已加工表面质量均有重要影响。

1. 切削液的种类

切削加工中最常用的切削液，有水溶性和非水溶性两大类。

1）水溶性切削液

主要有水溶液和乳化液。

（1）水溶液。在水中加入防锈剂、清洗剂、油性添加剂。其冷却、清洗作用较好，并且也具有一定的润滑作用。

（2）乳化液。在水中加乳化油搅拌而成的乳白色液体。乳化油是由矿物油与表面活性乳化剂配制成的一种油膏，按乳化油的含量可配制不同浓度的乳化液。低浓度乳化液主要起冷却作用，适用于粗加工；高浓度乳化液主要起润滑作用，适用于精加工和复杂工序加工。乳化油中也常添加防锈剂、极压添加剂，来提高乳化液的防锈、润滑性能。

2）非水溶性切削液

主要是切削油，其中包括矿物油、动植物油和加入油性、极压添加剂配制的混合油。主要起到润滑作用。

2. 切削液的作用机理

1）冷却作用

切削液浇注到切削区域后，可以带走大量切削热，降低切削温度，从而提高刀具耐用度和加工质量。特别在刀具材料的耐热性和导热性较差，以及工件材料的热膨胀系数较大，导热性较差的情况下，切削液的冷却作用显得尤为重要。

2）润滑作用

当切屑、工件与刀具界面间存在切削液油膜，形成流体润滑摩擦时，能得到比较好的效果。但在很多情况下，刀面与工件及切屑之间由于载荷作用、温度的影响，油膜厚度变薄，使金属表面凸起的峰点相接触，但由于润滑液的渗透和吸附作用，仍存在着润滑液的吸附膜，也能起到减小摩擦的作用，这种状态称为边界润滑摩擦。此时摩擦系数值大于流体润滑摩擦系数，但小于干切削时的干摩擦系数。在金属切削加工中，大多属于边界润滑。一般的切削润滑油在 200℃左右即失去流体润滑能力，此时形成低温低压边界润滑摩擦；而在某些切削条件下，切屑、刀具界面间可达 600～1 000℃左右高温和 1.47～1.96 GPa 的高压，形成了高温高压边界润滑，或称极压润滑。在切削液中加入极压添加剂可形成极压化学吸附膜。

3）清洗作用

在切削过程中所产生的一些碎屑，易划伤加工表面和机床导轨面，因而要求切削液具有良好的清洗作用。清洗性能的好坏，与切削液的渗透性、流动性和使用的压力有关。加入大剂量的表面活性剂和少量矿物油，可提高其清洗效果。

4）防锈作用

为了减小工件、机床、刀具等受周围介质（空气、水分等）的腐蚀，要求切削液具有一定的防锈作用。其作用的好坏取决于切削液本身的性能和加入的防锈添加剂的作用。在气候潮湿地区，对防锈作用的要求显得更为突出。

3．切削液的选用

应当根据工件材料、刀具材料、加工方法和加工要求来选择不同的切削液。

① 粗加工时，对于高速钢刀具，为降低切削温度，应选冷却效果好的切削液；对于硬质合金刀具，因其耐热性相对较好，可不用切削液，也可使用低浓度的乳化液和水溶液连续浇注。

② 精加工时，为改善已加工表面质量并提高刀具耐用度，对于高速钢刀具，应选用润滑性好的极压切削油或高浓度的极压乳化液；硬质合金刀具在粗加工所选切削液的基础上，适当提高切削液的润滑性能即可。

③ 对于难加工材料，如高强度钢、高温合金等，对切削液的冷却、润滑作用要求较高，此时应尽可能选用极压切削油或极压乳化液。

思考与练习题

1．何谓刀具的基本角度和派生角度？试标注切断刀、端面车刀的基本角度。

2．刀具的标注角度与工作角度有何区别？如何判断刀具角度的正负？

3．影响刀具工作角度的因素有哪些？它们是如何影响的？

4．如图 1-29 所示的外圆车削，已知：$d_w = 100$ mm，$d_m = 90$ mm，$n_w = 400$ r/min，$v_f = 200$ mm/min，$\kappa_r = 60°$。

试计算切削用量 v_c、f、a_p 及切削层参数 h_D、b_D、A_D 的数值。

5．刀具材料应具备哪些性能？

6．常用的刀具材料有哪些？试比较高速钢和硬质合金刀具材料的力学性能与应用范围。

7．根据下列切削条件，选择连接合适的刀具材料。

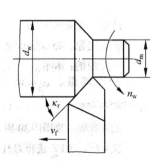

图 1-29　外圆车削

切 削 条 件	刀 具 材 料
(1)高速精镗铝合金缸套	W18Cr4V
(2)加工麻花钻螺旋槽用成形铣刀	YG3X
(3)45钢锻件粗车	YG8
(4)高速精车合金钢工件端面	YT5
(5)粗铣铸铁箱体平面	YT30

8．金属切削变形区是怎样划分的？各有何变形特点？

9．衡量切削变形程度的方法有哪几种？它们之间有何联系？

10．剪切角的计算公式有哪两种？它们之间有何区别？为什么？

11．何谓积屑瘤现象？它对切削过程有何影响？如何对其进行控制？

12．为什么说前刀面上的刀—屑摩擦不服从古典滑动摩擦法则？

13．切屑的形态有哪几种？如何控制切屑的形态？

14．试分析各因素对切屑变形的影响。

15．切削合力可分为哪几个分力？各分力有何作用？

16．根据切削力的理论公式，你能发现哪些规律？

17．切削用量三要素和刀具几何参数是如何影响切削力的？

18．切削热是怎样产生和传出的？

19．影响切削温度的因素有哪些？它们是怎样影响的？

20．试述刀具磨损的形态、原因、磨损过程及其特点。

21．何谓刀具的磨钝标准？试述制定磨钝标准的原则。

22．何谓刀具耐用度？试推导刀具耐用度与切削用量三要素之间的关系。

23．什么是工件材料的切削加工性？什么是相对加工性？怎样衡量工件材料的切削加工性？

24．影响工件材料切削加工性的因素有哪些？如何改善工件材料的切削加工性？

25．切削加工中常用的切削液有哪几类？它们的主要作用是什么？

26．前角的作用有哪些？生产实际中如何选择？

27．后角的作用有哪些？生产实际中如何选择？

28．为什么精加工刀具都选择较大的后角，而对于铰刀、拉刀等刀具却相反？

29．主偏角和副偏角的作用有哪些？生产实际中如何选择？

30．刃倾角的作用有哪些？生产实际中如何选择？

综合实训

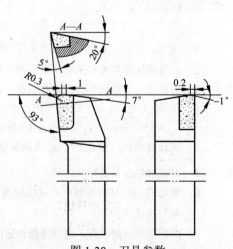

图1-30　刀具参数

已知加工条件如下：

加工对象：45钢细长轴（直径为$\phi 25$ mm，长度1 000 mm）；

加工目的：精车；

切削用量：$a_p = 0.1 \sim 0.15$ mm，$f = 0.17 \sim 0.23$ mm/r，

$v_c = 100$ m/min；

刀具参数：如图1-30所示。

试分析：（1）选择刀具材料，并说明原因；

（2）试述采用如图1-30所示刀具参数的理由。

第 2 章

金属切削加工方法与设备

2.1 金属切削机床的基本知识

2.1.1 金属切削机床的分类

机床的品种规格繁多，为便于设计、制造、使用和管理，需要加以分类。生产用机床常按如下方法划分为各种类型。

按加工性质、所用刀具和机床用途，机床分为 12 大类，即车床（C）、钻床（Z）、镗床（T）、磨床（M）、齿轮加工机床（Y）、螺纹加工机床（S）、铣床（X）、刨插床（B）、拉床（L）、特种加工机床（D）、锯床（G）和其他机床（Q）等。

按机床的通用性程度，机床可分为通用机床、专门化机床和专用机床。通用机床的工艺范围宽，通用性好，能加工一定尺寸范围的多种类型零件，如卧式车床、卧式升降台铣床和万能外圆磨床等。通用机床的结构比较复杂，生产率低，适用于单件小批量生产。专门化机床只能加工一定尺寸范围的某一类或几类零件，完成其中的某些特定工序，如曲轴车床、凸轮轴车床、花键铣床等。专用机床的工艺范围窄，通常只能完成某一特定零件的特定工序，如车床主轴箱的专用镗床、车床导轨的专用磨床等。组合机床也属于专用机床。

按照加工零件的大小和机床重量，机床可分为仪表机床、中小型机床、大型机床（10～30 t）、重型机床（30～100 t）和超重型机床（100 t 以上）。

按照机床的工作精度，机床可分为普通机床（P 级）、精密机床（M 级）和高精度机床（G 级）。

按照自动化程度，机床可分为手动机床、半自动机床和自动机床三种。

按照机床的自动控制方式，机床可分为仿形机床、数控机床和加工中心等。

2.1.2 金属切削机床的型号

机床的型号是机床产品的代号，用以表明机床的类型、通用特性和结构特性、主要技术参数等。GB/T 15375—94《金属切削机床型号编制方法》规定，我国的机床型号由汉语拼音字母和阿拉伯数字按一定规律组合而成，如图 2-1 所示。

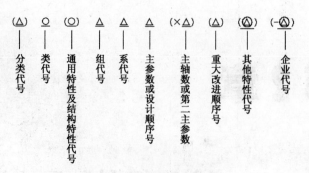

图 2-1　金属切削机床的型号

注：① 有"( )"的代号或数字，当无内容时，不表示，若有内容，则不带扩号；

　　② 有"〇"符号者，为大写的汉语拼音字母；

　　③ 有"△"符号者，为阿拉伯数字；

　　④ 有"△"、"〇"符号者，为大写的汉语拼音字母或阿拉伯数字或两者兼有。

1. 机床的类别代号

我国的机床分为 12 大类，如有分类，则在其类代号前加数字表示，如 2 M。机床的类代号和分类代号见表 2-1。

表 2-1　机床的类代号和分类代号

类别	车床	钻床	镗床	磨床	齿轮加工机床	螺纹加工机床	铣床	刨插床	拉床	特种加工机床	锯床	其他机床
代号	C	Z	T	M 2M 3M	Y	S	X	B	L	D	G	Q
读音	车	钻	镗	磨 一磨 二磨	牙	丝	铣	刨	拉	电	割	其

2. 机床的通用特性代号

当某类型机床除有普通形式外，还具有表 2-2 所列的通用特征时，则在类代号之后，用大写的汉语拼音予以表示。

表 2-2　机床通用特征代号

通 用 特 性	代 号	通 用 特 性	代 号
高精度	G	轻型	Q
精密	M	加重型	C
自动	Z	简式或经济型	J
半自动	B	数显	X
数控	K	柔性加工单元	R
加工中心（自动换刀）	H	高速	S
彷形	F		

3. 结构特性代号

结构特性代号是为了区别主参数相同而结构不同的机床，在型号中用汉语拼音字母区分。例如，CA6140 型普通车床型号中的"A"，可理解为：CA6140 型普通车床在结构上区别于 C6140 型普通车床。

4．机床的组别、系别代号

每类机床按其作用、性能、结构等分为若干组，每组又可以分为若干系。在机床型号中用两位阿拉伯数字表示，前者表示组，后者表示系。在同一类机床中，凡主要布局或使用范围基本相同的机床，即为同一组。凡在同一组机床中，若其主参数相同，主要结构及布局形式相同，则为同一系。

5．机床的主参数、设计顺序号和第二参数

型号中机床主参数代表机床规格的大小。在机床型号中，用数字给出主参数的折算数值（1/10 或 1/100），位于机床的组别、系别代号之后。

设计顺序号是指当无法用一个主参数表示时，则在型号中用设计顺序号表示。

第二主参数在主参数后面，一般是主轴数、最大跨距、最大工作长度、工作台工作面长度等，它也用折算值表示。

6．机床的重大改进顺序号

当机床性能和结构布局有重大改进和提高时，在原机床型号尾部，按其设计改进的次序，分别加重大改进顺序号 A、B、C 等。

7．其他特性代号

其他特性代号用汉语拼音字母或阿拉伯数字或二者的组合来表示，主要用以反映各类机床的特性，例如，对于数控机床，可反映不同的数控系统；对于一般机床，可反映同一型号机床的变型等。

8．企业代号

生产单位为机床厂时，由机床厂所在城市名称的大写汉语拼音字母及该厂在该城市建立的先后顺序号，或机床厂名称的大写汉语拼音字母表示。

例如：CA6140，各部分含义如下。

C——类别代号（车床类）；

A——结构特性代号；

6——组别代号（落地及卧式车床组）；

1——系别代号（卧式车床系）；

40——主参数代号（最大工件回转直径 400 mm）。

2.2　车削加工

车削加工是指在车床上利用工件的旋转和刀具的移动，从工件表面切除多余材料，使其成为符合一定形状、尺寸和表面质量要求的零件的一种切削加工方法。其中，工件的旋转为主运动，刀具的移动为进给运动。

车削（turning）比其他的加工方法应用普遍，一般机械加工车间中，车床往往占总机床的20%～50%甚至更多。车床主要用来加工各种回转表面（内外圆柱面、圆锥面及成形回转表面）和回转体的端面，有些车床可以加工螺纹面。图 2-2 表示适宜在车床上加工的零件。

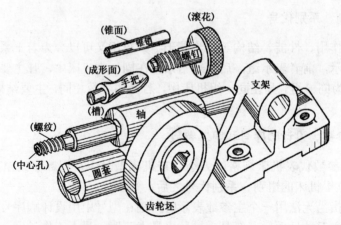

图 2-2　车床加工零件举例

2.2.1　车刀

车刀是最简单的金属切削刀具。车削加工的内容不同，采用的车刀种类也不同。车刀的种类很多，按其结构可分为焊接式、整体式、机夹可转位式等；按形式可分为直头、弯头、尖头、圆弧、右偏刀和左偏刀；根据用途可分为外圆、端面、螺纹、镗孔、切断、螺纹和成形车刀等。

生产中常用的车刀种类和用途如图 2-3 所示。

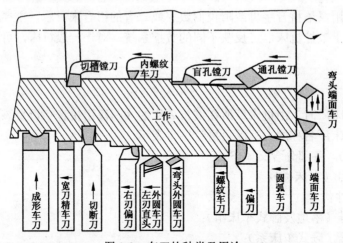

图 2-3　车刀的种类及用途

2.2.2　车床及其附件

车床种类繁多，按其用途和结构的不同主要分为卧式车床、立式车床、转塔车床、仪表车床、单轴自动和半自动车床、多轴自动和半自动车床及专门化车床等。

1. 卧式车床

卧式车床型号很多，下面以 C6132 卧式车床为例，介绍它的组成部分及传动系统。

1）C6132 卧式车床的组成

图 2-4 所示为 C6132 卧式车床。床身上最大工件回转直径为 320 mm。C6132 车床主轴箱内只有一级变速，其主轴变速机构安放在远离主轴箱单独的变速箱中，以减小变速箱传动件的振动和热量对主轴的影响。

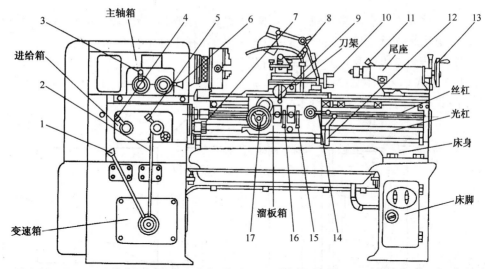

1—主轴变速短手柄；2—主轴变速长手柄；3—换向手柄；4、5—进给量调整手柄；6—主轴变速手柄；7—离合手柄；
8—方刀架锁紧手柄；9—手动横向手柄；10—小滑板手柄；11—尾座套筒锁紧手柄；12—主轴启闭和变向手柄；
13—尾座手柄；14—对开螺母手柄；15—横向自动手柄；16—纵向自动手柄；17—纵向手动轮

图 2-4　C6132 卧式车床

C6132 卧式车床由床身、主轴箱、进给箱、光杠、丝杠、溜板箱、刀架、尾座和床腿等组成。

（1）床身。床身是车床的基础零件，用来支承和连接各主要部件并保证各部件之间有严格、正确的相对位置。床身上的导轨用来引导刀架和尾座相对于主轴箱进行正确移动。床身的左右两端分别支承在左右床腿上，床腿固定在地基上。左右床脚分别装有变速箱和电气箱。

（2）主轴箱。主轴箱内安装主轴和主轴变速机构。电动机的运动经 V 带传动传给主轴箱，通过变速机构使主轴得到不同的转速，从而带动工件旋转。主轴又通过传动齿轮带动配换齿轮旋转，将运动传给进给箱。主轴为空心结构。前部外锥面用于安装夹持工件的附件（如卡盘等），前部内锥面用来安装顶尖，细长的通孔可穿入长棒料。

（3）进给箱。进给箱内安装进给运动的变速机构，可按所需要的进给量或螺距调整其变速机构，改变进给速度。

（4）光杠、丝杠。光杠、丝杠将进给箱的运动传给溜板箱。光杠用于自动走刀车加工外圆面、端面等，丝杠用于车削螺纹。丝杠的传动精度比光杠高，光杠和丝杠不得同时使用。

（5）溜板箱。溜板箱与大拖板连在一起，是车床进给运动的操纵箱。它用于安装变向机构，可将光杠传来的旋转运动通过齿轮、齿条机构（或丝杠、螺母机构）变为车刀需要的纵向或横向的直线运动，也可操纵对开螺母由丝杠带动刀架车削螺纹。

（6）刀架。刀架用来夹持车刀，使其作纵向、横向或斜向进给运动，由大拖板（又称大刀架）、中滑板（又称中刀架、横刀架）、转盘、小滑板（又称小刀架）和方刀架组成，如图 2-5 所示。大拖板与溜板箱带动车刀沿床身导轨作纵向移动。中滑板沿大拖板上面的导轨作横向移动。转盘用螺栓与中滑板紧固在一起，松开螺母，可使其在水平面内扳转任意角度。小滑板沿转盘上的导轨可作短距离的移动。将转盘扳转某一角度后，小滑板便可带动车刀作相应的斜向移动。方刀架用于夹持车刀，可同时安装四把车刀。

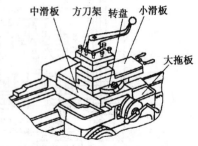

图 2-5　刀架的组成

（7）尾座。尾座安装在车床导轨上。尾座由底座、尾座体、套筒等部分组成。在尾座的套筒内安装顶尖可用来支承工件，也可安装钻头、铰刀，在工件上钻孔和铰孔。

（8）床腿。床腿支承床身，并与地基连接。

2）C6132 卧式车床的传动系统

C6132 卧式车床的传动系统如图 2-6 所示。

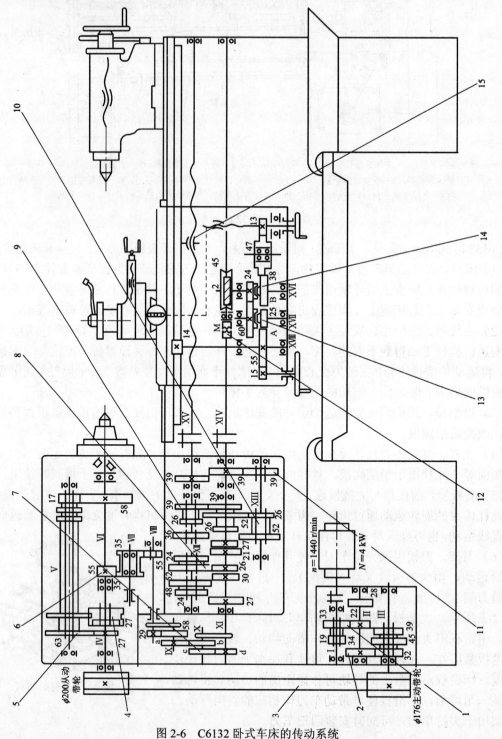

图 2-6　C6132 卧式车床的传动系统

C6132 车床传动系统说明如下。

1——电动机轴通过联轴节与变速箱中的 I 轴相连，经 I 轴双联滑动齿轮传至 II 轴，速比为 $\frac{33}{22}$ 和 $\frac{19}{34}$。

2——变速箱 III 轴上的三联齿轮左移，齿轮 34 与齿轮 32 啮合；右移齿轮 28 与齿轮 39 啮合，中间位置齿轮 22 与齿轮 45 啮合，速比分别为 $\frac{34}{32}$、$\frac{28}{39}$ 和 $\frac{22}{45}$。

3—— I 轴有一种转速，II 轴有两种转速，III 轴有 $2 \times 3 = 6$ 种转速。经带轮 $\phi176/\phi200$ 传至主轴箱带轮轴 IV。

4——主轴上内齿轮联轴器 27 与 IV 轴上齿轮 27 啮合，运动直接传至主轴，使主轴得到 6 种较高的转速。

5—— V 轴上齿轮 63 与齿轮 27 啮合，齿轮 17 与主轴上齿轮 58 啮合，运动传至主轴，速比为 $\frac{27}{63} \times \frac{17}{58}$，使主轴获得较低的 6 种转速。

6——通过齿轮 55 使主运动与进给运动相连。VIII 轴齿轮上 55 左移，直接与 VI 轴齿轮 55 啮合；右移与 VII 轴上过桥齿轮 35 啮合，可改变进给方向及用来车左、右旋螺纹。

7——配换齿轮 a、b、c、d 用来增加进给运动的级数，根据不同的螺距或进给量，选用配换齿轮。

8—— XII 轴上滑动齿轮 24、48、52、24、36 分别与固定在 XI 轴上的齿轮 27、30、26、21、27 啮合，可以得到 5 种不同的转速。

9——左右移动 XII 轴上的滑动齿轮，可得两种速比 $\frac{26}{52}$ 和 $\frac{39}{39}$，使 XI 轴上的齿轮套转速倍增到 10 种。

10——左右移动 XIII 轴上的滑动齿轮，也可得两种速比 $\frac{26}{52}$ 和 $\frac{52}{26}$，又使转速种数倍增，XIII 轴有 $5 \times 2 \times 2 = 20$ 种转速。

11—— XIII 轴上齿轮 39 右移与光杠上齿轮 39 啮合，则光杠转动，左移与丝杠上齿轮 39 啮合，则丝杠转动。

12——光杠上的端齿离合器 M 合上，螺杆带动蜗轮旋转，速比为 $\frac{2}{45}$。齿轮 24 和 60 随之转动。

13——合上锥形摩擦离合器 A，通过齿轮 25、55、15 和固定在床身上的齿条得到刀架的纵向进给运动。

14——合上锥形摩擦离合器 B，通过齿轮 38、47、13 及丝杠、螺母得到刀架的横向进给运动。

15——当闭合对开螺母时，丝杠带动溜板箱移动，以车制螺纹。

（1）主运动传动系统。C6132 卧式车床主轴共有 12 种转速，分别是 45、66、94、120、173、248、360、530、750、958、1 380、1 980（单位：r/min）。

（2）进给运动传动系统。车床作一般进给时，刀架由光杠经过溜板箱中的传动机构来带动。对于每一组配换齿轮，C6132 卧式车床的进给箱可变化 20 种不同的进给量，其进给量的范围是：

纵向进给量：$f_纵 = 0.06\sim3.34\text{mm/r}$，

横向进给量：$f_横 = 0.04\sim2.45\text{mm/min}$。

加工螺纹时，车刀的纵向进给运动由丝杠带动溜板箱上的对开螺母，拖动刀架来实现。

2. 立式车床（分单柱式和双柱式）

立式车床如图 2-7 所示，一般用于加工直径大、长度短且质量较大的工件。立式的工作台的台面是水平面，主轴的轴心线垂直于台面，工件的矫正、装夹比较方便，工件和工作台的重量均匀地作用在工作台下面的圆导轨上。

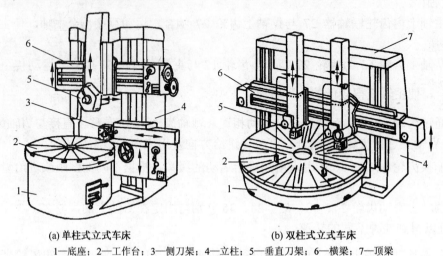

(a) 单柱式立式车床　　　　　　　　(b) 双柱式立式车床

1—底座；2—工作台；3—侧刀架；4—立柱；5—垂直刀架；6—横梁；7—顶梁

图 2-7　立式车床

3. 转塔车床

转塔车床如图 2-8 所示，其结构与卧式车床相似，但没有丝杠，除了有四方刀架外，还可由可转动的六角转塔刀架代替尾座。

转塔刀架如图 2-9 所示，它有六个装刀位置，可以同时装夹六把（组）刀具，如钻头、铰刀、板牙及装在特殊刀夹中的各种车刀，既能加工孔，又能加工外圆和螺纹。这些刀具按零件加工顺序装夹。转塔刀架可以沿床身导轨作纵向进给，每一个刀位加工完毕后，转塔刀架快速返回，转动 60°，更换到下一个刀位进行加工。

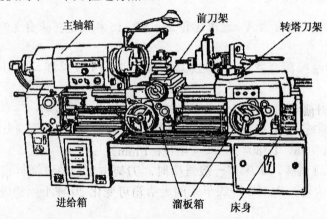

图 2-8　转塔车床

单件小批生产中，各种轴类和盘套类的中小型零件多在卧式车床上加工；生产率要求高，变更频繁的中小型零件，可选用数控车床加工；大型圆盘类零件（如火车轮、大型齿轮的轮坯等）多用立式车床加工。

成批或大批生产中，小型轴、套类零件则广泛使用转塔车床、多刀半自动车床及自动车床进行加工。

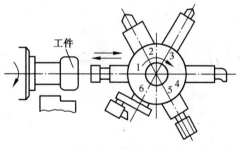

图 2-9　转塔刀架

4．车床附件

车床主要用于加工回转表面。安装工件时，应使被加工表面的回转中心与车床主轴的轴线重合，同时要保证有足够的夹紧力。车床上常用装夹工件的附件有三爪自定心卡盘、四爪单动卡盘、顶尖、心轴、中心架、跟刀架、花盘和弯板等。

1）三爪自定心卡盘

三爪自定心卡盘是车床上最常用的附件，其结构如图 2-10 所示。当转动小锥齿轮时，可使其相啮合的大锥齿轮随之转动，大锥齿轮背面的平面螺纹使三个卡爪同时向中心收拢或张开，以夹紧不同直径的工件。由于三个卡爪同时移动，因此能自行对中（其对中精度约为 0.05～0.15 mm），装夹方便，但夹紧力小。三爪自定心卡盘适宜快速夹持截面为圆形、正三边形、正六边形的工件。三爪自定心卡盘还附带三个"反爪"，换到卡盘体上即可用来夹持直径较大的工件，如图 2-10(c)所示。

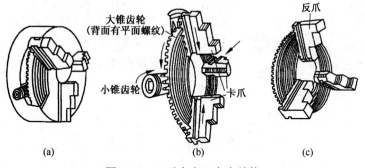

图 2-10　三爪自定心卡盘结构

2）四爪单动卡盘

四爪单动卡盘的结构如图 2-11 所示。它的四个卡爪通过四个调整螺杆独立移动，因此用途广泛。它不但可以安装截面是圆形的工件，而且可以安装截面为方形、长方形、椭圆形或其他某些形状不规则的工件，如图 2-12 所示。在圆盘上车偏心孔也常用四爪单动卡盘安装。此外，四爪单动卡盘的夹紧力比三爪自定心卡盘大，所以也用来安装较重的圆形截面工件。

由于四爪单动卡盘的四个卡爪是独立移动的，可加工偏心工件（见图 2-13(a)）。在安装工件时必须进行仔细的找正工作。一般用划线盘按工件外圆表面或内孔表面找正，也常按预先在工件上已划好的线找正（见图 2-13(b)）。如零件的安装精度要求很高，三爪自定心卡盘不能满足要求，也往往在四爪单动卡盘上安装，此时须用百分表找正（见图 2-13(c)），安装精度可达0.01 mm。

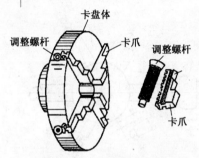

图 2-11 四爪单动卡盘

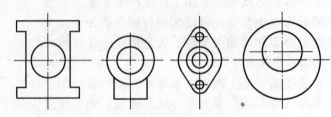

图 2-12 四爪单动卡盘安装零件举例

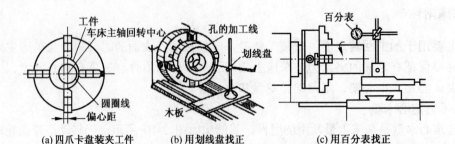

(a) 四爪卡盘装夹工件　　(b) 用划线盘找正　　(c) 用百分表找正

图 2-13 用四爪单动卡盘安装工件时的找正

3）顶尖

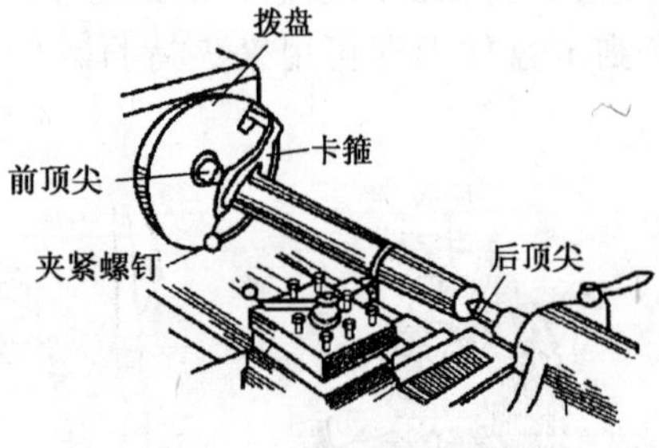

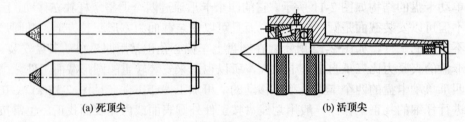

图 2-14 用双顶尖安装工件

在车床上加工长度较长或工序较多的轴类零件时，往往用双顶尖安装工件，如图 2-14 所示。把轴架在前后两个顶尖上，前顶尖装在主轴锥孔内，并和主轴一起旋转，后顶尖装在尾座套筒内，前后顶尖就确定了轴的位置。将卡箍紧固在轴的一端，卡箍的尾部插入拨盘的槽内，拨盘安装在主轴上（安装方式与三爪自定心卡盘相同）并随主轴一起转动，通过拨盘带动卡箍即可使轴转动。

常用的顶尖有死顶尖和活顶尖两种，其形状如图 2-15 所示。前顶尖装在主轴锥孔内，随主轴与工件一起旋转，与工件无相对运动，不发生摩擦，常采用死顶尖。后顶尖装在尾座套筒内，一般也用死顶尖，但在高速切削时，为了防止后顶尖与中心孔因摩擦过热而损坏或烧坏，常采用活顶尖。由于活顶尖的准确度不如死顶尖高，故一般用于轴的粗加工和半精加工。当轴的精度要求比较高时，后顶尖也应使用死顶尖，但要合理选择切削速度。

(a) 死顶尖　　　　　　　　　　(b) 活顶尖

图 2-15 顶尖

4）心轴

盘套类零件的外圆、孔和两个端面常有同轴度或垂直度的要求，但利用卡盘安装加工时无法在一次安装中加工完成有位置精度要求的所有表面。如果把零件调头安装再加工，又无法保证零件的外圆对孔的径向圆跳动和端面对孔的端面圆跳动要求。因此，需要利用心轴以已精加工过的孔定位，保证有关圆跳动要求。

心轴的种类很多，常用的有锥度心轴和圆柱体心轴。锥度心轴如图 2-16 所示，其锥度一般为 1/2 000～1/5 000，工件压入心轴后靠摩擦力固紧。这种心轴装卸方便，对中准确，但不能承受较大的切削力，多用于盘套类零件的精加工。

圆柱体心轴如图 2-17 所示，工件装入心轴后加上垫圈，再用螺母锁紧。它要求工件的两个端面与孔的轴线垂直，以免螺母拧紧时心轴产生弯曲变形。这种心轴夹紧力较大，但对中准确度较差，多用于盘套类零件的粗加工、半精加工。

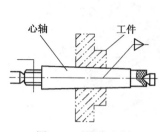

图 2-16　锥度心轴

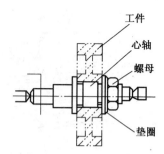

图 2-17　圆柱体心轴

盘套零件上用于安装心轴的孔应有较高的精度，一般为 IT9～IT7。否则，零件在心轴上无法准确定位。

5）花盘

对于某些形状不规则的零件，当要求外圆、孔的轴线与安装基面垂直，或端面与安装面平行时，可以把工件直接压在花盘上加工，如图 2-18 所示。花盘是安装在车床主轴上的一个大铸铁圆盘，盘面上有许多用于穿放螺栓的槽。花盘的端面必须平整，且圆跳动要很小。用花盘安装工件时，需经过仔细找正。

6）花盘—弯板

对于某些形状不规则的零件，当要求孔的轴线与安装面平行，或端面与安装基面垂直时，可用花盘—弯板安装工件，如图2-19所示。弯板要有一定的刚度和强度，用于贴靠花盘和安装工件的两个平面应有较高的垂直度。弯板安装在花盘上要仔细找正，工件紧固在弯板上也需找正。

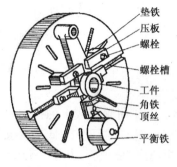

图 2-18　用花盘安装工件

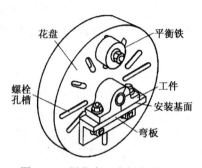

图 2-19　用花盘—弯板安装工件

用花盘或花盘—弯板安装工件时，由于重心往往偏向一边，需要在另一边加平衡铁，以减少旋转时的振动。

7）中心架和跟刀架

加工长径比大于 20 的细长轴时，为防止轴受切削力的作用而产生弯曲变形，往往需要加用中心架或跟刀架。

（1）中心架。中心架固定在床身上。支承工件前，先在工件上车出一小段光滑圆柱面，然后调整中心架的三个支承爪与其均匀接触，再分段进行车削。图 2-20(a)所示为利用中心架车外圆，在工件右端加工完毕后，调头再加工另一端。图 2-20(b)所示为利用中心架加工长轴的端面，卡盘夹持长轴的一端，中心架支承另一端。这种方法也可以加工端面上的孔。

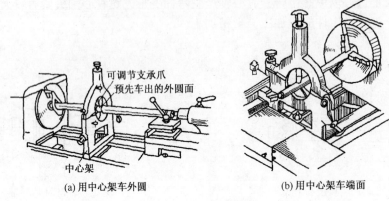

（a）用中心架车外圆

（b）用中心架车端面

图 2-20　中心架的应用

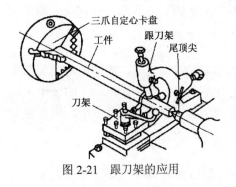

图 2-21　跟刀架的应用

（2）跟刀架。跟刀架与中心架不同，它固定在大拖板上，并随大拖板一起纵向移动。使用跟刀架需先在工件上靠后顶尖的一端车出一小段外圆，以它来支承跟刀架的支承爪，然后再车出工件的全长，如图 2-21 所示。跟刀架多用于加工光滑轴，如光杠和丝杠等。应用跟刀架和中心架时，工件被支承的部分应是加工过的外圆表面，并要加机油润滑。工件的转速不能过高，以免工件与支承之间摩擦过热而烧坏或使支承爪磨损。

2.2.3　车削基本工艺

车削加工适用于加工各种轴类、套筒类和盘类零件上的回转表面，如内圆柱面、圆锥面、环槽、成形回转表面、端面和各种常用螺纹等。在车床上还可以进行钻孔、扩孔、铰孔和滚花等工艺，如图 2-22 所示。

由于车刀的角度和切削用量不同，车削的精度和表面粗糙度也不同。为了提高生产率及保证加工质量，外圆面的车削分为粗车、半精车、精车和精细车。

粗车的目的是从毛坯上切去大部分余量，为精车作准备。粗车时采用较大的背吃刀量 a_p、较大的进给量及中等或较低的切削速度 v_c，以达到高的生产率。粗车也可作为低精度表面的最终工序。 粗车后的尺寸公差等级一般为 IT13～IT11，表面粗糙度 Ra 值为 50～12.5 μm。

半精车的目的是提高精度和减小表面粗糙度，可作为中等精度外圆的终加工，亦可作为精加工外圆的预加工。半精车的背吃刀量和进给量较粗车时小。半精车的尺寸公差等级可达 IT10～IT9，表面粗糙度 Ra 值为 6.3～3.2 μm。

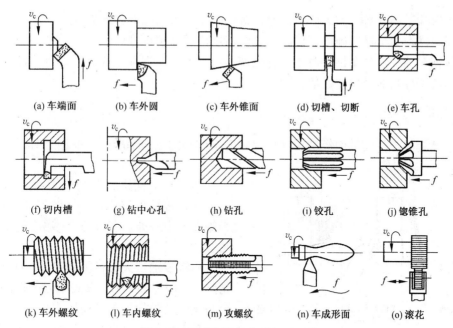

| (a) 车端面 | (b) 车外圆 | (c) 车外锥面 | (d) 切槽、切断 | (e) 车孔 |

| (f) 切内槽 | (g) 钻中心孔 | (h) 钻孔 | (i) 铰孔 | (j) 锪锥孔 |

| (k) 车外螺纹 | (l) 车内螺纹 | (m) 攻螺纹 | (n) 车成形面 | (o) 滚花 |

图 2-22　卧式车床的典型加工工艺

精车的目的是保证工件所要求的精度和表面粗糙度，作为较高精度外圆面的终加工，也可作为光整加工的预加工。精车一般采用小的背吃刀量（$a_p < 0.15$ mm）和进给量（$f < 0.1$ mm/r），可以采用高的或低的切削速度，以避免积屑瘤的形成。精车的尺寸公差等级一般为 IT8～IT7，表面粗糙度 Ra 值为 1.6～0.8 μm。

精细车一般用于技术要求高的、韧性大的有色金属零件的加工。精细车所用机床应有很高的精度和刚度，多使用仔细刃磨过的金刚石刀具。车削时采用小的背吃刀量（$a_p \leqslant 0.03$～0.05 mm）、小的进给量（$f = 0.02$～0.2 mm/r）和高的切削速度（$v_c > 2.6$ m/s）。精细车的尺寸公差等级可达 IT6～IT5，表面粗糙度 Ra 值为 0.4～0.1 μm。

1. 车外圆

刀具的运动方向与工件轴线平行时，将工件车削成圆柱形表面的加工称为车外圆。这是车削加工最基本的操作，经常用来加工轴销类和盘套类工件的外表面。

常用外圆车刀如图 2-23 所示。

（1）尖刀。尖刀主要用于粗车外圆和车削没有台阶或台阶不大的外圆，如图 2-23(a)所示。

（2）45°弯头刀。45°弯头刀既可车外圆，又可车端面，还可以进行 45°倒角，应用较为普遍，如图 2-23(b)所示。

（3）右偏刀。右偏刀主要用来车削带直角台阶的工件。由于右偏刀切削时产生的径向力小，常用于车削细长轴，如图 2-23(c)所示。

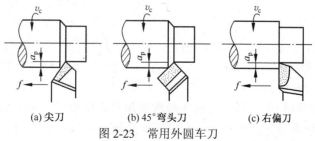

| (a) 尖刀 | (b) 45°弯头刀 | (c) 右偏刀 |

图 2-23　常用外圆车刀

在粗车铸件、锻件时，因表面有硬皮，可先倒角或车出端面，然后用大于硬皮厚度的背吃刀量粗车外圆，使刀尖避开硬皮，以防刀尖磨损过快或被硬皮打坏。

用高速钢车刀低速精车钢件时采用乳化液润滑，用高速钢车刀低速精车铸铁件时采用煤油润滑，可降低工件表面粗糙度数值。

2．车端面

轴类、盘套类工件的端面经常用来作为轴向定位和测量的基准。车削加工时，一般都先将端面车出。

对工件端面进行车削时刀具进给运动方向与工件轴线垂直。车削时，注意刀尖要对准中心，否则端面中心处会留有凸台。端面的车削加工见图2-24。

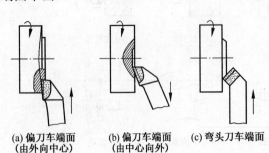

(a) 偏刀车端面　(b) 偏刀车端面　(c) 弯头刀车端面
　 (由外向中心)　　 (由中心向外)

图 2-24　端面的车削加工

粗车或加工大直径工件时，车刀自外向中心切削，多用弯头车刀，弯头车刀车端面对中心凸台是逐步切除的，不易损坏刀尖。

精车或加工小直径工件时，多用右偏车刀。右偏刀由外向中心车端面时，凸台是瞬时去掉的，容易损坏刀尖。另外，右偏刀由外向中心进给切削时前角小，切削不顺利，而且背吃刀量大时容易引起扎刀，使端面出现内凹。右偏刀自中心向外切削，此时切削刃前角大，切削顺利，表面粗糙度数值小。

3．车台阶

对于轴类、盘套类零件上的台阶面的加工，高度小于 5 mm 的低台阶由正装的 90° 偏刀车外圆时车出；高度大于 5 mm 的高台阶在车外圆几次走刀后用主偏角大于 90° 的偏刀沿径向向外走刀车出，见图2-25。

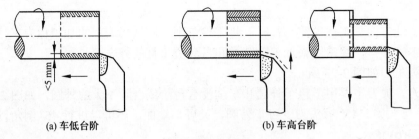

(a) 车低台阶　　　　　　　　　　　(b) 车高台阶

图 2-25　车台阶

4．切槽与切断

1）切槽

回转体工件表面经常需要加工一些沟槽，如螺纹退刀槽、砂轮越程槽、油槽、密封圈槽等。切槽所用的刀具为切槽刀，如图2-26所示，它有一条主切削刃、两条副切削刃、两个刀尖，加工时沿径向由外向中心进刀。

宽度小于 5 mm 的窄槽，用主切削刃尺寸与槽宽相等的车槽刀一次车出；车削宽度大于 5 mm 的宽槽时，先沿纵向分段粗车，再精车，车出槽深及槽宽，如图2-27所示。

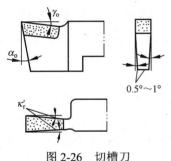

图 2-26　切槽刀

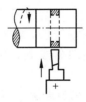

第一、二次横向进给　　最后一次横向进给后再以纵向进给车槽底

(a) 切窄槽　　　　　　　(b) 切宽槽

图 2-27　切槽方法

当工件上有几个同一类型的槽时，槽宽如一致，可以用同一把刀具切削。

2）切断

切断是将坯料或工件从夹持端上分离下来，如图 2-28 所示。

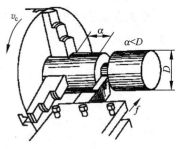

图 2-28　切断

切断所用的切断刀与车槽刀极为相似，只是刀头更加窄长，刚性更差。由于刀具要切至工件中心，呈半封闭切削，排屑困难，容易将刀具折断。因此，装夹工件时应尽量将切断处靠近卡盘，以增加工件刚性。对于大直径工件，有时采用反切断法，目的在于排屑顺畅。

切断时刀尖必须与工件等高，否则切断处将留有凸台，也容易损坏刀具；切断刀伸出不宜过长，以增强刀具刚性；切断时切削速度要低，采用缓慢均匀的手动进给，以防进给量太大造成刀具折断；切断钢件时应适当使用切削液，加快切断过程的散热。

5．车圆锥

车削锥面常用的方法有宽刀法、小拖板旋转法、偏移尾座法和靠模法。

1）宽刀法

宽刀法就是利用主切削刃横向直接车出圆锥面，如图 2-29 所示。此时，切削刃的长度要略长于圆锥母线长度，切削刃与工件回转中心线成半锥角。

宽刀法加工方法方便、迅速，能加工任意角度的内、外圆锥面。此种方法加工的圆锥面很短，而且要求切削加工系统要有较高的刚性，适用于批量生产。

2）小拖板旋转法

车床中拖板上的转盘可以转动任意角度，松开上面的紧固螺钉，使小拖板转过半锥角。如图 2-30 所示，将螺钉拧紧后，转动小拖板手柄，沿斜向进给，便可以车出圆锥面。

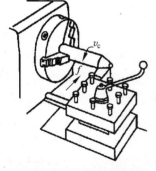

图 2-29　宽刀法车锥面

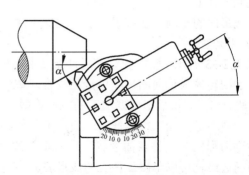

图 2-30　小拖板旋转法车锥面

小拖板旋转法操作简单方便，能保证一定的加工精度，能加工各种锥度的内、外圆锥面，应用广泛。受小拖板行程的限制，小拖板旋转法不能车太长的圆锥。小拖板只能手动进给，加工的锥面粗糙度数值大。小拖板旋转法在单件或小批生产中用得较多。

3）偏移尾座法

如图 2-31 所示，将尾座带动顶尖横向偏移距离 S，使得安装在两顶尖间的工件回转轴线与主轴轴线成半锥角。这样车刀作纵向走刀车出的回转体母线与回转体中心线成斜角，形成圆锥面。

偏移尾座法能切削较长的圆锥面，并能自动走刀，表面粗糙度值比小拖板旋转法小，与自动走刀车外圆一样。由于受到尾部偏移量的限制，一般只能加工小锥度圆锥，也不能加工内锥面。

4）靠模法

在大批量生产中还经常用靠模法车削圆锥面，如图 2-32 所示。

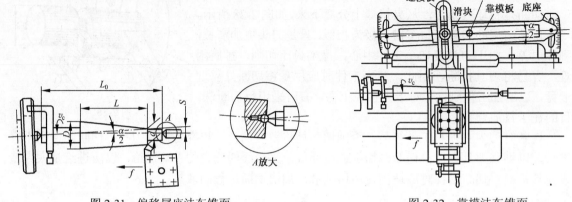

图 2-31　偏移尾座法车锥面　　　　图 2-32　靠模法车锥面

靠模装置的底座固定在床身的后面，底座上装有锥度靠模板。松开紧固螺钉，靠模板可以绕定位销钉旋转，与工件的轴线成一定的斜角。靠模上的滑块可以沿靠模滑动，而滑块通过连接板与拖板连接在一起。中拖板上的丝杠与螺母脱开，其手柄不再调节刀架横向位置，而是将小拖板转过 90°，用小拖板上的丝杠调节刀具横向位置，以调整所需的背吃刀量。

如果工件的锥角为 α，则将靠模调节成 $\alpha/2$ 的斜角。当大拖板作纵向自动进给时，滑块就沿着靠模滑动，从而使车刀的运动平行于靠模板，车出所需的圆锥面。

靠模法加工进给平稳，工件的表面质量好，生产效率高，可以加工 $\alpha < 12°$ 的长圆锥。

6．成形面车削

在回转体上有时会出现母线为曲线的回转表面，如手柄、手轮、圆球等。这些表面称为成形面。成形面的车削方法有手动法、成形刀法、靠模法和数控法等。

1）手动法

如图 2-33 所示，操作者双手同时操纵中拖板和小拖板手柄移动刀架，使刀尖运动的轨迹与要形成的回转体成形面的母线尽量相符合。车削过程中还经常用成形样板检验。通过反复的加工、检验、修正，最后形成要加工的成形表面。手动法加工简单方便，但对操作者技术要求高，而且生产效率低，加工精度低，一般用于单件或小批生产。

切削刃形状与工件表面形状一致的车刀称为成形车刀（样板车）。用成形车刀切削时，只要作横向进给就可以车出工件上的成形表面。用成形车刀车削成形面，工件的形状精度取决于刀具的精度，加工效率高，但由于刀具切削刃长，加工时的切削力大，加工系统容易产生变形和振动，要求机床有较高的刚度和切削功率。成形车刀制造成本高，且不容易刃磨。因此，成形车刀法宜用于成批或大量生产。

2）靠模法

用靠模法车成形面与用靠模法车圆锥面的原理是一样的，只是靠模的形状是与工件母线形状一样的曲线，如图 2-34 所示。大拖板带动刀具作纵向进给的同时靠模带动刀具作横向进给，两个方向进给形成的合运动产生的进给运动轨迹就形成工件的母线。靠模法加工采用普通的车刀进行切削，刀具实际参加切削的切削刃不长，切削力与普通车削相近，变形小，振动小，工件的加工质量好，生产效率高，但靠模的制造成本高。靠模法车成形面主要用于成批或大量生产。

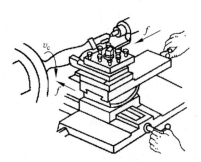

图 2-33　双手操纵法车成形面

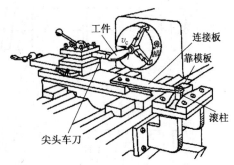

图 2-34　靠模法车成形面

7. 孔加工

车床上孔的加工方法有钻孔、扩孔、铰孔和镗孔。

1）钻孔

在车床上钻孔时所用的刀具为麻花钻。工件的回转运动为主运动，尾座上的套筒推动钻头所作的纵向移动为进给运动。车床上的钻孔加工见图 2-35。

钻孔时，松开尾座锁紧装置，移动尾座直至钻头接近工件，开始钻削时进给要慢一些，然后以正常进给量进给，并应经常将钻头退出，以利于排屑和冷却钻头。钻削钢件时，应加注切削液。

2）镗孔

镗孔是利用镗孔刀对工件上铸出、锻出或钻出的孔作进一步的加工。

在车床上镗孔（见图2-36），工件旋转作主运动，镗刀在刀架带动下作进给运动。镗孔时镗刀杆应尽可能粗一些，镗刀伸出刀架的长度应尽量短些，以增加镗刀杆的刚性，减少振动，但伸出长度不得小于镗孔深度。

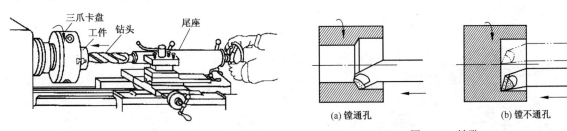

图 2-35　车床上的钻孔加工　　　　　图 2-36　镗孔

（a）镗通孔　　　　（b）镗不通孔

车床上的孔加工主要是针对回转体工件中间的孔。对非回转体上的孔可以利用四爪单动卡盘或花盘装夹在车床上加工，但更多的是在钻床和镗床上进行加工。

8．车螺纹

车床上加工螺纹主要是用车刀车削各种螺纹。各种螺纹的牙型都是靠刀具切出的，所以螺纹车刀切削部分的形状必须与将要车的螺纹的牙型相符。螺纹车刀装夹时，刀尖必须与工件中心等高，并用样板对刀，保证刀尖角的角平分线与工件轴线垂直，以保证车出的螺纹牙型两边对称。

车螺纹时应使用丝杠传动，主轴的转速应选择得低些，图 2-37 所示为车削螺纹的步骤，此法适合于车削各种螺纹。

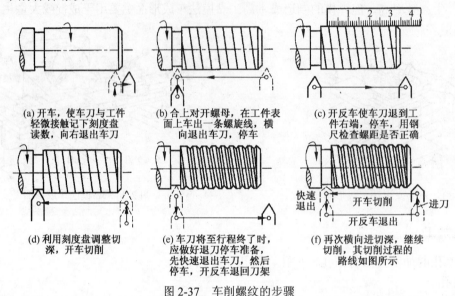

(a) 开车，使车刀与工件轻微接触记下刻度盘读数，向右退出车刀

(b) 合上对开螺母，在工件表面上车出一条螺旋线，横向退出车刀，停车

(c) 开反车使车刀退到工件右端，停车，用钢尺检查螺距是否正确

(d) 利用刻度盘调整切深，开车切削

(e) 车刀将至行程终了时，应做好退刀停车准备，先快速退出车刀，然后停车，开反车退回刀架

(f) 再次横向进切深，继续切削，其切削过程的路线如图所示

图 2-37　车削螺纹的步骤

9．滚花

许多工具和机器零件的手握部分，为了便于握持和增加美观，常常在表面滚压出各种不同的花纹，如百分尺的套管、铰杠扳手及螺纹量规等。这些花纹一般都是在车床上用滚花刀滚压而成的，如图 2-38 所示。

滚花的花纹有直纹和网纹两种，滚花刀也分如图 2-39(a)所示的直纹滚花刀和如图 2-39(b)，(c)所示的网纹滚花刀。花纹也有粗细之分，工件上花纹的粗细取决于滚花刀上的滚轮。滚花时工件所受的径向力大，工件装夹时应使滚花部分靠近卡盘。滚花时工件的转速要低，并且要有充分的润滑，以减小塑性流动的金属对滚花刀的摩擦和防止产生乱纹。

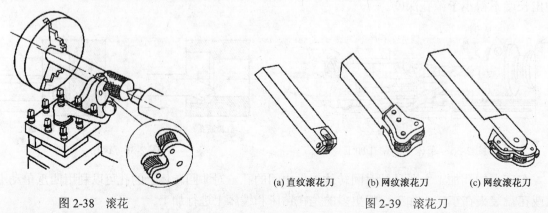

(a) 直纹滚花刀　　(b) 网纹滚花刀　　(c) 网纹滚花刀

图 2-38　滚花　　　　　　　　　　　　　　　图 2-39　滚花刀

2.2.4　车削的工艺特点

1．易于保证零件各加工表面的相互位置精度

对于轴、套筒、盘类等零件，在一次安装中加工出同一零件不同直径的外圆面、孔及端面，可保证各外圆面之间的同轴度、各外圆面与内圆面之间的同轴度以及端面与轴线的垂直度。

2．生产率高

车削的切削过程连续，切削力变化小。与铣削和刨削相比，车削过程平稳，允许采用较大的切削用量，常可以采用强力切削和高速切削，生产率高。

3．生产成本低

车刀是刀具中最简单的一种，制造、刃磨和安装方便，刀具费用低。车床附件多，装夹及调整时间较短，生产准备时间短，加之切削生产率高，生产成本低。

4．应用范围广

车削除了经常用于车外圆、端面、孔、切槽和切断等加工外，还用来车螺纹、锥面和成形表面。同时，车削加工的材料范围较广，可车削黑色金属、有色金属和某些非金属材料，特别适合于有色金属零件的精加工。车削既适于单件小批量生产，也适于中、大批量生产。

2.3　铣削加工

在铣床上用铣刀对工件进行切削加工的方法叫铣削，主要用于加工平面、斜面、垂直面、各种沟槽及成形表面。图 2-40 所示为铣削加工常用的加工方法。

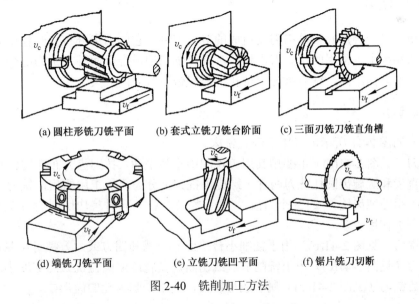

(a) 圆柱形铣刀铣平面　　(b) 套式立铣刀铣台阶面　　(c) 三面刃铣刀铣直角槽

(d) 端铣刀铣平面　　(e) 立铣刀铣凹平面　　(f) 锯片铣刀切断

图 2-40　铣削加工方法

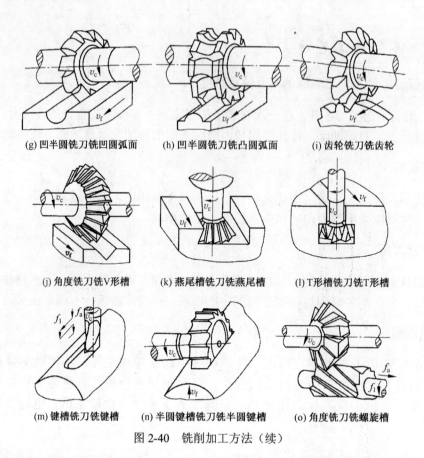

(g) 凹半圆铣刀铣凹圆弧面　　(h) 凹半圆铣刀铣凸圆弧面　　(i) 齿轮铣刀铣齿轮

(j) 角度铣刀铣V形槽　　(k) 燕尾槽铣刀铣燕尾槽　　(l) T形槽铣刀铣T形槽

(m) 键槽铣刀铣键槽　　(n) 半圆键槽铣刀铣半圆键槽　　(o) 角度铣刀铣螺旋槽

图 2-40　铣削加工方法（续）

　　铣削（milling）是平面加工的主要方法之一。铣削可以分为粗铣和精铣，对有色金属还可以采用高速铣削，以进一步提高加工质量。铣平面的尺寸公差等级一般可达 IT9～IT7 级，表面粗糙度 Ra 值为 6.3～1.6 μm，直线度可达 0.12～0.08 mm/m。铣平面时，铣刀的旋转运动是主运动，工件随工作台的直线运动是进给运动。

2.3.1　铣刀

　　铣刀实质上是一种由几把单刃刀具组成的多刃刀具，它的刀齿分布在圆柱铣刀的外回转表面或端铣刀的端面上。常用的铣刀刀齿材料有高速钢和硬质合金两种。铣刀的分类方法很多，根据铣刀安装方法的不同，铣刀可分为带孔铣刀和带柄铣刀两大类。

1. 带孔铣刀

　　带孔铣刀如图 2-41 所示，多用于卧式铣床。

　　圆柱铣刀（见图 2-41(a)）主要用其周刃铣削中小型平面。按刀齿分布在刀体圆柱表面上的形式可分为直齿和螺旋齿圆柱铣刀两种。螺旋齿铣刀又分为粗加工用的粗齿铣刀（8～10 个刀齿）和精加工用的细齿铣刀（12 个刀齿以上）。螺旋齿铣刀同时参加切削的刀齿数较多，工作较平稳，生产中使用较多。

　　三面刃铣刀（见图 2-41(b)）用于铣削小台阶面、直槽和四方或六方螺钉小侧面。

　　锯片铣刀（见图 2-41(c)）用于铣削窄缝或切断，其宽度比圆盘铣刀的宽度小。

　　盘状模数铣刀（见图 2-41(d)）属于成形铣刀，用于铣削齿轮的齿形槽。

角度铣刀（见图 2-41(e), (f)）属于成形铣刀，具有各种不同的角度，用于加工各种角度槽和斜面。

半圆弧铣刀（见图 2-41(g), (h)）属于成形铣刀，其切削刃呈凸圆弧、凹圆弧等，用于铣削内凹和外凸圆弧表面。

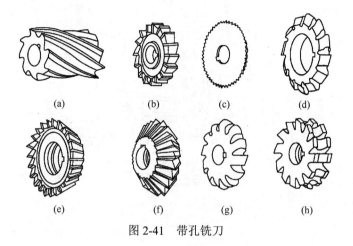

(a)　　　　　(b)　　　　　(c)　　　　　(d)

(e)　　　　　(f)　　　　　(g)　　　　　(h)

图 2-41　带孔铣刀

2．带柄铣刀

带柄铣刀多用于立式铣床，有时也可用于卧式铣床。

端铣刀（见图 2-42）刀齿分布在刀体的端面上和圆柱面上，按结构形式分为整体和镶齿端铣刀两种。端铣刀刀杆伸出长度短，刚性好，铣削较平稳，加工面的粗糙度值小。其中硬质合金镶齿铣刀在钢制刀盘上镶有多片硬质合金刀齿，用于铣削较大的平面，可实现高速切削，故得到广泛的应用。

立铣刀（见图 2-43(a)）刀齿分布在圆柱面和端面上，它很像带柄的端铣刀，端部有三个以上的刀刃，主要用于铣削直槽、小平面、台阶平面和内凹平面等。

键槽铣刀（见图 2-43(b)）的端部只有两个刀刃，专门用于铣削轴上封闭式键槽。

T 形槽铣刀（见图 2-43(c)）和燕尾槽铣刀（见图 2-43(d)）分别用于铣削 T 形槽和燕尾槽。

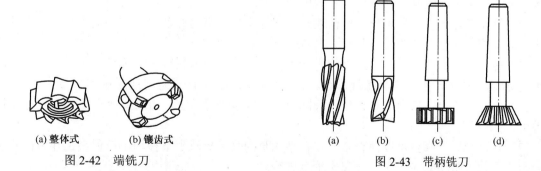

(a) 整体式　　　(b) 镶齿式

图 2-42　端铣刀

(a)　　　(b)　　　(c)　　　(d)

图 2-43　带柄铣刀

2.3.2　铣床及其附件

铣床的种类很多，常用的有卧式铣床、万能铣床和立式铣床。此外，还有龙门铣床、数控铣床及各种专用铣床。卧式或立式升降台铣床多用于单件小批生产中加工中小型工件；龙门铣床用于加工大型工件或同时加工多个中小型工件，生产率较高，多用于成批大量生产。

1．卧式铣床

卧式铣床简称卧铣，是铣床中应用最多的一种，其主要特征是主轴轴线与工作台面平行。图 2-44 所示是 X6125 万能卧式铣床的外形图。

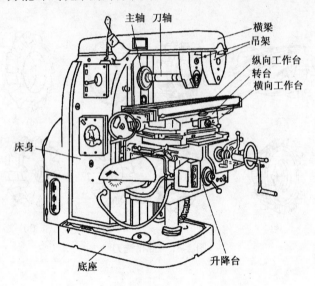

图 2-44　X6125 万能卧式铣床的外形图

X6125 卧式万能升降台铣床主要由床身、主轴、横梁、纵向工作台、转台、横向工作台、升降台等部分组成。

（1）床身。床身用来固定和支承铣床上所有的部件，内部装有主轴、主轴变速箱、电气设备及润滑油泵等部件。顶面上有供横梁移动用的水平导轨。前部有燕尾形的垂直导轨，供升降台上下移动。

（2）主轴。主轴是空心轴，前端有 7∶24 的精密锥孔，用于安装铣刀或刀轴，并带动铣刀或刀轴旋转。

（3）横梁。横梁上面可安装吊架，用来支承刀轴外伸的一端，以加强刀轴的刚度。横梁可沿床身顶部的水平导轨移动，以调整其伸出的长度。

（4）纵向工作台。纵向工作台可以在转台的导轨上作纵向移动，以带动安装在台面上的工件作纵向进给。台面上的 T 形槽用以安装夹具或工件。

（5）转台。转台的唯一作用是能将纵向工作台在水平面内扳转一个角度（顺时针、逆时针最大均可转过 45°），用于铣削螺旋槽等。有无转台，是万能卧铣与普通卧铣的主要区别。

（6）横向工作台。横向工作台位于升降台上面的水平导轨上，可带动纵向工作台一起作横向进给。

（7）升降台。升降台可以使整个工作台沿床身的垂直导轨上下移动，以调整工作台面到铣刀的距离，并可带动纵向工作台一起作垂直进给。

2．立式铣床

立式铣床简称立铣，它与卧铣的主要区别是主轴与工作台面相垂直。有时根据加工的需要，可以将其主轴偏转一定的角度。图 2-45 所示是 X5030 立式铣床的外形图。

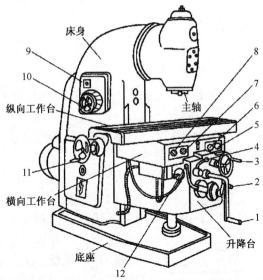

床身
9
10
纵向工作台
8
主轴
7
6
5
4
11
3
横向工作台
2
1
底座
12
升降台

1—升降手动手柄；2—进给量调整手柄；3—横向手动手轮；4—纵向、横向、垂向自动进给选择手柄；5—机床启动按钮；
6—机床总停按钮；7—自动进给换向旋钮；8—切削液泵旋钮开关；9—主轴点动按钮；
10—主轴变速手轮；11—纵向手动手轮；12—快动手柄

图 2-45　X5030 立式铣床的外形图

X5030 立式铣床的主要组成部分与 X6125 万能卧式铣床基本相同，除主轴所处位置不同外，它还没有横梁、吊架和转台。铣削时，铣刀安装在主轴上，由主轴带动作旋转运动，工作台带动工件作纵向、横向、垂向的进给运动。

3．铣床附件及工件的安装

铣床常用的工件安装方法有平口钳安装（见图 2-46(a)）、压板螺栓安装（见图 2-46(b)）、V 形铁安装（见图 2-46(c)）和分度头安装（见图 2-46(d), (e), (f)）等。分度头多用于安装有分度要求的工件。它既可用分度头卡盘（或顶尖）与尾座顶尖一起使用安装轴类零件，又可只使用分度头卡盘安装工件。由于分度头的主轴可以在垂直平面内扳转，因此可利用分度头把工件安装成水平、垂直及倾斜位置。当零件的生产批量较大时，可采用专用夹具或组合夹具安装工件。这样既能提高生产效率，又能保证产品质量。

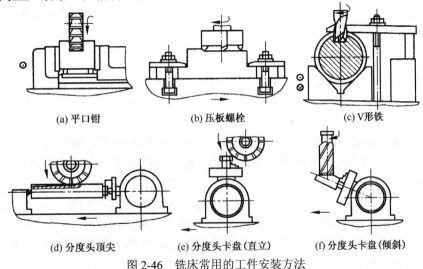

(a) 平口钳　　　(b) 压板螺栓　　　(c) V形铁

(d) 分度头顶尖　　　(e) 分度头卡盘(直立)　　　(f) 分度头卡盘(倾斜)

图 2-46　铣床常用的工件安装方法

2.3.3 铣削的基本工艺

1. 铣削加工方式

铣削加工主要是加工平面、沟槽。平面加工既可以用周铣法也可以用端铣法。

1）周铣法

周铣法是指用铣刀的圆周刀齿加工平面（包括成形面）的方法，用圆柱铣刀、盘铣刀、立铣刀、成形铣刀等进行的加工，都属于周铣法。

周铣法分为逆铣法和顺铣法，如图 2-47 所示。

（1）逆铣法。在切削部位刀齿的旋转方向与工件的进给方向相反的铣削为逆铣。逆铣时，刀齿较易磨损，并影响已加工表面质量，有可能产生振动，这就要求工件装夹紧固。但当工件表面有硬皮时，采用这种方法，硬皮对刀齿没有直接影响。

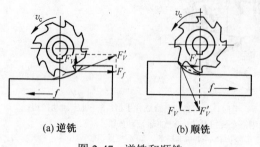

(a) 逆铣   (b) 顺铣

图 2-47　逆铣和顺铣

（2）顺铣法。在切削部位刀齿的旋转方向与工件的进给方向相同的铣削为顺铣。顺铣时，已加工表面质量较高，加工比较平稳。但如果工件表面有硬皮，则易打刀，铣刀很易磨损。因此，从保证工件夹持稳固，提高刀具耐用度和减小表面粗糙度等方面考虑，以采用顺铣法为宜，但在生产中仍多采用逆铣法。

2）端铣法

端铣与周铣不同的是，周铣铣刀切削刃形成已加工表面，而端铣铣刀只有刀尖才形成已加工表面，端面切削刃是副切削刃，主要的切削工作由分布在外表面上的主切削刃完成。根据铣刀和工件之间相对位置的不同，端铣可分为对称铣削和不对称铣削，如图 2-48 所示。

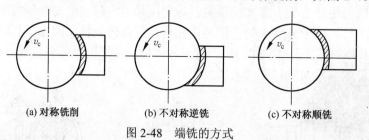

(a) 对称铣削   (b) 不对称逆铣   (c) 不对称顺铣

图 2-48　端铣的方式

对称铣削是指刀齿切入工件与切出工件的切削厚度相同。不对称铣削是指刀齿切入时的切削厚度小于或大于切出时的切削厚度。

3）周铣法与端铣法的比较

（1）端铣的加工质量比周铣好。周铣时，同时参加工作的刀齿一般只有 1～2 个，而端铣时同时参加工作的刀齿多，切削力变化小，因此，端铣的切削过程比周铣时平稳，可达到较小的表面粗糙度。

（2）端铣的生产率比周铣高。端铣刀一般直接安装在铣床的主轴端部，悬伸长度较小，刀具系统的刚性好，可以采用高速铣削，大大地提高了生产率，同时还可以提高已加工表面的质量。

（3）周铣的适应性好于端铣。周铣便于使用各种结构形式的铣刀铣削斜面、成形表面、台阶面、各种沟槽和切断等。

2．铣削加工方法

（1）铣平面。根据具体情况，铣平面可以用端铣刀（见图 2-49(a), (b)）、圆柱形铣刀（见图 2-49(c)）、套式立铣刀（见图 2-49(d), (e), (f)）、三面刃铣刀（见图 2-49(g)）和立铣刀（见图 2-49(h), (i)）来加工。其中，铣平面优先选择端铣，因为用端铣刀铣平面生产率较高，加工表面质量也较好。

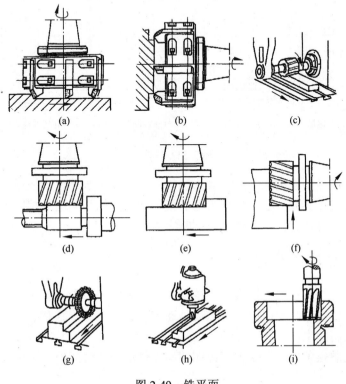

图 2-49　铣平面

（2）铣斜面。铣斜面（如图 2-50 所示）常用的方法有：使用斜垫铁铣斜面，利用分度头铣斜面，旋转立铣头铣斜面和利用角铣刀铣斜面。

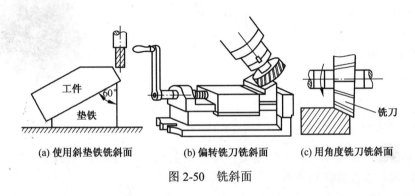

(a) 使用斜垫铁铣斜面　　　(b) 偏转铣刀铣斜面　　　(c) 用角度铣刀铣斜面

图 2-50　铣斜面

（3）铣沟槽。铣沟槽时，根据沟槽形状可分别在卧式铣床或立式铣床上用相应的沟槽铣刀进行铣削，如图 2-51 所示。在铣燕尾槽和 T 形槽之前，应先铣出宽度合适的直槽。

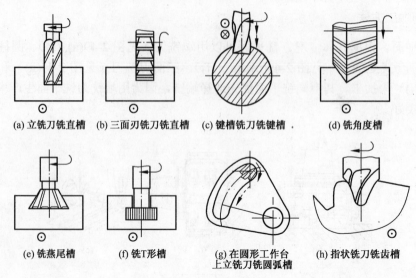

(a) 立铣刀铣直槽　(b) 三面刃铣刀铣直槽　(c) 键槽铣刀铣键槽　(d) 铣角度槽

(e) 铣燕尾槽　(f) 铣T形槽　(g) 在圆形工作台上立铣刀铣圆弧槽　(h) 指状铣刀铣齿槽

图 2-51　铣沟槽

（4）铣齿轮。齿轮的铣削加工属于成形法加工，它只用于单件小批量生产。低精度齿轮的齿铣削时，工件装夹在分度头上，根据齿轮的模数和齿数的不同选择相应的齿轮铣刀来加工。每铣完一个齿槽之后再铣另一个齿槽，直到铣完为止。

2.3.4　铣削的工艺特点

（1）生产率高。铣刀是多刀齿刀具，铣削时有较多的刀齿参加切削，参与切削的切削刃较长，总的切削面积较刨削时大，而且主运动是连续的旋转运动，有利于采用高速切削，因此铣平面比刨平面有较高的生产率。

（2）铣刀刀齿散热条件好。铣刀刀齿在切离工件的一段时间内，可以得到一定的冷却，散热条件好。

（3）铣削过程不平稳。铣削过程中，铣刀的刀齿切入和切出时产生冲击，同时参加工作的刀齿数的增减，以及每个刀齿的切削厚度的变化，都将引起切削面积和切削力的变化，从而使得铣削过程不平稳。铣削过程的不平稳，限制了铣削加工质量和生产率的进一步提高。

（4）铣床加工范围广。可加工各种平面、沟槽和成形面。

2.4　钻削、铰削加工

2.4.1　钻孔

钻孔（drilling）是用钻头在工件的实体部位加工孔的工艺过程。钻孔可以在钻床、车床或镗床上进行，也可以在铣床上进行。

在车床上钻孔时，工件旋转，钻头纵向进给，如图 2-52 所示。在钻床上钻孔时，工件固定不动，钻头旋转（主运动）并作轴向移动（进给运动）。钻孔的尺寸公差等级为 IT10 以下，表面粗糙度值为 12.5 μm，可作为孔的粗加工或要求不高孔的终加工。

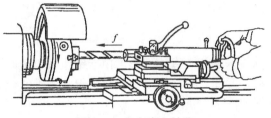

图 2-52　在车床上钻孔

1．钻床

在钻床上可以完成钻孔、扩孔、铰孔、攻螺纹、锪孔和锪凸台等加工，如图 2-53 所示。

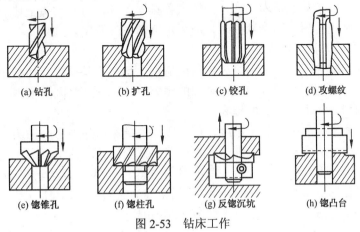

(a) 钻孔　　　　(b) 扩孔　　　　(c) 铰孔　　　　(d) 攻螺纹

(e) 锪锥孔　　　(f) 锪柱孔　　　(g) 反锪沉坑　　(h) 锪凸台

图 2-53　钻床工作

钻床的种类很多，常用的有台式钻床、立式钻床和摇臂钻床等。

2．钻孔用的刀具

钻头是钻孔用的刀具。常见的孔加工刀具有麻花钻、中心钻、锪钻和深孔钻等，其中应用最广泛的是麻花钻。钻头大多用高速钢制成，经过淬火和回火处理，其工作部分硬度达 HRC 62以上。钻头由工作部分、颈部、柄部组成，如图 2-54 所示。

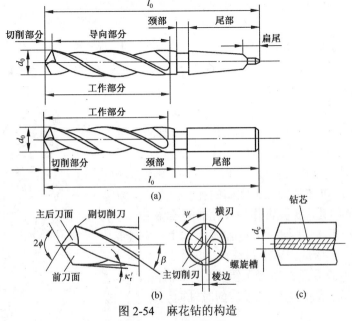

图 2-54　麻花钻的构造

3. 钻孔的工艺特点

1）容易产生引偏

引偏是孔径扩大或孔轴线偏移和不直的现象。由于钻头横刃定心不准，钻头刚性和导向作用较差，切入时钻头易偏移、弯曲。在钻床上钻孔易引起孔的轴线偏移和不直；在车床上钻孔易引起孔径扩大。钻头引偏如图 2-55 所示。

2）排屑困难

钻孔的切屑较宽，容屑槽尺寸又受到限制，切屑在孔内被迫卷成螺旋状，流出时与孔壁发生剧烈摩擦、挤压、拉毛和刮伤已加工表面，降低已加工表面质量；有时切屑可能会阻塞在钻头的容屑槽中，甚至会卡死或折断钻头。为了改善排屑条件，可在钻头上修出分屑槽，将宽的切屑分成窄条，以利于排屑。当钻深孔时，应采用合适的深孔钻。

3）切削温度高，刀具磨损快

切削时产生的切削热多，加之钻削为半封闭切削，切屑不易排出，切削热不易传出，切削液难以注入到切削区，切屑、刀具和工件之间的摩擦很大，使切削区温度很高，致使刀具磨损加快，限制了钻削用量和生产效率的提高。

在实际生产中为了提高孔的加工精度，可采取如下措施：仔细刃磨钻头，使两个切削刃的长度相等和顶角对称，从而使径向切削力互相抵消，减少钻孔时的歪斜；在钻头上修磨出分屑槽，将宽的切屑分成窄条，以利于排屑；用顶角 $2\phi = 90° \sim 100°$ 的短钻头，预钻一个锥形坑可以起到钻孔时的定心作用（如图 2-56(a)所示）；用钻模为钻头导向，可减小钻孔开始时的引偏，特别是在斜面或曲面上钻孔时更有必要（如图 2-56(b)所示）。

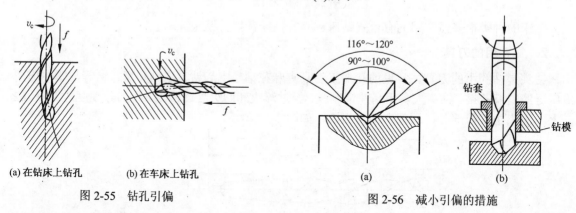

(a) 在钻床上钻孔　　(b) 在车床上钻孔

图 2-55　钻孔引偏

(a)　　　　　　(b)

图 2-56　减小引偏的措施

2.4.2　扩孔

扩孔（core drilling）是用扩孔钻对工件上已有的孔进一步扩大孔径并提高孔质量的加工方法。

扩孔加工一般尺寸公差等级可达 IT10～IT9，表面粗糙度 Ra 值为 6.3～3.2 μm。对技术要求不太高的孔，扩孔可作为终加工；对精度要求高的孔，扩孔常作为铰孔前的预加工。由于是在已有孔上扩孔加工，切削量小，进给量大，生产率较高。

扩孔可在钻床、车床或镗床上进行。

扩孔钻（如图 2-57 所示）直径范围为 10～80 mm，与麻花钻相比，扩孔钻切削部分无横刃，切削时轴向力较小，改

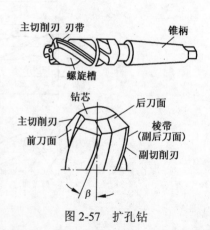

图 2-57　扩孔钻

善了切削条件。扩孔钻的刀齿数（一般为 3～4 个）和棱边比麻花钻多，排屑槽浅，扩孔钻的强度和刚度较高，工作时导向性好，切削平稳，扩孔加工的质量比钻孔高。扩孔对孔的形状误差有一定的校正能力，大大提高了切削效率和加工质量，是孔的一种半精加工方法。

2.4.3 铰孔

铰孔是用铰刀对孔进行最后精加工。铰孔的尺寸公差等级可达 IT7～IT6，表面粗糙度 Ra 值可达 1.6～0.8 μm。铰孔的加工余量很小，粗铰为 0.15～0.25 mm，精铰为 0.05～0.15 mm。

铰刀一般有 6～12 个切削刃（如图 2-58 所示），制造精度高；铰刀具有修光部分，其作用是校准孔径，修光孔壁；铰刀容屑槽小，心部直径大，刚度好。铰孔时的加工余量小（粗铰为 0.15～0.35 mm，精铰为 0.05～0.15 mm），切削力较小，铰孔时的切削速度较低（$v_c = 1.5～10$ m/min），产生的切削热较少，因此工件的受力变形和受热变形小，可避免积屑瘤的不利影响，使得铰孔质量比较高。

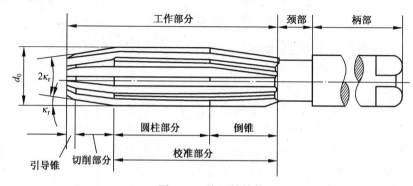

图 2-58 铰刀的结构

钻头、扩孔钻和铰刀都是标准刀具。对于中等尺寸以下较精密的标准孔，在单件小批乃至大批大量生产中均可采用钻—扩—铰这种典型加工方案进行加工，非常方便。

钻、扩、铰只能保证孔本身的精度，而不易保证孔与孔之间的尺寸精度及位置精度。为此，可以利用钻模进行加工，或者采用镗孔。

2.5 刨削、拉削和镗削加工

2.5.1 刨削加工

在刨床上用刨刀加工工件的过程称为刨削。

1. 刨床

刨削类机床一般指牛头刨床、龙门刨床等。

1）牛头刨床

牛头刨床是刨削类机床中应用较广的一种。在牛头刨床上刨削时，刨刀的往复直线运动是主运动，工作台带动工件作间歇的进给运动。它适宜刨削长度不超过 1 000 mm 的中小型工件。

图 2-59 所示为 B6065 牛头刨床。牛头刨床主要由床身、滑枕、刀架、工作台、横梁和底座等部分组成。

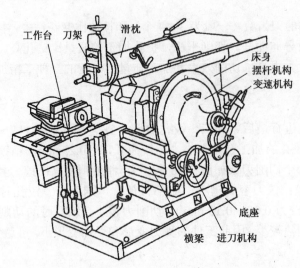

图 2-59　B6065 牛头刨床

（1）床身。床身用于支承和连接刨床的各部件。其顶面导轨供滑枕往复运动用，侧面导轨供工作台升降用。床身的内部装有传动机构。

（2）滑枕。滑枕主要用来带动刨刀作直线往复运动（主运动），其前端装有刀架。滑枕往复运动的快慢、行程的长短和位置均可根据加工位置进行调整。

（3）刀架。刀架（见图 2-60）用于夹持刨刀。摇动刀架手柄时，滑板便可沿转盘上的导轨带动刨刀上下移动。松开转盘上的螺母，将转盘扳转一定角度后，可使刀架斜向进给。滑板上还装有可偏转的刀座（又称刀盒、刀箱）。刀座上装有抬刀板，刨刀随刀夹安装在抬刀板上，在刨刀的返回行程中，刨刀随抬刀板绕 A 轴向上抬起，以减小刨刀与工件的摩擦。

（4）工作台。工作台用于安装工件，它可随横梁作上下调整，并可沿横梁作水平方向移动，实现间歇进给运动。

（5）底座。底座支承床身，并通过地脚螺栓与地基相连。

2）龙门刨床

龙门刨床（如图 2-61 所示）因有一个"龙门"式框架而得名。

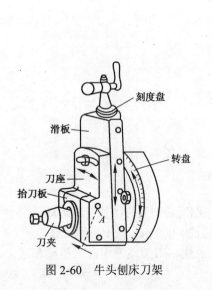

图 2-60　牛头刨床刀架

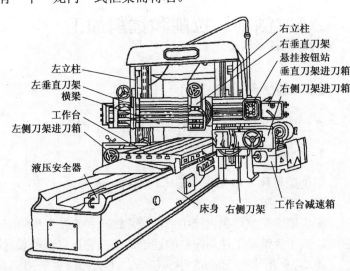

图 2-61　龙门刨床

　　在龙门刨床上刨削时，工件随工作台作往复直线运动是主运动，刨刀作间歇的进给运动。横梁上的刀架沿横梁导轨水平间歇移动，以刨削工件的水平面；在立柱上的侧刀架，可沿立柱导轨垂直间歇移动，以刨削工件的垂直面；刀架还能绕转盘转动一定角度刨削斜面。横梁还可沿立柱导轨上下升降，以调整刀具与工件的相对位置。刨削时要调整好横梁的位置和工作台的行程长度。龙门刨床主要用于加工大型零件上的大平面或长而窄的平面，也常用于同时加工多个中小型零件的平面。

　　龙门刨床与牛头刨床相比，具有形体大、结构复杂、动力大、刚性好、传动平稳、工作行程长、操作方便、适应性强和加工精度高等特点。

　　有的龙门刨床附有铣头、磨头等部件，以使工件在一次安装中能完成刨、铣、磨等工作，这种机床又称龙门铣刨床或龙门铣磨刨床。

2. 刨刀

　　刨刀的种类很多，其中平面刨刀用来刨平面；偏刀用来刨垂直面或斜面；角度偏刀用来刨燕尾槽和角度；弯切刀用来刨 T 形槽及侧面槽；切刀及割槽刀用来切断工件或刨沟槽。此外，还有成形刀，用来刨特殊形状的表面。常用的刨刀及其应用如图 2-62 所示。

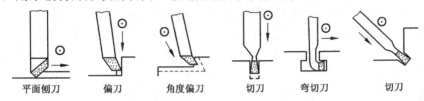

| 平面刨刀 | 偏刀 | 角度偏刀 | 切刀 | 弯切刀 | 切刀 |

图 2-62　常用的刨刀及其应用

3. 刨削加工的基本工艺

　　刨削主要用来加工平面（包括水平面、垂直面和斜面），也广泛地用于加工直槽、燕尾槽和 T 形槽等。如果进行适当的调整和增加某些附件，还可以用来加工齿条、齿轮、花键和母线为直线的成形面等。刨削的主要工艺如图 2-63 所示。

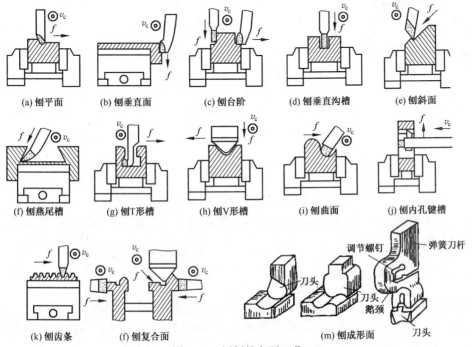

图 2-63　刨削的主要工艺

4. 刨削加工的特点

（1）成本低。刨床结构简单，调整操作方便。刨刀为单刃刀具，制造方便，容易刃磨，价格低。

（2）适应性广。刨削可以适应多种表面的加工，如平面、V 形槽、燕尾槽、T 形槽及成形表面等。在刨床上加工床身、箱体等平面，易于保证各表面之间的位置精度。

（3）生产率较低。因为刨削的主运动是往复直线运动，回程时不切削，加工是不连续的，增加了辅助时间。同时，采用单刃刨刀进行加工时，刨刀在切入、切出时产生较大的冲击、振动，限制了切削用量的提高。因此，刨削生产率低于铣削，一般用在单件小批或修配生产中。但是，当加工狭长平面如导轨、长直槽时，由于减少了进给次数，或在龙门刨床上采用多工件、多刨刀刨削时，刨削生产率可能高于铣削。

（4）加工质量较低。精刨平面的尺寸公差等级一般可达 IT9～IT8 级，表面粗糙度 Ra 值为 6.3～1.6 μm，刨削的直线度较高，可达 0.04～0.08 mm/m。

2.5.2　插削加工

插床实际上是一种立式的刨床（如图 2-64 所示），它的结构原理与牛头刨床属于同一类型，只是在结构形式上略有区别。插床的滑枕带动刀具在垂直方向上下往复移动为主运动。工作台由下拖板、上拖板及圆工作台三部分组成。下拖板可作横向进给，上拖板可作纵向进给，圆工作台可带动工件回转。

在插床上插削主要应用于加工各种零件内外直线型面，如带轮、齿轮、蜗轮等零件上的键槽、花键槽等，也可以加工多边形孔。在插床上插削方孔和孔内键槽的方法如图 2-65 所示。

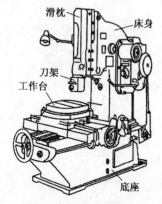

图 2-64　B5020 插床

(a) 插削方孔

(b) 插削孔内键槽

图 2-65　插削方孔和孔内键槽

插床上多用三爪自定心卡盘、四爪单动卡盘和插床分度头等安装工件，也可用平口钳和压板螺栓安装工件。

插削生产率低，一般用于工具车间、机修车间和单件小批量生产中。

插削的表面粗糙度 Ra 值为 6.3～1.6 μm。由于插削与刨削加工一样，生产效率低，主要用于单件小批量生产和修配加工。

2.5.3　拉削加工

拉削加工是在拉床上用拉刀加工工件的内表面或外表面的工艺方法。拉削时，拉刀的直线移动是主运动。拉削无进给运动，其进给运动是靠拉刀的每齿升高来实现的，所以拉削可以看做按高低顺序排列的多把刨刀进行刨削的过程。

1．拉刀

拉刀是一种多刃的专用工具，结构复杂。一把拉刀只能加工一种形状和尺寸规格的表面，根据工件的加工面及截面形状不同拉刀有各种形式，如图 2-66 所示。

拉孔时，工件通常不夹持，但必须有经过半精加工的预孔，以便拉刀穿过。

2．拉削的工艺特点

（1）生产率高。拉刀同时工作的刀齿多，而且一次行程能够完成粗、精加工。尤其是加工形状特殊的内外表面时，效果更显著。

（2）拉刀耐用度高。拉削速度低，每齿切削厚度很小，切削力小，切削热也少，刀具磨损慢，耐用度高。

（3）加工精度高。拉削的尺寸公差等级一般可达 IT8～IT7，表面粗糙度 Ra 值为 0.8～0.4 μm。

（4）拉床只有一个主运动（直线运动），结构简单，操作方便。

（5）加工范围广。拉削可以加工圆形及其他形状复杂的通孔、平面及其他没有障碍的外表面，但不能加工台阶孔、不通孔和薄壁孔，如图 2-67 所示。

（6）拉刀成本高，刃磨复杂，而且一把拉刀只适宜加工一种规格尺寸的孔或键槽，因此一般只用于大批量生产。

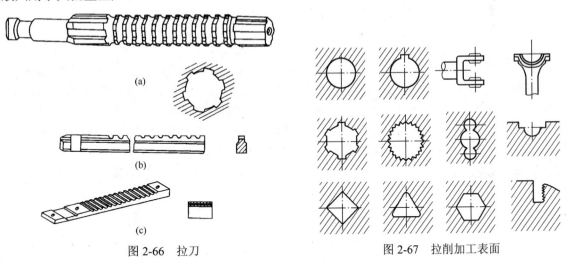

图 2-66　拉刀　　　　　　　　　　　图 2-67　拉削加工表面

2.5.4　镗削加工

镗削是在大型工件或形状复杂的工件上加工孔及孔系的基本方法。对于直径较大的孔、内成形面或孔内环槽等，镗削是唯一合适的加工方法。其优点是能加工大直径的孔，而且能修正上一道工序形成的轴线歪斜的缺陷。

镗孔的质量（主要指几何精度）主要取决于机床精度，镗床上镗孔精度可达 IT7 级，表面粗糙度 Ra 值为 0.8～0.1 μm。由于镗床与镗刀的调整复杂，技术要求高，生产率较低。在大批量生产中为提高生产率并保证加工质量，通常使用镗模。

镗削可以在镗床、车床及钻床上进行。卧式镗床用于箱体、机架类零件上的孔或孔系的加工；钻床或铣床用于单件小批生产；车床用于回转体零件上轴线与回转体轴线重合的孔的加工。

1. 镗床

镗床按结构和用途不同分为卧式镗床、坐标镗床、金刚镗床及其他镗床。其中卧式镗床应用最广泛。

图2-68所示是卧式镗床，它由床身、前立柱、后立柱、主轴箱、主轴、平旋盘、工作台、上滑座、下滑座和尾架等部件组成。加工时，刀具装在主轴上或平旋盘的径向刀架上，从主轴箱处获得各种转速和进给量。主轴箱可沿前立柱上下移动实现垂直进给。工件装在工作台上，与工作台一起随下滑座沿床身导轨作纵向移动或随上滑座沿下滑座上导轨作横向移动。此外，工作台还能绕上滑座上的圆形导轨在水平面内转一定的角度。

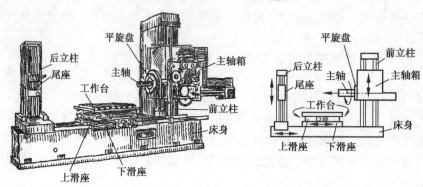

图 2-68　卧式镗床

2. 镗刀

镗刀主要分单刃镗刀和浮动式镗刀，如图 2-69 所示。一把镗刀可以加工出不同尺寸的孔，而且可以保证孔中心线的准确位置及相互位置精度。镗孔的生产率低，要求较高的操作技术，这是因为镗孔的尺寸精度要依靠调整刀具位置来保证。在成批生产中通常采用专用镗床，孔与孔之间的位置精度靠镗模的精度来保证。一般镗孔的尺寸公差等级为IT8～IT7，表面粗糙度 Ra 值为1.6～0.8 μm；精细镗时，尺寸公差等级可达IT7～IT6，表面粗糙度 Ra 值为 0.8～0.2 μm。镗孔主要用于加工机座、箱体、支架等大型零件上孔径较大，尺寸精度和位置精度要求高的孔系。

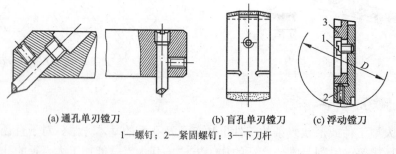

(a) 通孔单刃镗刀　　　　(b) 盲孔单刃镗刀　　　(c) 浮动镗刀

1—螺钉；2—紧固螺钉；3—下刀杆

图 2-69　镗刀

3. 镗削的基本工艺

在卧式镗床上能完成的加工工艺见图 2-70。

镗孔时镗刀装在主轴上作主运动，工作台作纵向进给运动。对于浅孔的加工，镗杆短而粗，刚性好，镗杆可悬臂安装进行加工；若加工深孔或距主轴端面较远的孔，一般使用后立柱上的尾架来支承镗杆，以提高刚度。

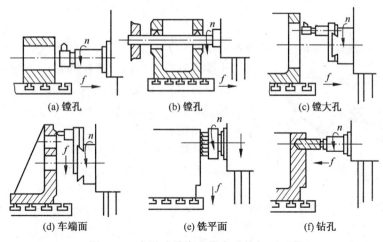

(a) 镗孔　　　　　　　(b) 镗孔　　　　　　　(c) 镗大孔

(d) 车端面　　　　　(e) 铣平面　　　　　　(f) 钻孔

图 2-70　在卧式镗床上能完成的加工工艺

2.6　磨削加工

　　磨削（grinding）是用带有磨粒的工具（砂轮、砂带、油石等）对工件进行加工的方法。磨削可达到很高的加工精度和低的表面粗糙度值。磨削既能加工一般金属材料，又能加工难以切削的各种硬材料，如淬火钢。

　　磨削主要用于零件的内外圆柱面、内外圆锥面、平面及成形表面（如花键、螺纹齿轮）等的精加工。几种常见的磨削加工形式如图 2-71 所示。

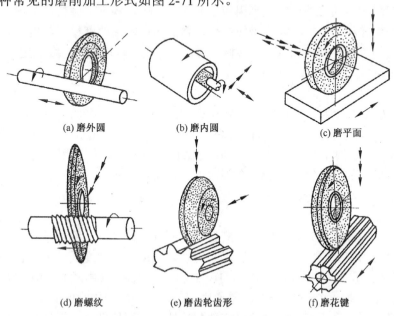

(a) 磨外圆　　　　　(b) 磨内圆　　　　　　(c) 磨平面

(d) 磨螺纹　　　　(e) 磨齿轮齿形　　　　(f) 磨花键

图 2-71　几种常见的磨削加工形式

2.6.1　磨具

　　磨具（abrasive grinding tools）主要有砂轮、油石、磨头、砂瓦、砂布、砂纸、砂带和研磨膏等。最重要的磨削工具是砂轮。

1. 砂轮

砂轮是由细小而坚硬的磨料加结合剂用烧结的方法制成的疏松的多孔体。砂轮表面上杂乱地排列着许多磨粒，磨粒的每一个棱角都相当于一个切削刃，整个砂轮相当于一把具有无数切削刃的铣刀，磨削时砂轮高速旋转，切下粉末状切屑。磨削原理示意图如图 2-72 所示。

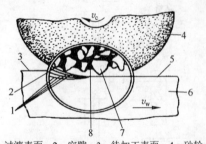

1—过渡表面；2—空隙；3—待加工表面；4—砂轮；
5—已加工表面；6—工件；7—磨粒；8—结合剂

图 2-72 磨削原理示意图

砂轮的特性主要由磨料、粒度、结合剂、硬度、组织及形状尺寸等因素决定。

1）磨料

磨料是制造磨具的主要原料，直接担负着切削工作。它必须具有高的硬度及良好的耐热性，并具有一定的韧性。

目前常用的磨料有刚玉类、碳化硅类和高硬磨料类。

（1）刚玉类（AL_2O_3）：棕刚玉（A）用于加工硬度较低的塑性材料，如中、低碳钢和低合金钢等；白刚玉（WA）用于加工硬度较高的塑性材料，如高碳钢、高速钢和淬硬钢等。

（2）碳化硅类（SiC）：黑碳化硅（C）用于加工硬度较低的脆性材料，如铸铁、铸铜等；绿碳化硅（GC）用于加工高硬度的脆性材料，如硬质合金、宝石、陶瓷和玻璃等。

（3）高硬磨料类：人造金刚石（SD）用于加工硬质合金、宝石、玻璃、硅片等；立方氮化硼（CBN）用于加工高温合金、不锈钢和高速钢等。

2）粒度

粒度是指磨料颗粒的尺寸，其大小用粒度号表示。国标规定了磨料和微粉两种粒度号。一般说来，粗磨选用较粗的磨料（粒度号较小），精磨选用较细的磨料（粒度号较大）；微粉多用于研磨等精密加工和超精密加工。磨软材料时，为防止砂轮堵塞，一般选用粗磨粒；磨削脆、硬材料时选用细磨粒。

3）结合剂

结合剂的作用是将磨料黏合成具有一定强度和形状的砂轮。砂轮的强度、抗冲击性、耐热性及抗腐蚀能力主要取决于结合剂的性能。常用的结合剂有陶瓷结合剂（V）、树脂结合剂（B）、橡胶结合剂（R）和金属结合剂（M）等。陶瓷结合剂应用最广，适用于外圆、内圆、平面、无心磨削和成形磨削的砂轮等；树脂结合剂适用于切断和开槽的薄片砂轮及高速磨削砂轮；橡胶结合剂适用于无心磨削导轮、抛光砂轮；金属结合剂适用于金刚石砂轮等。

4）硬度

砂轮的硬度是指砂轮在外力作用下，磨粒脱落的难易程度（又称结合度）。磨具的硬度反映结合剂固结磨粒的牢固程度，磨粒难脱落叫硬度高，反之叫硬度低。国家标准中对磨具硬度规定了 16 个级别：D，E，F（超软）；G，H，J（软）；K，L（中软）；M，N（中）；P，Q，R（中硬）；S，T（硬）；Y（超硬）。普通磨削常用 G～N 级硬度的砂轮。

工件材料越硬，应选用越软的砂轮；工件与砂轮接触面积大，工件的导热性差时，选用较软的砂轮；精磨或成形磨削，选用较硬的砂轮；粗磨时应选用较软的砂轮。

5）组织

磨具的组织指磨具中磨粒、结合剂、气孔三者体积的比例关系，以磨粒率（磨粒占磨具体积的百分率）表示磨具的组织号。磨料所占的体积比例越大，砂轮的组织越紧密；反之，组织越疏松。国家标准中规定了 15 个组织号：0，1，2，…，13，14。0 号组织最紧密，磨粒率最高；14 号组织最疏松，磨粒率最低。普通磨削常用 4～7 号组织的砂轮。

组织号越大，磨粒所占体积越小，表明砂轮越疏松。这样，气孔就越多，砂轮不易被切屑堵塞，同时可把冷却液或空气带入磨削区，使散热条件改善。

6）形状与尺寸

根据机床类型和加工需要，磨具被制成各种标准的形状和尺寸。常用砂轮的形状、代号和用途如表 2-3 所示。

表 2-3　常用砂轮的形状、代号和用途

砂轮名称	形　状	代　号	用　途
平形砂轮		P	磨削外圆、内圆、平面，并用于无心磨削
双斜边砂轮		PSX	磨削齿轮的齿形和螺线
筒形砂轮		N	立轴端面平磨
杯形砂轮		B	磨削平面、内圆及刃磨刀具
碗形砂轮		BW	刃磨刀具，并用于导轨磨
碟形砂轮		D	磨削铣刀、铰刀、拉刀及齿轮的齿形
薄片砂轮		PB	切断和切槽

7）砂轮标记

砂轮标记的书写顺序是：形状代号、尺寸、磨料、粒度号、硬度、组织号、结合剂和允许的最高线速度。例如，砂轮的标记为：

P	400×40×127	WA	60	L	5	V	35
↓	↓	↓	↓	↓	↓	↓	↓
平形砂轮	外径×厚度×孔径	磨料	粒度号	硬度	组织号	结合剂	最高工作线速度（m/s）

生产中主要依据被磨材料的性质、要求达到的工件表面粗糙度和金属磨除率等因素选择砂轮。选择的原则是：

① 磨削钢时，选用刚玉类砂轮；磨削硬铸铁、硬质合金和非铁金属时，选用碳化硅砂轮。

② 磨削软材料时，选用硬砂轮；磨削硬材料时，选用软砂轮。

③ 磨削软而韧的材料时，选用粗磨料（如 $12^{\#}\sim36^{\#}$）；磨削硬而脆的材料时，选用细磨料（如 $46^{\#}\sim100^{\#}$）。

④ 磨削表面的粗糙度值要求较低时，选用细磨粒；金属磨除率要求高时，选用粗磨粒。

⑤ 要求加工表面质量好时，选用树脂或橡胶结合剂的砂轮；要求最大金属磨除率时，选用陶瓷结合剂砂轮。

2. 油石

珩磨、超精加工及钳工使用的磨具为油石，常见的油石形状如图 2-73 所示。

正方油石　　长方油石　　三角油石　　圆柱油石　　半圆油石
(SF)　　　　(SC)　　　　(SJ)　　　　(SY)　　　　(SB)

图 2-73　常见的油石形状

油石的标记为：

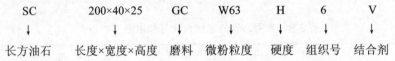

SC　　200×40×25　GC　W63　H　6　V

↓　　　↓　　　↓　　　↓　　↓　　↓　　↓

长方油石　长度×宽度×高度　磨料　微粉粒度　硬度　组织号　结合剂

2.6.2　磨床

磨床按用途不同可分为外圆磨床、内圆磨床、平面磨床、无心磨床、工具磨床、螺纹磨床、齿轮磨床及其他各种专用磨床等。

1. 外圆磨床

外圆磨床用于磨削外圆柱面、外圆锥面和轴肩端面等。它分为普通外圆磨床和万能外圆磨床。图 2-74 所示为 M1420 万能外圆磨床。M1420 万能外圆磨床由床身、工作台、工件头架、尾架、砂轮架、砂轮修整器和电器操纵板等部分组成。

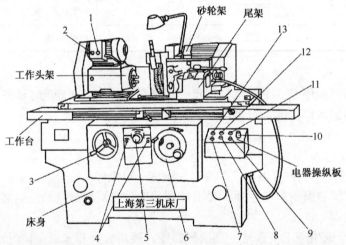

1—工件转动变速旋钮；2—工件转动点动按钮；3—工作台手动手轮；4—工作台左、右端停留时间调整旋钮；5—工作台的自动及无级调速旋钮；6—砂轮横向手动手轮；7—砂轮启动按钮；8—砂轮引进、工件转动、切削液泵启动按钮；9—液压油泵启动按钮；10—砂轮变速旋钮；11—液压油泵停止按钮；12—砂轮退出、工件停转、切削液泵停止按钮；13—总停按钮

图 2-74　M1420 万能外圆磨床

万能外圆磨床各组成部分的作用如下：

（1）床身。床身用于装夹各部件。上部装有工作台和砂轮架，内部装有液压传动系统。

（2）砂轮架。砂轮架用于装夹砂轮，并由单独电动机带动砂轮旋转。

（3）工作台。工作台上装有头架和尾座，用以装夹工件并带动工件旋转。工作台有两层，磨削时下工作台作纵向往复移动，以带动工件纵向进给，其行程长度可借挡块位置调节。上工作台相对下工作台在水平面内可扳转一个不大的角度，以便磨削圆锥面。

（4）头架。头架内的主轴由单独电动机带动旋转。主轴端部可装夹顶尖、拨盘或卡盘，以便装夹工件并带动工件旋转作圆周进给运动。头架可以使工件获得 60～460 r/min 六种不同的转速。

（5）尾座。尾座的功用是用后顶尖支撑长工件。它可在工作台上移动，调整位置以装夹不同长度的工件。

外圆磨床上安装工件的方法有顶尖安装、卡盘安装和心轴安装等。

（1）顶尖安装。轴类工件常用顶尖安装。安装时，工件支持在两顶尖之间，如图 2-75 所示。但磨床所用的顶尖均不随工件一起转动（死顶尖），这样可以提高加工精度，避免由于顶尖转动带来的径向跳动误差。尾顶尖是靠弹簧推力顶紧工件的，这样可以自动控制松紧程度，避免工件因受热伸长带来的弯曲变形。

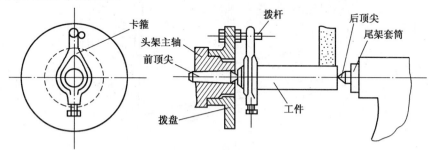

图 2-75　顶尖安装

（2）卡盘安装。磨削短工件的外圆时可用三爪自定心或四爪单动卡盘安装工件，如图 2-76(a), (b)所示。用四爪单动卡盘安装工件时，要用百分表找正。对形状不规则的工件还可采用花盘安装。

（3）心轴安装。盘套类空心工件常以内孔定位磨削外圆。此时常用心轴安装工件，如图2-76(c)所示。常用的心轴种类与车床上使用的相同，但磨削用的心轴的精度要求更高些，多用锥度心轴，其锥度一般为 1/5 000～1/7 000。心轴在磨床上的安装与在车床上一样，也是通过顶尖安装的。

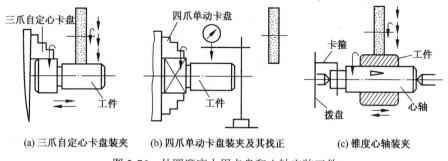

(a) 三爪自定心卡盘装夹　　　(b) 四爪单动卡盘装夹及其找正　　　(c) 锥度心轴装夹

图 2-76　外圆磨床上用卡盘和心轴安装工件

2．内圆磨床

内圆磨床用于磨削内圆柱面、内圆锥面及孔内端面等。图 2-77 所示是 M2110 内圆磨床。内圆磨床由床身、工作台、工件头架、砂轮架、砂轮修整器等部分组成。

砂轮架安装在床身上，由单独电动机驱动砂轮高速旋转，提供主运动；砂轮架还可以横向移动，使砂轮实现横向进给运动。工件头架安装在工作台上，带动工件旋转作圆周进给运动；头架可在水平面内扳转一定角度，以便磨削内锥面。工作台沿床身纵向导轨往复直线移动，带动工件作纵向进给运动。

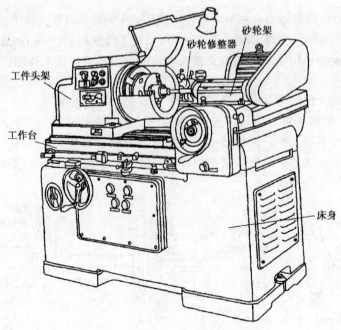

图 2-77   M2110 内圆磨床

2.6.3 磨削的基本工艺

1. 外圆面的磨削

外圆面磨削（grinding）既可在外圆磨床上进行，也可在无心磨床上进行。

1）在外圆磨床上磨削

在外圆磨床上磨削外圆的方法常用的有纵磨法、横磨法、混合磨法和深磨法，如图 2-78 所示。

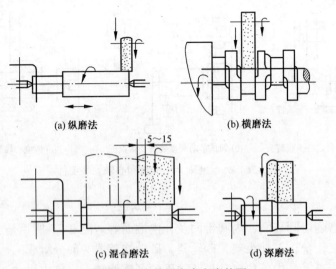

(a) 纵磨法   (b) 横磨法

(c) 混合磨法   (d) 深磨法

图 2-78   在外圆磨床上磨外圆

（1）纵磨法。砂轮高速旋转为主运动，工件旋转并和磨床工作台一起往复直线运动分别为圆周进给运动和纵向进给运动，工件每转一周的纵向进给量为砂轮宽度的 2/3，致使磨痕互相重叠。每当工件一次往复行程终了时，砂轮作周期性的横向进给（背吃刀量）。每次磨削的深度很小，经多次横向进给磨去全部磨削余量。

纵磨法由于背吃刀量小，所以磨削力小，产生的磨削热少，散热条件较好；还可以利用最后几次无背吃刀量的光磨行程进行精磨，因此加工精度和表面质量较高。此外，纵磨法具有较大的适应性，可以用一个砂轮加工不同长度的工件。但是，其生产率较低，故广泛适用于单件、小批生产及精磨，特别适用于细长轴的磨削。

（2）横磨法。又称切入法，磨削时工件不作纵向往复移动，而由砂轮以慢速作连续的横向进给，直至磨去全部磨削余量。

横磨法生产率高，但由于砂轮和工件接触面积大，磨削力大，发热量多，磨削温度高，散热条件差，工件容易产生热变形和烧伤现象，且因背向力 F_p 大，工件易产生弯曲变形。由于无纵向进给运动，磨痕明显，因此工件表面粗糙度 Ra 值较纵磨法大。横磨法一般用于成批及大量生产中，磨削刚性较好、长度较短的外圆，以及两端都有台阶的轴颈及成形表面，尤其是工件上的成形表面，只要将砂轮修整成形，就可以直接磨出。

（3）混合磨法。混合磨法是先用横磨法将工件表面分段进行粗磨，然后用纵磨法进行精磨的加工方法。混合磨法综合了横磨法和纵磨法的优点，既提高了加工效率，又保证了加工精度。

（4）深磨法。磨削时采用较小的纵向进给量（一般取 $1 \sim 2$ mm/r）、较大的背吃刀量（一般为 0.3 mm 左右），在一次行程中磨去全部余量。磨削用的砂轮前端修磨成锥形或阶梯形，直径大的圆柱部分起精磨和修光作用。锥形或其余阶梯面起粗磨或半精磨作用。深磨法的生产率约比纵磨法高一倍，但修整砂轮较复杂，只适用于大批量生产刚度大并允许砂轮越出加工面两端较大距离的工件。

2）在无心外圆磨床上磨削

无心外圆磨削是一种生产率很高的精加工方法如图 2-79 所示。磨削时工件放在两个砂轮之间，下方用托板托住，不用顶尖支持，所以称为无心磨。

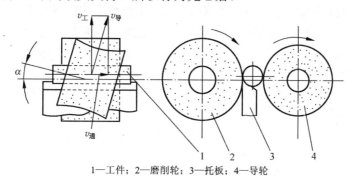

1—工件；2—磨削轮；3—托板；4—导轮

图 2-79　无心外圆磨削示意图

两个砂轮中，较小的一个砂轮是用橡胶结合剂做的，磨粒较粗，称为导轮；另一个是用来磨削工件的砂轮，称为磨削轮。磨削时，导轮和磨削轮同向旋转，工件轴线略高于砂轮与导轮轴线，以避免工件在磨削时产生圆度误差。工件与导轮之间摩擦较大，所以工件由导轮带动作低速旋转，并由高速旋转着的砂轮进行磨削。

导轮轴线相对于工件轴线倾斜一个角度 α（$10° \sim 50°$），以使导轮与工件接触点的线速度 $v_导$ 分解为两个速度，一个是沿工件圆周切线方向的 $v_工$，另一个是沿工件轴线方向的 $v_通$。因此，工件一方面旋转作圆周进给，另一方面作轴向进给运动。工件从两个砂轮间通过后，即完成外圆磨削。导轮倾斜 α 角后，为了使工件表面与导轮表面保持线接触，应当将导轮母线修整成双曲线形。

无心外圆磨削生产率高，工件尺寸稳定，不需用夹具，操作技术要求不高；缺点是工件圆周面上不允许有键槽或小平面，对于套筒类零件不能保证内、外圆的同轴度要求，机床的调整比较费时。这种方法适用于成批、大量生产光滑的销、轴类零件的磨削。

2．孔的磨削

磨孔（hole grinding）是孔的精加工方法之一，可达到的尺寸公差等级为 IT8～IT6，表面粗糙度 Ra 值为 1.6～0.4 μm。磨孔可以在内圆磨床或万能外圆磨床上进行。目前应用的内圆磨床是卡盘式的，它可以加工圆柱孔、圆锥孔和成形内圆面等。

内圆磨削的方法也有纵磨法和横磨法两种，其操作方法和特点与磨削外圆相似。纵磨法应用最为广泛。

磨削内圆时，工件大多数以外圆和端面作为定位基准。通常采用三爪自定心卡盘、四爪单动卡盘、花盘及弯板等夹具安装工件。其中最常用的是用四爪单动卡盘通过找正安装工件。内圆磨示意图（俯视图）如图 2-80 所示。

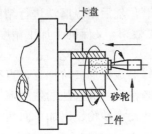

图 2-80　内圆磨示意图（俯视图）

磨孔与铰孔、拉孔比较，有如下特点：

① 可磨削淬硬的工件孔；

② 不仅能保证孔本身的尺寸精度和表面质量，还可以提高孔轴线的直线度；

③ 同一个砂轮，可以磨削不同直径的孔，灵活性较大；

④ 生产率比铰孔低，比拉孔更低。

作为孔的精加工，成批生产中常用铰孔，大量生产中常用拉孔。由于磨孔具有万能性，不需要成套的刀具，故在单件小批生产中应用较多。特别是对于淬硬的工件，磨孔仍是孔精加工的主要方法。

磨内圆（孔）与磨外圆相比，存在如下问题：

（1）表面粗糙度值较大。磨内圆所达到的表面粗糙度值较磨外圆时大。

（2）生产率较低。由于受工件孔径的限制，砂轮轴细，且悬伸长度较长，刚度差，磨削时易产生弯曲变形和振动，故磨削用量小，生产率较低；又因为砂轮易堵塞，需要经常修整和更换砂轮，增加了辅助时间，使磨孔的生产率进一步降低。

因此，磨内圆时，为了提高生产率和加工精度，尽可能选用较大直径的砂轮和砂轮轴，砂轮轴的悬伸长度越短越好。

3．磨平面

根据磨削时砂轮工件表面的不同，平面磨削的方式有两种，即周磨法和端磨法，如图 2-81所示。

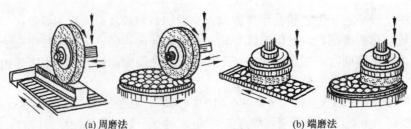

(a) 周磨法　　　　　　　　　　(b) 端磨法

图 2-81　磨平面的方法

（1）周磨法。周磨法是用砂轮圆周面磨削平面，如图 2-81(a)所示。周磨时，砂轮与工件接触面积小，排屑及冷却条件好，工件发热量少，因此磨削易翘曲变形的薄片工件能获得较好的加工质量，但磨削效率较低。

（2）端磨法。端磨法是用砂轮端面磨削平面，如图 2-81(b)所示。端磨时，由于砂轮轴伸出较短，而且主要是受轴向力，因而刚性较好，能采用较大的磨削用量。此外，砂轮与工件接触面积大，因而磨削效率高。但发热量大，也不易排屑和冷却，故加工质量较周磨低。

2.6.4　磨削的工艺特点

1．精度高，表面粗糙度值小

磨削所用的砂轮的表面有极多的、具有锋利的切削刃的磨粒，磨床比一般切削加工机床精度高，刚性及稳定性好，同时磨削速度高，可以进行高精度加工。

2．砂轮有自锐作用

磨削过程中，磨钝了的磨粒会自动脱落而露出新鲜锐利的磨粒，使得磨粒能够以较锋利的刃口对工件进行切削。

3．磨削温度高

磨削时的切削速度为一般切削加工的 10～20 倍，磨粒多为负前角切削，挤压和摩擦较严重，磨削时消耗功率大，产生的切削热多。而砂轮本身的传热性很差，大量的磨削热在短时间内传散不出去，在磨削区形成瞬时高温，有时高达 800～1 000℃。大部分磨削热将传入工件，降低零件的表面质量和使用寿命。因此，在磨削过程中，应向磨削区加注大量的切削液，不仅可降低磨削温度，还可以冲掉细碎的切屑和碎裂及脱落的磨粒，避免堵塞砂轮空隙，提高砂轮的寿命。

4．磨削的背向力大

磨削外圆时，总磨削力分解为磨削力 F_c、进给力 F_f 和背向力 F_p 三个相互垂直的分力（如图 2-82 所示）。磨削力 F_c 决定磨削时消耗功率的大小，在一般切削加工中，切削力 F_c 比背向力 F_p 大得多；而在磨削时，背向磨削力 F_p 大于磨削力 F_c（一般 2～4 倍），进给力最小，一般可忽略不计。

背向力 F_p 不消耗功率，但它会使工件产生水平方向的弯曲变形，直接影响工件的加工精度。例如，纵磨细长轴的外圆时，由于工件的弯曲而产生腰鼓形（如图 2-83 所示）。

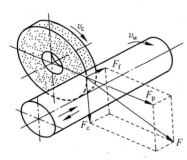

图 2-82　磨削力

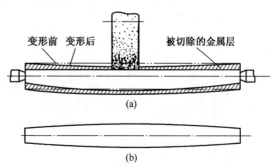

图 2-83　背向磨削力所引起的加工误差

2.7　精整和光整加工

精整加工是指在精加工之后从工件上切除很薄的材料层，提高工件精度和减小表面粗糙度值的加工方法，如研磨和珩磨等。光整加工是指不切除或从工件表面切除极薄材料层，减小工件表面粗糙度值的加工方法，如超级光磨和抛光等。

2.7.1　研磨

1. 加工原理

研磨（lapping）是一种常见的精整加工方法。研磨时把研磨剂放在研具与工件之间，在一定压力作用下研具与工件作复杂的相对运动，通过研磨剂的微量切削及化学作用去除工件表面的微小余量，从而达到很高的精度和很小的表面粗糙度。

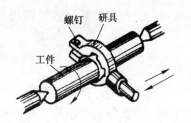

研磨方法分手工研磨和机械研磨两种。图 2-84 所示为手工研磨外圆表面的示意图。研磨时，将研具套在工件上，在研具和工件之间涂上研磨剂，调整螺钉使研具对工件表面有一定的压力。工件安装在车床两顶尖间作低速旋转（20～30 m/min），研具（手握）在一定压力下沿工件轴向作往复直线运动，直至研磨合格为止。手工研磨生产率低，只适用于单件小批量生产。

图 2-84　手工研磨外圆表面的示意图

机械研磨在专用研磨机床上进行。图 2-85 所示为机械研磨示意图。研具由上下两块铸铁研磨盘组成，两者可作同向或反向的转动。上研磨盘与机床主轴浮动连接且转速比下研磨盘的转速大，下研磨盘与机床主轴刚性连接。在上下研磨盘之间有一个与偏心轴相连的分隔盘，上面开有许多矩形孔，尺寸比工件略大。工作时，分隔盘被偏心轴带动旋转，使工件在分隔盘的槽内自由转动，同时也作轴向滑动，在工件表面上形成细密均匀的网纹，均匀地去除加工余量，从而获得高的加工精度和小的表面粗糙度。为增加工件轴向的滑动速度，分隔盘上矩形槽的对称中心线与分隔盘半径方向呈 $\gamma = 6° \sim 15°$ 夹角。机械研磨生产率高，适合于大批大量生产。

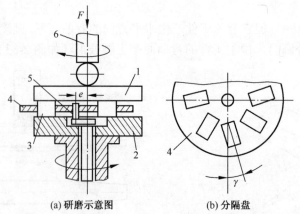

(a) 研磨示意图　　　　　　(b) 分隔盘

1—上研磨盘；2—下研磨盘；3—工件；4—分隔盘；5—偏心轴；6—悬臂轴

图 2-85　机械研磨示意图

研磨孔（hole lapping）是孔的精整加工方法，需要在精镗、精铰或精磨后进行。在车床上研磨套类零件孔时（如图 2-86 所示），使用可调式研磨棒作为研具。研磨前套上工件，将研磨棒安装在车床上，涂上研磨剂，调整研磨棒直径使其对工件有适当的压力。研磨时，研磨棒旋转，操作者手握工件往复移动。

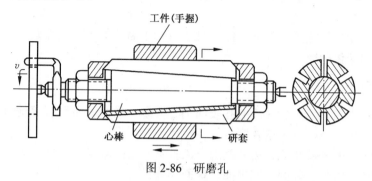

图 2-86　研磨孔

研磨平面的研具有两种：带槽的平板用于粗研，光滑的平板用于精研。研磨时，在平板上涂以适当的研磨剂，工件沿平板的表面以一定的运动轨迹进行研磨。研磨小而硬的工件或进行粗研时，使用较大的压力和较低的速度；反之，则用较大的压力和较快的速度。研磨还可以提高平面的形状精度，对于小型平面研磨，还可减小平行度误差。平面研磨主要用来加工小型精密平板、平尺、块规及其他精密零件的表面。

2. 研磨的特点和应用

研磨加工简单，对设备要求低。手工研磨的生产率低，劳动强度大。

研磨余量一般不超过 0.01～0.03 mm，研磨前的工件应进行精车或精磨。研磨可以获得 IT5 级或更高的尺寸公差等级，表面粗糙度 Ra 值为 0.1～0.008 μm。

研磨除了加工外圆面外，还可以加工孔、平面等，既适合于大批大量生产，又适合于单件小批量生产。

在现代工业中，常采用研磨作为精密零件的最终加工。在机械制造业中，用研磨精加工精密块规、量规、齿轮、钢球、喷油嘴等精密零件；在光学仪器制造业中，用研磨精加工镜头、棱镜、光学平镜等仪器零件；在电子工业中，用研磨精加工石英晶体、半导体晶体和陶瓷元件等。

2.7.2　珩磨

1. 加工原理

珩磨孔（honing）是对孔进行的较高效率的精整加工方法，需在磨削或精镗的基础上进行。珩磨后孔的尺寸公差等级可达 IT6～IT5，表面粗糙度 Ra 值为 0.2～0.025 μm，孔的形状精度也相应提高。

珩磨是利用装有磨条的珩磨头（如图 2-87 所示）来加工孔的，加工时工件视其大小可安装在机床的工作台或夹具中。具有若干个磨条的珩磨头插入已加工过的孔中，由机床主轴带动旋转且作轴向往复运动。磨条以一定的压力与孔壁接触，从工

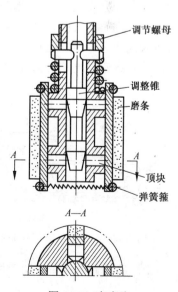

图 2-87　珩磨头

件表面切去极薄的一层金属。为得到较小的 *Ra* 值，切削轨迹应成均匀而不重复的交叉网纹。为使磨条与孔壁均匀接触，获得较高的形状精度，珩磨头与机床主轴应成浮动连接，使珩磨头沿孔壁自行导向。

珩磨时要使用切削液，以便润滑、散热并冲去切屑和脱落的磨粒。珩磨钢件和铸铁件时，一般使用煤油作为切削液。

磨条材料依工件材料选择。加工钢件一般选用氧化铝磨条；加工铸铁、不锈钢和有色金属工件时，一般选用碳化硅磨条。

2．珩磨的特点和应用

珩磨具有生产率高，能达到较高的孔表面加工质量，珩磨表面耐磨等优点，但一般不用于加工塑性较大的有色金属，以免堵塞磨条。

珩磨主要用于孔的光整加工，加工范围广，能加工直径为 5～500 mm 或更大的孔，并且能加工深孔。珩磨还可以加工外圆面、平面、球面和齿面等。

在大批量生产中，珩磨孔多在专用的机床上进行；在单件小批量生产中，可在改装的立式钻床上进行。珩磨孔广泛用于大批量生产中加工飞机、拖拉机发动机的汽缸、缸套、连杆和液压装置的油缸筒等。

2.7.3　超级光磨

1．加工原理

超级光磨也称超精加工（superfinishing），是用细粒度的油石（粒度为 W20 或更细的刚玉或碳化硅磨料），以较低的压力（5～20 MPa），在复杂的相对运动下，对工件表面进行光整加工的方法。图 2-88 所示为外圆面的超级光磨示意图。加工时，工件旋转（一般工件圆周线速度为 6～30 m/s），油石以恒力轻压于工件表面，在轴向进给的同时，沿工件的轴向作高速而短幅的往复运动（一般振幅为 1～6 mm，频率为 5～50 Hz）。

加工时，在磨条和工件之间注入切削液（煤油加锭子油），一方面为了冷却、润滑及清除切屑，另一方面是为了形成油膜。当磨条最初与比较粗糙的工件表面接触时，磨条与工件之间不能形成完整的油膜，如图 2-89(a)所示。随着工件表面被磨平，以及微细切屑等嵌入磨条空隙，磨条表面逐渐平滑，在磨条与工件表面之间逐渐形成完整的润滑油膜，如图 2-89(b)所示。随后切削作用逐渐减弱，经过光整抛光阶段后便自动停止。

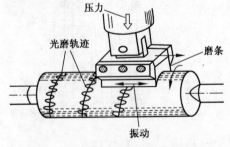

图 2-88　外圆面的超级光磨示意图

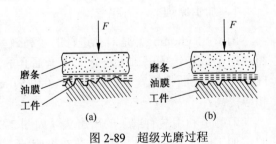

图 2-89　超级光磨过程

2．超级光磨的特点和应用

超级光磨的设备简单，操作方便。

超级光磨的余量很小（约 0.005～0.02 mm），光磨后表面粗糙度值 Ra 为 0.1～0.008 μm，但不能提高工件的尺寸精度及几何形状精度，该精度必须由前一道工序保证。

超级光磨只是切去工件表面的微小凸峰，加工时间很短，一般为 30～60 s，所以生产率很高。

超级光磨的应用也很广泛，如汽车、内燃机零件，轴承、精密量具等的小粗糙度表面，常用超级光磨作为精加工。它不仅能加工轴类零件内外圆柱面，而且还能加工圆锥面、孔、平面及球面等。

2.7.4　抛光

1．加工原理

抛光（polishing, buffing）是把抛光剂涂在抛光轮上，利用抛光轮的高速旋转对工件进行光整加工的方法。

抛光时，将工件压于高速旋转的抛光轮上，在抛光剂的作用下，材料表面产生一层极薄的软膜，加之高速摩擦产生的高温，工件表面出现极薄的微流层，微流层可填平工件表面的微观凹谷，因而获得很光亮的表面（呈镜面）。

2．抛光的特点和应用

抛光一般不用特殊设备，工具和加工方法比较简单，成本低；由于抛光轮是弹性的，能与曲面相吻合，故易于实现曲面抛光，便于对模具型腔进行光整加工；抛光轮与工件之间没有刚性的运动关系，不能保证从工件表面均匀地切除材料，只能去掉前道工序所留下的痕迹，因而仅能获得光亮的表面，不能提高精度；抛光多为手工操作，劳动条件较差。

抛光主要用于零件表面的装饰加工，不能提高表面精度。抛光零件表面的类型不限，可以加工外圆、孔、平面及各种成形面等。为了保证电镀产品的质量，电镀前必须抛光；一些不锈钢、塑料、玻璃等制品，为了得到好的外观质量也要进行抛光。

研磨、珩磨属于精整加工而超级光磨和抛光都属于光整加工，它们对工件表面质量的改善程度各不相同。抛光仅能提高工件表面的光亮程度，而不能改善工件表面粗糙度。超级光磨仅能减小工件的表面粗糙度，而不能提高其尺寸和形状精度。研磨和珩磨则不但可以减小工件表面的粗糙度，也可以在一定程度上提高其尺寸和形状精度。

从应用范围来看，研磨、超级光磨和抛光可以用来加工多种表面，而珩磨则主要用于孔的加工。

从所用工具和设备来看，抛光最简单，研磨和超级光磨稍复杂，而珩磨则较为复杂。

从生产效率来看，抛光和超级光磨最高，珩磨次之，研磨最低。

实际生产中需根据工件的形状、尺寸、表面的要求、批量大小和生产条件选用合适的光整加工方法。

2.8　齿轮齿形加工

齿轮（gears）是机械传动中传递运动和动力的重要零件，目前在各种机械和仪器中应用非常普遍。产品的工作性能、承载能力、使用寿命及工作精度等，都与齿轮本身的质量有着密切的关系。

用切削加工的方法加工齿轮齿形，按加工原理可分为两类：

（1）成形法加工。成形法加工是用与被切齿轮的齿槽形状相符的成形刀具切出齿形的方法，如铣齿、成形法磨齿等。

（2）展成法（范成法）加工。展成法（范成法）加工是利用齿轮的啮合原理加工齿轮的方法，如滚齿、插齿、剃齿和展成法磨齿等。

2.8.1　铣齿

铣齿（gear milling）属于成形法加工，用成形齿轮铣刀在万能卧式铣床上进行齿轮加工，如图 2-90 所示。

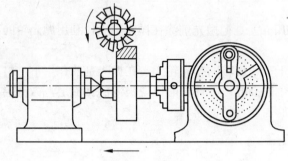

图 2-90　铣齿

铣齿时铣刀装在刀杆上旋转作主运动，工件紧固在心轴上，心轴安装在分度头和尾座顶尖之间随工作台作直线进给运动。每铣完一个齿槽，铣刀沿齿槽方向退回，用分度头对工件进行分度，然后再铣下一个齿槽，直至加工出整个齿轮。

铣齿的工艺特点：

（1）成本较低。同其他齿轮刀具相比，成形齿轮铣刀结构简单，制造方便，而且在通过铣床时即可完成铣齿工作，因此铣齿的设备和刀具的费用较低。

（2）生产率低。铣齿过程不是连续的，每铣一个齿，都要重复消耗切入、切出、退刀和分度的辅助时间。

（3）加工精度低。铣齿的精度主要取决于铣刀的齿形精度，铣床所用分度头是通用附件，分度精度不高。所以，铣齿的加工精度较低。

铣齿不但可以加工直齿、斜齿和人字齿圆柱齿轮，还可以加工齿条、锥齿轮及蜗轮等。但仅适用于单件小批生产或在维修工作中加工精度不高的低速齿轮。

2.8.2　滚齿

滚齿（gear hobbing）是利用齿轮滚刀（如图 2-91 所示）在滚齿机上加工齿轮的轮齿，其滚切原理是齿轮刀具和工件按齿轮副的啮合关系作对滚运动进行切削（如图 2-92 所示）。

滚齿与铣齿比较有如下特点：

（1）滚刀的通用性好。一把滚刀可以加工与其模数、压力角相同而齿数不同的齿轮。

（2）齿形精度及分度精度高。滚齿的精度一般可达 IT8～IT7 级，用精密滚齿可以达到 IT6 级精度，表面粗糙度值 Ra 为 3.2～1.6 μm。

（3）生产率高。滚齿的整个切削过程是连续的，效率高。

（4）设备和刀具费用高。滚齿机为专用齿轮加工机床，其调整费时。滚刀较齿轮铣刀的制造、刃磨要困难。

滚齿应用范围较广，可加工直齿、斜齿圆柱齿轮和蜗轮等，但不能加工内齿轮和相距太近的多联齿轮。

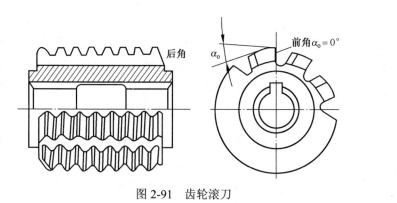

图 2-91　齿轮滚刀

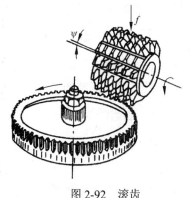

图 2-92　滚齿

2.8.3　插齿

插齿（gear shaping）是在插齿机上用插齿刀加工齿形的过程，它是根据圆柱齿轮啮合原理进行加工的。

插齿刀实际上是一个用高速钢制造并磨出切削刃的齿轮。强制插齿刀与齿坯间啮合运动的同时，使插齿刀作上下往复运动，即可在工件上加工出轮齿来。其刀齿侧面运动轨迹所形成的包络线，即为被切齿轮的渐开线齿形。完成插齿所需要的切削运动如图 2-93 所示。

插齿与滚齿比较有如下特点：

（1）齿面粗糙度小。插齿时，插齿刀沿齿宽连续地切下切屑，而在滚齿和铣齿时，轮齿齿宽是由刀具多次断续切削而成的。在插齿的过程中，包络齿形的切线数量比较多，所以插齿的齿面粗糙度小，一般可达 1.6 μm。

（2）插齿和滚齿的精度相当，且都比铣齿高。一般条件下，插齿和滚齿能保证 IT7～IT8 级精度，若采用精密插齿或滚齿，可以达到 IT6 级精度。而铣齿只能达到 IT9 级精度。

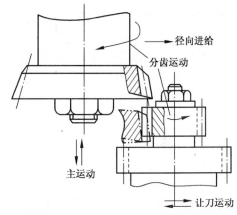

图 2-93　完成插齿所需要的切削运动

插齿刀的制造、刃磨及检验均比滚刀方便，容易制造得较精确。但插齿机的分齿传动链较滚齿机复杂，滚齿的精度都比铣齿高。

（3）插齿和滚齿同属于展成法加工，所以选择刀具时只要求刀具的模数和压力角与被切齿轮一致，与齿数无关（最少齿数 $z \geqslant 17$）。

（4）插齿的生产率低于滚齿而高于铣齿。因为插齿不仅有返回空行程，而且插齿刀的往复运动，使切削速度的提高受到冲击和惯性力的限制，插齿的生产率低于滚齿。由于插齿和滚齿的分齿运动是在切削过程中连续进行的，省去了铣齿那样的单独分度时间，所以插齿和滚齿的生产率都高于铣齿。

插齿多用于加工滚齿难以加工的内齿轮、多联齿轮、带台阶齿轮、扇形齿轮、齿条及人字齿轮、端面齿盘等。

尽管插齿和滚齿所使用的刀具和机床比铣齿复杂，成本高，但由于加工质量高，生产率高，在成批和大量生产中仍可收到很好的经济效益。即使在单件小批生产中，为了保证加工质量，也常采用插齿或滚齿加工。

2.8.4　齿形的精加工

对于精度高于 IT7 级以上，表面粗糙度值 Ra 小于 0.8 μm 或齿面需要淬火的齿轮，滚、插齿以后还需进行精加工。常用的齿形精加工的方法有剃齿、珩齿和磨齿。

1. 剃齿

剃齿是齿轮精加工的方法，用来加工已经经过滚齿或插齿但未经淬火的直齿和斜齿圆柱齿轮。

剃齿（gear shaving）是利用一对交错轴斜齿轮啮合原理，在剃齿机上"自由啮合"的展成加工方法。

剃齿所用的刀具称为剃齿刀（如图 2-94 所示）。剃齿刀的形状类似于一个斜齿圆柱齿轮，每一个齿的两侧，沿渐开线方向开有许多小槽，以形成切削刃，材料一般为高速钢。在与已经滚齿或插齿的齿轮啮合过程中，剃齿刀齿面上的许多切削刃，从工件齿面上剃下细丝状的切屑，以提高齿形精度和减小表面粗糙度值。

图 2-95 所示是剃削直齿圆柱齿轮的加工简图。工件用心轴装在机床工作台的两顶尖之间，可以自由转动；剃齿刀装在机床主轴上并与工件相啮合，带动工件时而正转，时而反转，正转时剃削轮齿的一个侧面，反转时剃削轮齿的另一个侧面。剃齿刀轴线与工件轴线间的夹角为 β_0。剃齿刀在啮合点 A 的圆周速度 v_0 可分解为沿工件圆周切线方向的分速度 v_w（使工件旋转）和沿工件轴线方向的分速度 v（使齿面间产生相对滑动），使剃齿刀从工件上切下发丝状的极细切屑，从而提高齿形精度和降低表面粗糙度值。为了能沿齿的全长进行剃削，工件还应由工作台带动作直线往复运动。在工作台一次往复行程结束时，工件相对剃齿刀还要作径向进给，以便继续进行剃削。

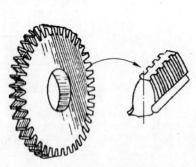

图 2-94　剃齿刀

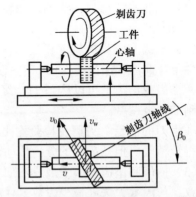

图 2-95　剃削直齿圆柱齿轮的加工简图

剃齿主要用来对调质和淬火前的直、斜齿圆柱齿轮进行精加工。剃齿的精度取决于剃齿刀的精度。剃齿精度可达 IT7～IT6 级，齿面粗糙度值 Ra 为 0.8～0.2 μm。

剃齿生产率高，一般 2～4 min 便可加工好一个齿轮。剃齿机结构简单，操作方便。剃齿刀制造较困难，剃齿通常用于大批大量生产中的齿轮齿形精加工，在汽车、拖拉机及机床制造等行业中应用很广泛。

2．珩齿

珩齿（gear honing）是用珩磨轮在珩齿机上进行齿形精加工的方法，其原理和方法与剃齿相同。若没有珩齿机，可用剃齿机或改装的车床、铣床代替。

珩磨轮是将金刚砂或白刚玉磨料与环氧树脂等材料合成后浇铸或热压在钢制轮坯上的斜齿轮（见图 2-96）。珩齿时，珩磨轮高速旋转（1 000～2 000 r/min），同时沿齿向和渐开线方向产生滑动进行切削。珩齿过程具有剃削、磨削和抛光的精加工的综合作用，刀痕复杂、细密。

珩齿适用于消除淬火后的氧化皮和轻微磕碰而产生的齿面毛刺与压痕，可有效地降低表面粗糙度，对齿形精度改善不大。珩齿后的表面粗糙度值 Ra 为 0.4～0.2 μm。

因珩齿余量很小，为 0.01～0.02 mm，可以一次切除，加工时生产率很高。一般珩磨一个齿轮只需 1 min 左右。

3．磨齿

磨齿（gear grinding）是用砂轮在磨齿机上对齿轮进行精加工的方法，既可以加工未淬硬的轮齿，又可以加工淬硬的轮齿。

按加工原理，磨齿分为成形法磨齿和展成法磨齿。

1）成形法磨齿

成形法磨齿与铣齿相似，将砂轮靠外圆处的两侧修整成与工件齿间相吻合的形状，对已切削过的齿间进行磨削（见图 2-97）。每磨完一齿后，进行分度，再磨下一个齿。

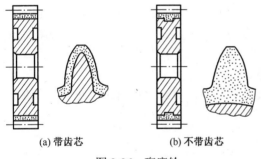

(a) 带齿芯　　　　(b) 不带齿芯

图 2-96　珩磨轮

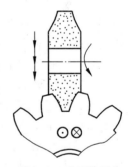

图 2-97　成形法磨齿

成形法磨齿可在花键磨床或工具磨床上进行，设备费用较低。此法生产率较高，比展成法磨齿高近 10 倍。但砂轮修整较复杂，且也存在一定的误差。由于在磨齿过程中砂轮磨损不均，以及机床的分度误差的影响，它的加工精度只能达到 IT6 级，在实际生产中应用较少。

2）展成法磨齿

生产中常用的展成法磨齿有锥形砂轮（双斜边砂轮）磨齿和双碟形砂轮磨齿两种。展成法磨齿生产率低，但加工精度高，一般可达 IT4 级，表面粗糙度值 Ra 为 0.4～0.2 μm。所以实际生产中它是齿面要求淬火的高精度齿轮常采用的一种加工方法。

（1）锥形砂轮磨齿。把砂轮修整成锥形，以构成假想齿条的齿形。其原理是使砂轮与被磨齿轮强制保持齿条和齿轮的啮合关系，并使被磨齿轮沿假想的固定齿条作往复纯滚动的运动，边转动，边移动，砂轮的磨削部分即可包络出渐开线齿形。磨削时，砂轮作高速旋转，同时沿工件轴向作往复直线运动，以便磨出全齿宽。每磨完一个齿槽，砂轮自动退离工件，工件自动进行分度。锥形砂轮磨齿如图 2-98 所示。

（2）双碟形砂轮磨齿。两个碟形砂轮倾斜一定角度，其端面构成假想齿条两个（或一个）

齿的两个齿面，同时对齿槽的侧面 1 和侧面 2 进行磨削。工作时，两个砂轮同时磨一个齿间或两个不同齿间的左右齿面。此外，为了磨出全齿宽，被磨齿轮需沿齿向作往复直线运动。双碟形砂轮磨齿如图 2-99 所示。

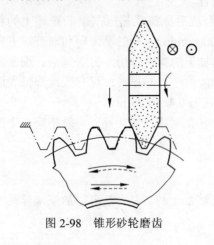

图 2-98　锥形砂轮磨齿

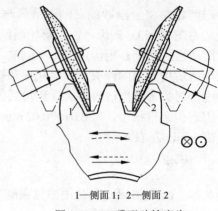

1—侧面 1；2—侧面 2

图 2-99　双碟形砂轮磨齿

2.9　数控机床加工

数控机床是一种综合运用了计算机技术、自动控制、精密测量和机械设计等新技术的机电一体化典型产品，它是一种装有程序控制系统（数控系统）的自动化机床。具体地讲，把数字化了的刀具移动轨迹的信息输入到数控装置，经过译码、运算，从而实现控制刀具与工件相对运动，加工出所需要的零件的机床即为数控机床。

普通机床加工是通过操作者用手直接操作工作台或刀具进给手柄对工件进行切削加工的。利用普通机床加工生产效率低，劳动强度大，对操作者技术要求高。而数控机床加工则是通过数控系统用数字化信号控制机床的运动，从而对工件进行自动加工，其特点是适应性好，效率高，加工精度高，可以改善劳动条件并降低成本。因此，数控机床加工在现代机械加工中的应用日趋广泛。

2.9.1　数控机床加工的基本原理

图 2-100 所示为数控机床加工基本原理的结构框图。其工作过程是：根据零件图纸数据和工艺内容，用数控代码编制零件加工的数控程序。数控程序是机床自动加工工件的工作指令，可以由人工进行，也可以由计算机或数控装置完成。编制好的数控程序通过输入/输出设备存放或记录在相应的控制介质上。

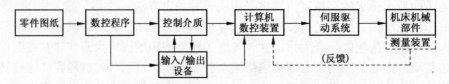

图 2-100　数控机床加工基本原理的结构框图

控制介质是记录零件加工数控程序的媒介。输入/输出设备是数控系统与外部设备交互信息的装置，用来交互数控程序。输入/输出设备除了将零件加工的数控程序存放或记录在控制介质之外，还能将数控程序输入到数控系统。早期的数控机床所使用的控制介质是穿纸带或磁带，相应的输入/输出设备为纸带穿孔机和纸带阅读机等，现代的数控机床则主要使用磁盘驱动器。

计算机数控装置是数控机床实现自动加工的核心。它接收输入设备送来的控制介质上的信息，经数控系统进行编译、运算和逻辑处理后，输出各种信号和指令给伺服驱动系统，以控制机床各部分进行有序的动作。

伺服驱动系统是数控系统与机床本体之间电气传动的联系环节。它能将数控系统送来的信号和指令放大，以驱动机床的执行部件，使每个执行部件按规定的速度和轨迹运动或精确定位，以便加工出合格的零件。因此，伺服驱动系统的性能和质量是决定数控机床加工精度和生产率的主要因素之一。伺服系统中常用的驱动装置有步进电动机、调速直流电动机和交流电动机等。

机床机械部件是数控机床的主体，是数控系统控制的对象，是实现零件加工的执行部件。其结构与非数控机床相似，也是由主传动部件、进给传动部件、工件安装装置、刀具安装装置、支承件及动力源等部分组成的。传动机构和变速系统较为简单，但在精度、刚度和抗振性等方面有较高的要求，且传动和变速系统要便于实现自动化控制。对于加工中心类机床，还要有存放刀具的刀库、自动交换刀具的机械手等部件。对于闭环或半闭环数控机床，还包括位置测量装置及信号反馈系统，如图 2-100 中虚线所示。

2.9.2　数控机床简介

1. 数控机床的特点和应用

1）数控机床的特点

① 数控机床一般具有手动加工（用电手轮）、机动加工和控制程序自动加工功能，加工过程中一般不需要人工干预。

② 数控机床一般具有 CRT 屏幕显示功能，能显示加工程序、多种工艺参数、加工时间、刀具运动轨迹及工件图形等。数控机床一般还具有自动报警显示功能，根据报警信号或提示，可以迅速查找机器故障。

③ 数控机床主传动和进给传动采用直流或交流无级调速伺服电动机，一般没有主轴变速箱和进给变速箱，传动链短。

④ 数控机床一般具有工件测量系统，加工过程一般不需要进行工件尺寸的人工测量。

⑤ 当对象（工件）改变时，数控机床只需改变加工程序（应用软件），不需要对机床作较大的调整，就能加工各种不同的工件。

2）数控机床的应用

数控机床是一种高度机电一体化产品，技术含量高，成本高，使用维修都有一定难度。从最经济的角度出发，数控机床适于加工：

① 多品种小批零件；

② 结构较复杂，精度要求较高的零件；

③ 需要频繁改型的零件；

④ 价格昂贵，不允许报废的关键零件；

⑤ 要求精密复制的零件；

⑥ 需要最短生产周期的急需零件；

⑦ 要求 100% 检验的零件。

2．数控机床的分类

数控机床的种类很多，从不同角度对其进行考察，就有不同的分类方法。

1）按工艺用途分

数控机床是从普通机床的基础上发展起来的，各种类型的数控机床基本上起源于同类型的普通机床，按工艺用途分为：数控车床、数控铣床、数控镗床、加工中心和数控钻床等。

2）按运动轨迹分

按数控装置的功能不同，数控系统有下列三大类型：

（1）点位控制系统。这类数控装置在运动过程中不进行切削加工，对运动轨迹没有要求，要求有较高的终点定位精度。数控程序中一般不指定进给速度，按事先规定的速度（较快的定位速度）运动。该系统常用于数控钻床、数控钻镗床上。图 2-101 所示为点位控制示意图。

（2）直线运动控制系统。直线运动控制系统通常在坐标轴运动的同时进行切削加工，坐标轴的驱动要承受切削力。指令中要给出下一位置的数值，同时给出移动到该位置的进给速度。图 2-102 所示为直线控制示意图。

（3）轮廓控制系统。两个或两个以上的坐标轴根据指令要求协调地运行。指令中指明运动轮廓曲线的类型（点位、直线、顺圆、逆圆、抛物线及样条曲线等），并指出下一点的位置和移动至该位置的进给速度。各坐标轴的进给速度是根据轮廓各轴相互位置关系而变化的。

在轮廓控制系统中采用插补运算来处理各坐标轴速度的变化。各坐标轴一边移动，刀具一边进行切削，各坐标轴均承受切削力。数控车床、数控铣床及加工中心等均为轮廓控制系统。图 2-103 所示为轮廓控制示意图。

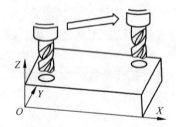图 2-101　点位控制示意图

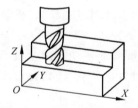图 2-102　直线控制示意图

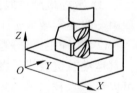图 2-103　轮廓控制示意图

轮廓控制系统能加工复杂曲面的零件，能控制多坐标轴联动的数控机床，并具有空间直线或圆弧的插补功能。配置有轮廓控制 CNC 系统的数控车床，具有两轴联动，能加工外圆、锥度及母线为曲线的回转体。数控铣床具有两轴半或三轴联动的 CNC 系统，能进行平面插补或空间插补。两轴半的数控铣床，其中两轴联动，当两轴停止时，另一轴作进给运动。加工中心具有三轴、四轴或五轴联动的功能，能加工空间任意曲面，具备直线插补、圆弧插补、样条插补、渐开线插补、螺旋插补等多种插补功能。插补功能越强，控制的轴数越多，CNC 系统越复杂，造价也越高。能进行轮廓控制的 CNC 系统，也能进行直线控制或点位控制。先进的数控系统都属于轮廓控制的 CNC 系统。

3）按伺服系统的控制方法分

（1）开环控制伺服系统。开环控制采用步进电动机作为驱动元件，它不需要位置与速度检测元件，也没有反馈电路，所以控制系统简单，价格低廉，特别适合在微型与小型进给装置上使用。但是由于开环控制系统的稳定性和可靠性都难以得到保证，所以在精度要求高的进给装置上很少使用。开环控制伺服系统结构如图 2-104 所示。

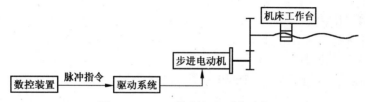

图 2-104　开环控制伺服系统结构

（2）闭环控制伺服系统。闭环控制通常采用伺服电动机作为驱动元件。闭环控制将位移与速度传感器安装在工作台或其他执行元件上，直接测量和反馈它们的速度与位置，并与数控装置的位移指令随时进行比较和校正。由于传动系统的刚度、误差和间隙都已经被包含在反馈控制环路以内，所以最终实现的精度仅仅取决于检测元件的测量误差。闭环控制伺服系统结构如图 2-105 所示。

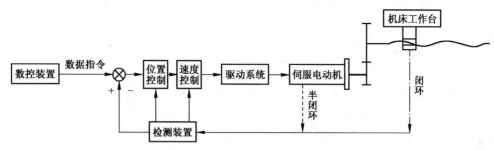

图 2-105　半闭环与闭环控制伺服系统结构

闭环控制理论上具有最高的控制精度，是理想的控制方式。但实际上，在工作台或其他执行部件上直接安装速度和位移传感器不仅有安装及维护上的困难，而且价格往往也较昂贵。此外，由于环路中不仅包含了整个传动机构的刚性与惯量等因素，而且与导轨的摩擦系数、传动件润滑状况、油的黏度和间隙的大小等因素有关，而这些因素又往往是动态变化的，这就会使伺服系统稳定性变差。因此，在实际应用中它受到一定的限制。

（3）半闭环控制伺服系统。半闭环控制的位置与速度传感器安装在电动机的输出端，伺服系统直接控制伺服电动机的转速与转角，通过减速器或滚珠丝杠等传动机构间接地控制工作台或其他执行部件的速度与位移。如果传动机构具有足够的刚性、较小的传动误差和间隙，可以经数控系统予以补偿，并且具有高精度的机械传动装置，则数控机床的最终加工精度是可以得到保证的。目前，数控机床大多数仍然采用半闭环的控制方式。

3．典型数控机床简介

1）数控车床

数控车削时，工件作回转运动，刀具作直线或曲线运动，刀尖相对工件运动的同时，切除一定的工件材料从而形成相应的工件表面。其中，工件的回转运动为切削主运动，刀具的直线或曲线运动为进给运动，两者共同组成切削成形运动。

数控车床主要用于轴类和盘类回转体零件的多工序加工，具有高精度、高效率、高柔性化等综合特点，不仅可以进行车削，还可以进行铣削。因此，数控车削加工是数控加工中用得最多的加工方法之一。由于数控车床具有精度高，能做直线和圆弧插补，以及在加工过程中能自动变速等功能，适于车削具有以下要求和特点的零件：

① 精度要求高的回转体零件；

② 带特殊螺纹的回转体零件；

③ 表面形状复杂的回转体零件；

④ 其他形状复杂的零件。

数控车床的型号较多，下面以 TND360 型数控车床为例，来说明数控车床的组成，如图 2-106 所示。

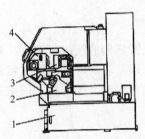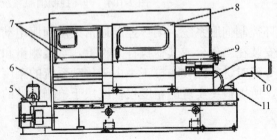

1—底座；2—床身；3—主轴箱；4—刀架；5—液压系统；6—润滑系统；
7—电气控制系统；8—防护罩；9—尾座；10—排屑装置；11—冷却装置

图 2-106　TND360 型数控车床外形图

底座 1 是机床的基础，它连接电气控制系统 7 和防护罩 8，其内部装有排屑装置 10。床身 2 固定在底座 1 上，床身导轨向后倾斜，以便于排屑，同时又可以采用封闭的箱形结构，其刚度比卧式车床床身高。转塔刀架 4 安装在床身中部的十字溜板上，可实现纵向和横向的运动，它有八个工位，可安装八组刀具，在加工时可根据指令要求自动转位和定位，以便准确地选择刀具。防护罩 8 安装在底座上，机床在防护罩关上时才能工作，操作者只能通过防护罩上的玻璃窗观察机床的工作情况，这样就不用担心切屑飞溅伤人，切削速度可以很高，以充分发挥刀具的切削性能。机床的电气控制系统 7 主要由机床前左侧的 CNC 操作面板、机床操作面板、CRT 显示器和机床最后面的电气柜组成，能完成该机床复杂的电气控制自动管理。液压系统 5 为机床的一些辅助动作（如卡盘夹紧、尾架套筒移动、主轴变速齿轮移动等）提供液压驱动。此外，机床的润滑系统 6 为主轴箱内的齿轮提供循环润滑，为导轨等运动部件提供定时定量润滑。主轴轴承、支承轴承及滚珠丝杠螺母副均采用油脂润滑。

2）加工中心

加工中心又称多工序自动换刀数控机床，如图 2-107 所示。加工中心的突出特征是设置有刀库。刀库中存放着各种刀具和检具。加工中心是在数控铣床的基础上发展起来的，都是通过程序控制多轴联动走刀进行加工的数控机床。不同的是，加工中心具有刀库和自动换刀功能。

加工中心具备多种加工能力，能实现工件一次装夹后的铣、钻、铰、攻丝等综合加工。对中等加工难度的批量工件，其生产效率是普通设备的 5～10 倍。加工中心对形状复杂，精度要求高的单件加工或小批量生产更为适用，调换工艺时能体现出相对的柔性。其控制系统功能较多，机床运动至少用三个运动坐标轴，多的达十几个。加工中心还具有各种辅助机能，如加工固定循环，刀具半径自动补偿，刀具长度自动补偿，刀具破损报警，刀具寿命管理，过载超程自动保护，丝杠螺距误差补偿，丝杠间隙补偿，故障自动诊断，工件与加工过程图形显示，人机对话，工件在线检测和加固自动补偿，离线编程等，这些对提高设备的加工效率，保证产品的加工精度等都起到保证作用。常用加工中心有立式加工中心、卧式加工中心、万能加工中心等。

下面以 JCS-018 型加工中心为例，来说明加工中心的组成。

JCS-018 型加工中心的组成见图 2-107。外形类似立式铣床，属于立式加工中心。其床身 1 上有滑座 2，作横向运动。工作台 3 在滑座上作纵向运动。床身后部有框式立柱 4，主轴箱 6

在立柱导轨上作垂直升降运动。在立柱的左后部是数控装置，左前部装有刀库 5 和自动换刀机械手 9，刀库中容有 16 把刀具，可以完成各种孔加工和铣削加工。操作面板 8 悬挂在操作者右前方，以便于操作，机床各工作状态显示在面板上。

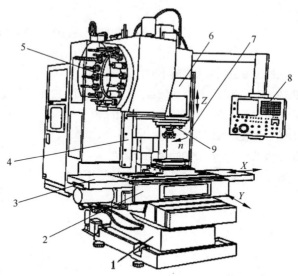

1—床身；2—滑座；3—工作台；4—立柱；5—刀库；6—主轴箱；7—驱动电柜；8—操作面板；9—换刀机械手

图 2-107　JCS-018 型加工中心的组成

　　加工中心既可以单机使用，也能在计算机辅助控制下多台同时使用，构成柔性生产线，还可以与工业机器人、立体仓库等组合成无人工厂。随着 21 世纪现代制造业的技术发展，机械加工的工艺与装备在数字化基础上正向智能化、信息化、网络化迈进，而作为前沿工艺装备的先进数控设备大量取代传统机加工设备将是必然趋势。

思考与练习题

1. 加工要求精度高，表面粗糙度小的紫铜或铝合金轴外圆时，应选用哪种加工方法？为什么？
2. 外圆粗车、半精车和精车的作用、加工质量和技术措施有何不同？
3. 外圆磨削前为什么只进行粗车和半精车，而不需要精车？
4. 磨削为什么能达到较高的精度和较小的表面粗糙度？
5. 无心磨的导轮轴线为什么要与工作砂轮轴线斜交 α 角？导轮周面的母线为什么是双曲线？工件的纵向进给速度如何调整？
6. 研磨与超精加工的加工原理、工艺特点和应用场合有哪些不同？
7. 加工相同材料、尺寸、精度和表面粗糙度的外圆面和孔，哪一个更困难些？为什么？
8. 在车床上钻孔和在钻床上钻孔产生的"引偏"，对所加工的孔有何不同影响？在随后的精加工中，哪一种比较容易纠正？为什么？
9. 扩孔、铰孔为什么能达到较高的精度和较小的表面粗糙度？
10. 镗床镗孔与车床镗孔有何不同？各适合于什么场合？
11. 拉孔为什么无须精确的预加工？拉削能否保持孔与外圆的同轴度要求？
12. 内圆磨削的精度和生产率为什么低于外圆磨削？表面粗糙度 Ra 值为什么也略大于外圆磨削？

13．珩磨时，珩磨头与机床主轴为何要进行浮动连接？珩磨能否提高孔与其他表面之间的位置精度？

14．牛头刨床和龙门刨床的应用有何区别？工件常用的装夹方法分别有哪些？

15．为什么刨削、铣削只能得到中等精度和表面粗糙度？

16．插削适合于加工什么表面？

17．用周铣法铣平面，从理论上分析，顺铣比逆铣有哪些优点？实际生产中，目前多采用哪种铣削方式？为什么？

18．试述成形法和展成法的齿形加工原理有何不同。

19．为什么插齿和滚齿的加工精度和生产率比铣齿高？滚齿和插齿的加工质量有什么差别？

20．哪种磨齿方法生产率高？哪一种的加工质量好？为什么？

21．什么是数控技术？什么是数控机床？

22．数控系统由哪些部分组成？各个部分的功用是什么？

23．与普通机床相比，数控机床生产率比较高的主要原因是什么？

综 合 实 训

1．试确定下列零件外圆面的加工方案：

（1）紫铜小轴，ϕ20h7，$Ra = 0.8$ μm；（2）45 钢轴，ϕ50h6，$Ra = 0.2$ μm。

2．下列零件上的孔，用何种加工方案比较合理？

（1）单件小批生产中，铸铁齿轮上的孔，ϕ20H7，$Ra = 1.6$ μm。

（2）大批量生产中，铸铁齿轮上的孔，ϕ50H7，$Ra = 0.8$ μm。

（3）变速箱体（铸铁）上传动轴的轴承孔，ϕ62J7，$Ra = 0.8$ μm。

（4）高速钢三面刃铣刀上的孔，ϕ27H6，$Ra = 0.2$ μm。

3．试述下列零件上平面的加工方案：

（1）单件小批生产中，机座（铸铁）的底面：500 mm × 300 mm，$Ra = 3.2$ μm。

（2）成批生产中，铣床工作台（铸铁）台面：1 250 mm × 300 mm，$Ra = 1.6$ μm。

（3）大批量生产中，发动机连杆（45 调质钢，HBS 217～255）侧面：25 mm × 10 mm，$Ra = 3.2$ μm。

创 新 案 例

车削加工是机械制造业中最基本、最广泛、最重要的一种加工方法。它是对已经退火的或硬度较低的毛坯进行切削加工。如果被加工零件的硬度大于 HRC55，强度极限 $\sigma_b = 2\,100\sim2\,600$ MPa，传统的车削加工就难以胜任，甚至无法实现。在这种情况下，只能采用硬车削加工。

所谓硬车削加工，就是把淬火钢的车削作为最终加工或精加工的工艺方法。精磨是精加工方法中最常用的一种，但精磨余量一般很小，生产率低，还容易造成环境污染。若在韧性较好的硬质合金刀具上涂敷一层或多层的 TiN、AL_2O_3，或多晶立方氮化硼（PCBN），就可在车床或车削加工中心对淬火钢进行切削加工。切削方法称为硬车削加工。

硬车削加工效率高，金属切除率为磨削加工的 3～4 倍，能量消耗仅为普通磨削的 1/5，表面质量 Ra 可达 5～10 μm，均方根值平均小于 20 μm。

硬车削加工技术广泛用于轧辊加工行业、工业泵加工行业和汽车加工行业等。

第 3 章

机械加工工艺规程设计

在实际生产中，由于零件的生产类型、材料、结构、形状、尺寸和技术要求不同，一个零件往往不是单独在一种机床上，用某一种加工方法就能完成的，而是要经过一定的工艺过程才能完成其加工。

在对具体零件加工时可以采用不同的工艺方案进行。虽然这些方案都可能加工出合格零件，但从生产效率和经济效益来看，应该选择切实可行并且加工容易的最合理的加工方法。为了正确地进行机器零件的加工，不仅需要选择组成零件的每一个表面的加工方法及其所用的机床，而且需要合理地选择定位基准和安排各表面的加工顺序，即合理地制定零件的切削加工工艺过程，以确保零件加工质量，提高生产率和降低成本。

3.1 机械加工工艺规程的基本概念

3.1.1 机械加工工艺过程的概念及组成

1. 机械加工工艺过程的概念

制造机械产品时，将原材料制成各种零件并装配成机器的全过程称为生产过程。其中包括原材料的运输、保管、生产准备、制造毛坯、切削加工、装配、检验及试车、油漆和包装等。

在生产过程中，直接改变生产对象的形状、尺寸、表面质量、性质及相对位置，使其成为成品或半成品的过程称为工艺过程。零件毛坯的制造（铸造、锻压、焊接等）、机械加工、热处理和装配等都属于工艺过程。工艺过程是生产过程的核心组成部分。

采用机械加工的方法按一定顺序直接改变毛坯的形状、尺寸及表面质量，使其成为合格零件的工艺过程称为机械加工工艺过程。它是生产过程的重要内容。

2. 机械加工工艺过程的组成

零件的机械加工工艺过程由许多工序组合而成，每个工序又由一个或若干个安装、工位、工步和走刀等组成。

1) 工序

工序是机械加工工艺过程的基本单元。工序是指由一个或一组工人在同一台机床或同一个工作地，对一个或同时对几个工件所连续完成的一部分工艺过程。

工作地、工人、工件与连续作业构成了工序的四个要素，若其中任一要素发生变更，则构成了另一道工序。

一个工艺过程需要包括哪些工序是由被加工零件的结构复杂程度、加工精度要求及生产类型所决定的。如图 3-1 所示的阶梯轴的加工，因不同的生产批量，就有不同的工艺过程及工序，如表 3-1 与表 3-2 所示。

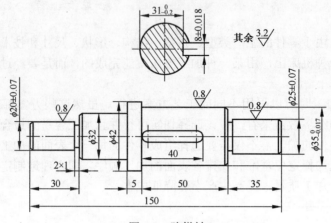

图 3-1   阶梯轴

表 3-1   单件生产阶梯轴的工艺过程

工 序 号	工序名称和内容	设 备
1	车端面，打中心孔，车外圆，切退刀槽，倒角	车床
2	铣键槽	铣床
3	磨外圆	磨床
4	去毛刺	钳工台

表 3-2   大批量生产阶梯轴的工艺过程

工 序 号	工序名称和内容	设 备
1	铣端面，打中心孔	铣钻联合机床
2	粗车外圆	车床
3	精车外圆，倒角，切退刀槽	车床
4	铣键槽	铣床
5	磨外圆	磨床
6	去毛刺	钳工台

2) 安装

安装是指工件每经一次装夹后所完成的部分工序。

在一道工序中，工件在加工位置上至少要装夹一次，但有的工件也可能会装夹几次。如表 3-2 中的第 2、3 及 5 工序，须调头经过两次安装才能完成其工序的全部内容。

在实际生产中应尽可能减少装夹次数。因为多一次装夹就多一次安装误差，同时增加了装卸辅助时间。

3）工位

工位是指工件在机床上占据每一个位置所完成的那部分工序。

为减少装夹次数，常采用多工位夹具或回转工作台，使工件在一次安装中先后经过若干个不同位置顺次进行加工。在回转工作台上一次安装完成零件的装卸、钻孔、扩孔、铰孔的加工实例如图 3-2 所示。Ⅰ 为装卸工位，Ⅱ 为钻孔工位，Ⅲ 为扩孔工位，Ⅳ 为铰孔工位。

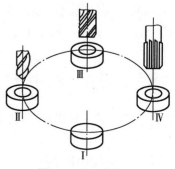

图3-2　多工位加工

4）工步

工步是指在同一个工序中，加工表面、切削刀具和切削用量（仅指主轴转速和进给量）都不变的情况下所完成的一部分工艺过程。改变其中的一个就是另一个工步。

如图 3-3 所示，车削阶梯轴 $\phi85\ mm$ 外圆面为第一工步，车削 $\phi65\ mm$ 外圆面为第二工步。有时为了提高生产率，把几个待加工表面用几把刀具同时加工，这也可看做一个工步，称为复合工步，如图 3-4 所示。

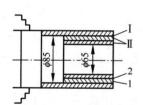

Ⅰ—第一工步（在 $\phi85\ mm$）；Ⅱ—第二工步（在 $\phi65\ mm$）；
1—第二工步第一次走刀；2—第二工步第二次走刀

图 3-3　车削阶梯轴

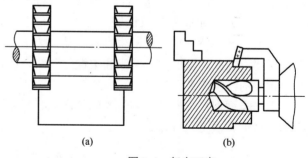

(a)　　　　　　(b)

图 3-4　复合工步

5）走刀

在一个工步中，如果要切掉的金属层很厚，可分几次切削，每切削一次就称为一次走刀。如图 3-3 所示车削阶梯轴的第二工步中，就包含了两次走刀。

3.1.2　生产纲领与生产类型

1. 生产纲领

生产纲领是指企业在计划期内应当生产的产品产量和进度计划，一般指年产量。机器产品中某零件的生产纲领除了该产品在计划期内的产量外，还需包括一定的备品率和平均废品率。机器零件的生产纲领可按下式计算：

$$N_零 = Nn(1 + \alpha + \beta)$$

式中　$N_零$——机器零件的生产纲领；

　　　N——机器产品在计划期内的产量；

　　　n——每台机器产品中该零件的数量；

α ——备品率；

β ——平均废品率。

当机器零件的生产纲领确定后，还要根据车间的情况按一定期限分批投产，每批投产的数量称为生产批量。

2．生产类型

根据生产纲领的大小和产品品种的多少，机械制造企业的生产可分为单件生产、成批生产和大量生产三种生产类型。

（1）单件生产。单件生产指加工的产品的产量很小，很少重复生产，工件地点的加工对象经常改变的生产。重型机器、专用设备或新产品试制都属于单件生产。

（2）成批生产。一年中分批地制造相同的产品，生产周期性地重复，这种生产属于成批生产。普通机床、纺织机械等的制造等多属此种生产类型。

每批所制造的相同产品的数量称为批量。按照批量的大小，成批生产又可分为小批生产、中批生产和大批生产三种类型。小批生产的工艺特点与单件生产相似，大批生产的工艺特点与大量生产相似。

（3）大量生产。大量生产指产品数量很大，大多数工作地点长期进行某一零件的某一道工序的加工的生产。汽车、拖拉机、轴承、自行车等的制造多属此种生产类型。

据统计，目前世界各国机械产品的生产中，大量生产仅占5%，而中、小批量生产约占70%左右。像小轿车这类大量生产的产品，为了适应市场需要，也在向减少批量、增加品种的方向发展。因此，发展数控机床和柔性生产线，实现中、小批量生产的自动化，提高生产效率具有很大的经济意义。

生产类型取决于产品（零件）的年产量、尺寸大小及复杂程度。表3-3列出了各种生产类型的生产纲领及工艺特点。

表3-3　各种生产类型的生产纲领及工艺特点　　　　　（单位：件）

生产类型、纲领及特点		单件生产	成批生产			大量生产
			小批	中批	大批	
生产类型	重型机械	<5	5~100	100~300	300~1 000	>1 000
	中型机械	<20	20~200	200~500	500~5 000	>5 000
	轻型机械	<100	100~500	500~5 000	5 000~50 000	>50 000
工艺特点	毛坯的制造方法及加工余量	自由锻造，木模手工造型；毛坯精度低，余量大		部分采用模锻，金属模造型；毛坯精度及余量中等		广泛采用模锻、机械造型等高效方法；毛坯精度高，余量小
	机床设备及机床布置	通用机床按机群式排列；部分采用数控机床及柔性制造单元		通用机床和部分专用机床及高效自动机床；机床按零件类别分工段排列		高效专用夹具；定程及自动测量控制尺寸
	夹具及尺寸保证	通用夹具，标准附件或组合夹具；划线试切保证尺寸		通用夹具，专用或组合夹具；定程法保证尺寸		高效专用夹具；定程及自动测量控制尺寸

生产类型、纲领及特点		单件生产	成 批 生 产			大 量 生 产
			小批	中批	大批	
工艺特点	刀具、量具	通用刀具，标准量具	专用或标准刀具、量具		专用刀具、量具，自动测量	
	零件的互换性	配对制造，互换性低，多采用钳工修配	多数互换，部分试配或修配		全部互换，高精度偶件采用分组装配、配磨	
	工艺文件的要求	编制简单的工艺过程卡片	编制详细的工艺过程卡片及关键工序的工序卡片		编制详细的工艺过程、工序卡片及调整卡片	
	生产率	用传统加工方法，生产率低，用数控机床可提高生产率	中等		高	
	成本	较高	中等		低	
	对工人的技术要求	需要技术熟练的工人	需要一定熟练程度的技术工人		对操作工人的技术要求较低，对调整工人的技术要求较高	
	发展趋势	采用成组工艺、数控机床、加工中心及柔性制造单元	采用成组工艺，用柔性制造系统或柔性自动线		用计算机控制的自动化制造系统、车间或无人工厂，实现自适应控制	

3.1.3　机械加工工艺规程

1. 机械加工工艺规程的概念

零件机械加工工艺规程是规定零件机械加工工艺过程和方法的工艺文件。它是在具体的生产条件下，将最合理或较合理的工艺过程用图表（或文字）的形式制成文本，用来指导生产、管理生产的文件。

2. 机械加工工艺规程的内容

工艺规程一般包括零件的加工工艺路线、各工序基本加工内容、切削用量、工时定额及采用的机床和工艺装备（刀具、夹具、量具、模具）等。

3. 机械加工工艺规程的作用

工艺规程的主要作用如下：

（1）工艺规程是指导生产的主要技术文件。合理的工艺规程是建立在正确的工艺原理和实践基础上的，是科学技术和实践经验的结晶。因此，它是获得合格产品的技术保证，一切生产和管理人员必须严格遵守。

（2）工艺规程是生产组织管理工作、计划工作的依据。原材料的准备、毛坯的制造、设备和工具的购置、专用工艺装备的设计制造、劳动力的组织、生产进度计划的安排等工作都是依据工艺规程来进行的。

（3）工艺规程是新建或扩建工厂或车间的基本资料。在新建、扩建或改造工厂或车间时，需依据产品的生产类型及工艺规程来确定机床和设备的数量及种类，工人的工种、数量及技术等级，车间面积及机床的布置等。

常用加工工艺文件包括机械加工工艺过程卡片、机械加工工序卡片、机械加工工艺综合卡片，如表 3-4～表 3-6 所示。

表 3-4　机械加工工艺过程卡片

机械加工工艺过程卡片		产品型号		(3)		零件图号	(4)		共　页	第　页
		产品名称	(2)			零件名称		(5)	(6)	
材料牌号	(1)	毛坯种类		毛坯外形尺寸		每毛坯可制件数		每台件数	备注	
工序号	工序名称	工序内容		车间	工段	设备	工艺装备		工时	
									准终	单件
(7)	(8)	(9)		(10)	(11)	(12)	(13)		(14)	(15)
				设计(日期)	审核(日期)	标准化(日期)		会签(日期)		
描图										
描校										
底图号										
装订号	标记	处数	更改文件号	签字	日期	标记	处数	更改文件号	签字	日期

表 3-5　机械加工工序卡片

机械加工工序卡片	产品型号		零件图号		共　页	第　页
	产品名称		零件名称			

车间	工序号	工序名称				材料牌号
(1)	(2)	(3)				(4)
毛坯种类	毛坯外形尺寸	每毛坯可制件数				每台件数
(5)	(6)	(7)				(8)
设备名称	设备型号	设备编号				同时加工件数
(9)	(10)	(11)				(12)
夹具编号	夹具名称					切削液
(13)	(14)					(15)
工位器具编号	工位器具名称				工序工时	
(16)	(17)				准终	单件
					(18)	(19)

工步号	工步内容	工艺设备	主轴转速/(r/min)	切削速度/(m/min)	进给量/(mm/r)	背吃刀量/mm	进给次数	工步工时	
								机动	辅助
(20)	(21)	(22)	(23)	(24)	(25)	(26)	(27)	(28)	(29)

				设计（日期）	审核（日期）	标准化（日期）	会签（日期）
描图							
描校							
底图号							
装订号							
标记	处数	更改文件号	签字	日期	标记	处数	更改文件号　签字　日期

表 3-6　机械加工工艺综合卡片

厂	机械加工工艺综合卡片	产品型号		零(部)件图号			共　页
		产品名称		零(部)件名称			第　页

材料牌号		毛坯种类		毛坯外形尺寸		每毛坯件数		每台件数		备注	

工序	工步	装夹	工序内容	同时加工零件数	切削用量				设备名称及编号	工艺装备名称及编号			技术等级	工时定额	
					背吃刀量/mm	切削速度/(m/min)	每分钟转数或往复次数	进给量/(mm/双行程) mm或		夹具	刀具	量具		单件	准终

					编制(日期)	审核(日期)	会签(日期)
标记	处数	更改文件号	签字	日期			
标记	处数	更改文件号	签字	日期			

3.2　零件工艺性分析与毛坯的选择

3.2.1　零件的工艺性分析

在制定零件的机械加工工艺规程之前，首先应对该零件的工艺性进行分析。零件的结构工艺性是指所设计的零件在满足要求的前提下，其制造的可行性和经济性。良好的结构工艺性是指在现有工艺条件下既能方便地制造，又有较低的制造成本。

关于切削零件的结构工艺性分析主要包括如下几个方面的内容。

1）合理确定零件的技术要求

不需要加工的表面，不要设计成加工面；要求不高的表面，不应设计为高精度和表面粗糙度 Ra 值低的表面，否则会使成本提高。

2）遵循零件结构设计的标准化

（1）尽量采用标准化参数。在确定零件的孔径、锥度、螺纹孔径和螺距、齿轮模数和压力角、圆弧半径、沟槽等参数时，尽量选用有关标准推荐的数值。这样可使用标准的刀、夹、量具，减少专用工装的设计、制造周期和费用。

（2）尽量采用标准件。螺钉、螺母、轴承、垫圈、弹簧、密封圈等零件一般由标准件厂生产，可根据需要选用。这样，不仅可缩短设计制造周期，使用和维修也方便，而且较经济。

（3）尽量采用标准型材。只要能满足使用要求，在进行零件毛坯选择时应尽量采用标准型材。这样不仅可减少毛坯制造的工作量，而且可减少切削加工的工时及节省材料。

3）合理标注尺寸

对于零件图上的尺寸，其标注的合理性对保证产品的使用性能和零件机械加工的难易程度有很大的影响。

对需要满足结构设计要求的尺寸（通常是影响装配精度的尺寸），应按装配尺寸链计算出的尺寸及公差进行标注，其余的尺寸则应按工艺要求标注，标注时应注意以下几个问题：

① 按加工顺序标注尺寸，尽量减少尺寸换算，便于方便、准确地进行测量。

② 从实际存在的和易测量的表面标注尺寸，在加工时应尽量使工艺基准与设计基准重合。

③ 零件各非加工面的位置尺寸应直接标注，而非加工面与加工面之间只能有一个联系尺寸。

4）零件结构要便于加工

① 设计的零件结构要便于安装，定位准确，加工稳定、可靠。

② 结构设计要能减小毛坯余量，选用可加工性好的材料。

③ 各要素的形状应尽量简单，加工面积要尽量小，规格应尽量统一。

④ 零件结构尽量能采用标准刀具进行加工，且刀具易进入、退出和顺利通过加工表面。

⑤ 零件加工时应使刀具有良好的切削条件，以减少刀具磨损并保证加工质量。

表 3-7 对零件的结构工艺性优劣进行了对比，以供参考。

表 3-7　零件结构工艺性对比

零件结构		说　明
工艺性不好	工 艺 性 好	
		便于安装找正，增加工艺凸台，可在精加工后切除
		在平板侧面增设装夹用的凸缘或孔，便于可靠地夹紧，也便于吊装和搬运
		工件与卡爪的接触面积增大，安装较易
		一次安装可同时加工几个表面
		改进后可在一次安装中加工出来
		磨削时，各表面间的过渡部分应设计出越程槽

零件结构		说　明
工艺性不好	工艺性好	
		刨削时,在平面的前端要有让刀的部位
		留有较大的空间,以保证快速钻削的正常进行
		避免在曲面或斜壁上钻孔,以免钻头单边切削
		避免深孔钻削,效率低,散热、排屑条件差
		孔的位置不能距壁太近,改进后可采用标准刀具,并保证加工精度
		车螺纹时,要留有退刀槽,可使螺纹清根,操作相对容易,避免打刀
		加工面在同一高度,一次调整刀具,可加工两个平面,生产率高,易保证精度

零件结构		说　明
工艺性不好	工艺性好	
		使用同一把刀具可加工所有空刀槽
		插齿时要留有退刀槽，这样大齿轮可滚齿或插齿，小齿轮可以插齿加工
		应尽量减小加工面积，节省工时，减少刀具损耗，且易保证平面度要求
		同一端面上的尺寸相近螺纹孔改为同一尺寸螺纹孔，便于加工和装配
		内壁孔出口处有阶梯面，钻孔时孔易偏斜或钻头折断，内壁孔出口处平整，钻孔方便，易保证孔中心位置度
		将阶梯轴两个键槽设计在同一方向上，一次装夹即可加工两个键槽
		正后一端留空刀，钻孔时间短，钻头寿命长，钻头不易偏斜

续表

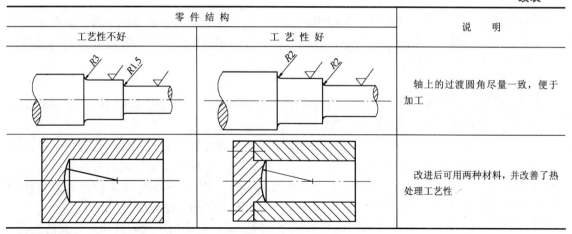

零件结构		说　明
工艺性不好	工艺性好	
		轴上的过渡圆角尽量一致，便于加工
		改进后可用两种材料，并改善了热处理工艺性

3.2.2　毛坯的选择

　　机械加工的加工质量、生产效率和经济效益在很大程度上取决于所选用的工件毛坯，常用的毛坯类型有型材、铸件、锻件、冲压件和焊接件等。影响毛坯选择的因素很多，如零件的材料、结构和尺寸，零件的力学性能要求和加工成本等。毛坯的选择主要依据以下几方面的因素：

　　（1）零件的材料及机械性能。零件材料决定了所用毛坯的种类。例如，材料为铸铁，就应该选择铸造毛坯；对于钢质材料的零件，尺寸适中时可选用型材；当零件的机械性能要求较高时要选用锻造毛坯；有色金属常用型材或铸造毛坯。

　　（2）零件的结构形状及尺寸。直径相差不大的阶梯轴零件可选用棒料作为毛坯；直径相差较大时，为节省材料，减少机械加工量，可采用锻造毛坯；尺寸较大的钢件可采用自由锻造毛坯；形状复杂的钢质零件需采用模锻。对于箱体、支架等零件一般采用铸造毛坯，大型设备的支架可采用焊接结构。

　　（3）生产类型。大量生产时，应采用精度高、生产率高的毛坯制造方法，如机器造型、熔模铸造、冷轧、冷拔、冲压加工等。单件小批生产则采用木模手工造型、焊接、自由锻等。

　　（4）现有条件。应根据毛坯车间现有生产条件及技术水平来选用毛坯类型，或者通过外协获得各种毛坯。

　　（5）选择毛坯还应考虑利用新工艺、新技术和新材料的可能性，如精铸、精锻、冷轧、冷挤压、粉末冶金和工程塑料等。应用这些毛坯制造方法后，可大大减少机械加工量，有时甚至可不再进行机械加工，其经济效果非常显著。

3.3　定位基准的选择

3.3.1　基准的概念及分类

　　在零件的设计和加工过程中，经常要用到某些点、线、面来确定其要素间的几何关系，这些作为依据的点、线、面称为基准。

　　基准按作用不同分为设计基准和工艺基准两大类。

1）设计基准

设计基准是设计时在零件图纸上所使用的基准。以设计基准为依据来确定各几何要素之间的尺寸及相互位置关系，如图 3-5 所示，齿轮内孔、外圆和分度圆的设计基准是齿轮的轴线，两端面可以认为是互为基准。

2）工艺基准

工艺基准是在制造零件和装配机器的过程中所使用的基准。按其用途不同，工艺基准又分为工序基准、定位基准、测量基准和装配基准。

（1）工序基准。在工序图上，用来确定本工序所加工表面加工后的尺寸、位置的基准，称为工序基准。工序基准可以采用工件上的实际点、线、面，也可以是工件表面的几何中心、对称面或对称线等。如图 3-6 所示工件，加工表面为 ϕD 孔，要求其中心线与 A 面垂直，并且 C 面和 B 面距离尺寸为 L_1 和 L_2，因此表面 A、B、C 均为本工序的工序基准。

（2）定位基准。定位基准是指工件在加工时用来确定工件对于机床及刀具相对位置的表面。

例如，车削如图 3-5 所示齿轮轮坯的外圆和左端面时，若用已经加工过的内孔将工件安装在心轴上，则孔的轴线就是外圆和左端面的定位基准。

必须指出的是，工件上作为定位基准的点或线，总是由具体表面来体现的，这个表面称为定位基准面。例如，图 3-5 所示齿轮孔的轴线并不具体存在，而是由内孔表面来体现的，所以确切地说，上例中的内孔是加工外圆和左端面的定位基准面。

（3）测量基准。在测量时所用的基准，称为测量基准。如图 3-7 所示，根据不同工序要求测量已加工表面位置时所使用的两个不同测量基准，一个是小圆的上母线，另一个是大圆的下母线。

（4）装配基准。机器装配时，用来确定零件或部件在产品中相对位置所采用的基准，称为装配基准。

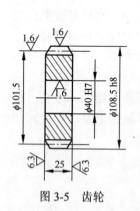

图 3-5 齿轮

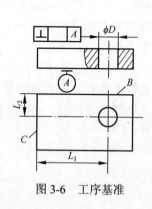

图 3-6 工序基准

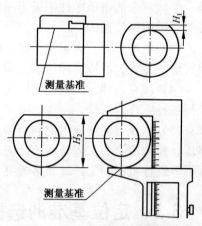

图 3-7 已加工表面的测量基准

3.3.2 精基准的选择原则

为了保证工件加工表面之间的相互位置精度，应从有相互位置精度要求的表面中选择定位基准。

在对零件进行机械加工中，第一道工序中只能用毛坯上未经加工的表面做定位基准，这种基准面称为粗基准。在其后各工序加工中，所用的定位基准是已加工的表面，称为精基准。

精基准的选择应保证加工精度和装夹可靠方便。

精基准选择的具体原则如下：

（1）基准重合原则。尽可能选用设计基准作为定位基准。这样可以避免定位基准与设计基准不重合而产生的定位误差。

（2）基准统一原则。零件上的某些精确表面，其相互位置精度往往有较高的要求，在精加工这些表面时要尽可能选用同一定位基准，以保证各表面间的相互位置精度。

（3）互为基准原则。工件上两个加工表面之间的位置精度要求比较高时，可以采用两个加工表面互为基准进行反复加工。

（4）自为基准原则。当有的表面精加工工序要求余量小而均匀（如导轨磨）时，可利用被加工表面本身作为定位基准，这叫做自为基准原则。此时的位置精度应由先行工序保证。

在生产实际中，工件上定位基准面的选择不一定能完全符合上述原则，这就要根据具体情况进行分析，并加以灵活运用。

3.3.3　粗基准的选择原则

粗基准的选择应保证所有加工表面都具有足够的加工余量，而且各加工表面对不加工表面具有一定的位置精度。

粗基准选择的具体原则如下：

① 选取不加工的表面作为粗基准。如果零件上有好几个不加工的表面，则应选择与加工表面相互位置精度要求高的表面作为粗基准。

如图 3-8 所示，以不加工的外圆表面作为粗基准，既可在一次安装中把绝大部分要加工的表面加工出来，又能够保证外圆面与内孔同轴，以及端面与孔轴线垂直。

② 选取要求加工余量均匀的表面作为粗基准。这样可以保证作为粗基准的表面加工时余量均匀。

例如，车床床身（见图3-9）要求导轨面耐磨性好，希望在加工时只切去较小而均匀的一层余量，使其表层保留均匀一致的金相组织和物理力学性能。先选择导轨面作为粗基准，加工床腿的底平面（见图 3-9(a)），然后再以床腿的底平面为基准加工导轨面（见图 3-9(b)），这样就能达到目的。

③ 对于所有表面都要加工的零件，应选择余量和公差最小的表面作为粗基准，以避免余量不足而造成废品。

如图 3-10 所示阶梯轴，表面 B 加工余量最小，应选择表面 B 作为粗基准。

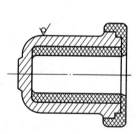

图 3-8　套筒法兰加工实例

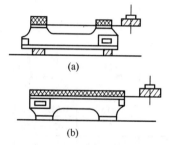

图 3-9　车床床身加工的粗基准

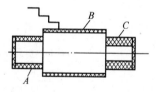

图 3-10　阶梯轴的加工

④ 为使工件定位稳定，夹紧可靠，要求所选用的粗基准尽可能平整、光洁，不允许有锻造飞边、铸造浇冒口切痕或其他缺陷，并有足够的支承面积。

⑤ 在同一尺寸方向上粗基准通常只允许使用一次。这是因为粗基准一般都很粗糙，重复使用同一粗基准，所加工的两组表面之间的位置误差会相当大，因此，粗基准一般不得重复使用。

3.4　机械加工工艺路线的拟定

3.4.1　表面加工方法的选择

零件表面的加工方法，首先取决于加工表面的技术要求。但应注意，这些技术要求不一定就是零件图所规定的要求，有时由于工艺上的原因而在某些方面高于零件图上的要求。如由于基准不重合而提高对某些表面的加工要求，或由于被作为精基准而可能对其提出更高加工要求。

所选择的加工方法，应满足零件的质量、良好的加工经济性和高的生产率的要求。为此，应考虑以下因素：

① 选择加工方案要首先选定它的最终加工方法，然后再逐一选定各道工序的加工方法。

② 所选的加工方法的经济精度、表面粗糙度要与加工表面的技术要求相适应。这是由于任何加工方法能获得的加工精度和表面粗糙度都有一个相当大的范围，但只有在某一个较窄的范围才是经济的。这个范围的加工精度就是经济加工精度。例如，公差为 IT7 级和表面粗糙度为 $Ra\ 0.4\ \mu m$ 外圆面的加工，采用磨削方法比采用精细车方法要经济得多。

③ 所选的加工方法要与被加工材料的性质相适应。比如淬火钢一般采用磨削加工，而有色金属可采用金刚镗或高速精细车削加工。

④ 所选的加工方法要与产品的生产类型相适应。例如，大批量生产一般采用高效的先进工艺：对于平面和孔，拉削代替普通的铣、刨和镗孔；采用粉末冶金制造油泵齿轮；采用石蜡铸造柴油机上的小零件。这些方法都有利于提高生产效率。

⑤ 所选的加工方法要与本厂条件相适应。应该充分利用现有设备，挖掘企业潜力，必要时改进现有加工方法和设备，并要考虑设备负荷平衡。外圆面加工方案及经济精度如表 3-8 所示。

表 3-8　外圆面加工方案及经济精度

加 工 方 案	经济精度公差等级	表面粗糙度 $Ra/\mu m$	适 用 范 围
粗车	IT11～13	50～100	适用于除淬火钢以外的金属材料
┗ 半精车	IT8～9	3.2～6.3	
┗ 精车	IT7～8	0.8～1.6	
┗ 滚压（或抛光）	IT6～7	0.08～2.0	
粗车→半精车→磨削	IT6～7	0.4～0.8	除不宜用于有色金属外，主要适用于淬火钢加工
┗ 粗磨→精磨	IT5～7	0.1～0.4	
┗ 超精磨	IT5	0.012～0.1	
粗车→半精车→精车→金刚石车	IT5～6	0.025～0.40	主要用于有色金属
粗车→半精车→粗磨→精磨→镜面磨	IT5 以上	0.025～0.2	用于高精度要求的钢件加工
┗ 精车→精磨→研磨	IT5 以上	0.05～0.10	
┗ 粗研→抛光	IT5 以上	0.025～0.4	

3.4.2　加工阶段的划分

对于那些加工质量要求高或比较复杂的零件，通常将整个工艺路线划分为以下几个阶段：

（1）粗加工阶段。粗加工阶段的主要任务是切除毛坯的大部分余量并加工出精基准。该阶段的关键问题是如何提高生产率。

（2）半精加工阶段。半精加工阶段的任务是减小粗加工留下的误差，完成次要表面加工（钻、攻丝、铣键槽等），主要表面达到一定要求，为精加工做好余量准备。半精加工阶段安排在热处理前。

（3）精加工阶段。精加工阶段的任务是保证各主要表面达到图样规定要求。这一阶段的主要问题是如何保证加工质量。

（4）光整加工阶段。光整加工阶段的主要任务是减小表面粗糙度值和进一步提高精度。

有时由于毛坯余量特别大，表面十分粗糙，在粗加工前还需要去黑皮的加工阶段，称为荒加工阶段。为了及时发现毛坯的缺陷和减少运输工作量，通常把荒加工放在毛坯车间进行。

生产中划分加工阶段的好处是：

（1）保证加工质量。按先粗后精的顺序进行机械加工，可以合理地分配加工余量及合理地选择切削用量。粗加工阶段切削用量大，产生的切削力和切削热大，所需夹紧力也大，所以零件残余内应力和工艺系统的受力变形、热变形、应力变形都比较大。粗加工所产生的加工误差，可通过半精加工和精加工逐步消除，从而保证加工精度。

（2）合理使用设备。粗加工时要求设备功率大、刚性好、生产率高，对设备的精度要求不高；精加工则要求精度高的设备。划分加工阶段，可以充分发挥粗加工机床的效率，长期保持精加工机床的精度。

（3）有利于安排热处理工序，使冷热加工工序更好地配合。例如，粗加工后零件残余应力大，可安排时效处理，消除残余应力；在热处理过程中引起的变形可在精加工中消除。

（4）便于及时发现问题。毛坯的各种缺陷如气孔、砂眼和加工余量不足等，在粗加工后即可发现，便于及时修补或决定是否报废，避免工时浪费，增加成本。

（5）精加工和光整加工的表面安排在最后加工，可保护零件少受磕碰、划伤等损坏。

3.4.3　工序的集中与分散

1）概念

同一个工件，同样的加工内容，可以安排两种不同形式的工艺规程：一种是工序集中，另一种是工序分散。所谓工序集中，是使每个工序中包括尽可能多的工步内容，因而使总的工序数目减少，夹具的数目和工件的安装次数也相应减少。所谓工序分散，是将工艺路线中的工步内容分散在更多的工序中去完成，因而每道工序的工步少，工艺路线长。

2）工序分散的特点

① 所使用的机床设备和工艺设备都比较简单，容易调整，工人易于操作，易于适应更换产品。

② 有利于选用最合理的切削用量，减少机动工时。

③（缺点）机床设备数量多，生产面积大，工艺路线长。

3）工序集中的特点

① 有利于采用高效的专用设备和工艺装备，提高生产率。

② 减少了工序数目，缩短了工艺过程，简化了生产计划和生产组织工作。

③ 减少了设备数量，减少了操作工人人数和生产面积，工艺路线短。

④ 减少了工件装夹次数，所以缩短了辅助时间，而且由于一次装夹加工较多的表面，容易保证它们之间的位置精度。

⑤（缺点）专用设备投资大，生产准备工作量大，转为新产品的生产也比较困难。

4）工序集中和工序分散的选择

工序集中和工序分散各有特点，必须根据生产规模、零件的结构特点和技术要求、机床设备等具体生产条件综合分析，以便决定采用哪种原则来组合工序。

① 传统的流水线、自动生产线多采用工序分散的组织形式。可以实现高效生产，但适应性较差。

② 采用高效自动化机床，以工序集中的形式组织生产，如加工中心。这种方式生产适应性强，转产相对容易。

③ 零件的加工精度要求比较高时，常要把工艺过程划分为不同的加工阶段，这种情况下必须比较分散。

3.4.4　工序顺序的安排

加工顺序的安排对保证加工质量，提高生产率和降低成本都有重要作用，是拟定工艺路线的关键之一。加工顺序的安排可按下列原则进行：

1）切削加工顺序的安排

先基准后其他：选做精基准的表面应在一开始的工序中就加工出来，以便为后续工序的加工提供定位基准。

先粗后精：在加工时应先安排粗加工，中间安排半精加工，最后安排精加工。

先主后次：先安排零件的装配基面和工作表面等主要表面的加工，后安排如键槽、紧固用的光孔和螺纹孔等次要表面的加工。因为这些次要表面加工余量小，一般都与主要表面有相互位置要求。

先面后孔：对于箱体、支架、连杆、底座等零件，一般先加工用于定位的平面和孔的端面，然后再加工孔。

精密偶件需装配后加工。

2）热处理工序的安排

零件加工过程中的热处理可分为预备热处理和最终热处理。

预备热处理：预备热处理的目的是改善切削加工性能，消除内应力，为最终热处理做准备。它包括退火、正火、调质和时效处理。铸件和锻件在机械加工前应进行退火或正火处理；对大而复杂的铸造毛坯件（如机架、床身等）及刚度较差的精密零件（如精密丝杠），在粗加工之前及粗加工与半精加工之间安排多次时效处理；对于要求不高的零件，仅在毛坯制造以后安排一次时效处理。

最终热处理：最终热处理的目的主要是提高零件材料的强度、硬度及耐磨性。它包括淬火、渗碳及氮化等。淬火及渗碳淬火通常安排在半精加工之后、精加工之前进行；氮化处理由于变形较小，通常安排在精加工之后。

3）辅助工序的安排

辅助工序包括：检验、清洗、去毛刺、防锈、去磁及平衡去重等。其中检验是最主要的，也是必不可少的辅助工序。零件加工过程中除了安排工序自检之外，还应在下列场合安排检验工序：粗加工全部结束之后，精加工之前；重要工序加工前后；工件转入、转出车间前后；特种检验（如磁力探伤、密封性实验、动平衡实验等）之前；全部加工工序完成后。

在特种检验中，X 射线探伤或超声波探伤用于检验毛坯的内部质量，应安排在机械加工之前；磁力探伤、荧光检验用于检验工件表层质量，通常安排在精加工阶段；密封性检验、零件的平衡和零件的重量检验等一般安排在工艺过程的末尾。

在工艺过程中还要考虑安排去毛刺、倒棱、去磁、清洗等辅助工序，忽视辅助工序将会给后续加工和装配工作带来困难。例如，工件上的毛刺和尖角棱边，容易割破工人的手指，还会给装配带来困难；研磨、珩磨等光整加工后的零件，不经清洗就去装配，残留在工件上的砂粒会加剧零件的磨损。在采用磁力夹紧的平面磨工序后面，一定要安排去磁工序，避免进入装配的零件带有磁性。

3.4.5　机床设备及工艺装备的选择

1）机床设备的选择

机械加工所选择的机床的精度应与工件要求的加工精度相适应；所选择的机床的生产率与生产类型相适应；机床的规格与加工工件的尺寸相适应；机床的选择应结合现场的实际情况；合理选用数控机床。一般情况下，单件小批生产时选择通用机床和工装；大批、大量生产时选择专用机床、组合机床和专用工装；数控机床可用于各种生产类型。

2）工艺装备的选择

（1）夹具的选择。单件小批生产时采用各种通用夹具和机床附件，如卡盘、虎钳、分度头等，有组合夹具站的，可采用组合夹具；大批大量生产时为提高劳动生产率应采用专用高效夹具；多品种中、小批生产可采用可调夹具或成组夹具；采用数控加工时夹具要敞开，其定位、夹紧元件不能影响加工走刀。

（2）刀具的选择。生产中一般优先采用标准刀具。若加工工序集中，应采用各种高效的专用刀具、复合刀具和多刃刀具。刀具的类型、规格和精度等级应符合加工要求。数控加工对刀具的刚性及寿命要求较普通加工严格，应合理选择各种刀具、辅具（刀柄、刀套和夹头）。

（3）量具的选择。单件小批生产应广泛采用通用量具，如游标卡尺、百分尺和千分表等；大批大量生产应采用各种量规及高效的专用检验夹具和量仪等。量具的精度必须与加工精度相适应。

思考与练习题

1．什么是工艺过程、工序和安装？

2．生产类型有哪几种？汽车、电视机、金属切削机床、大型轧钢机的生产各属于哪种生产类型？各有何特征？

3．何谓基准？根据作用的不同，基准分为哪几种？

4．零件的工艺分析有哪几方面的内容？

5．何谓粗基准和精基准？　试述粗、精基准的选择原则各是什么。

6．机械加工工艺规程的内容和作用是什么？

7．划分加工阶段有什么好处？

8．试分析如图 3-11 所示零件的结构工艺性的好坏，并加以改进。

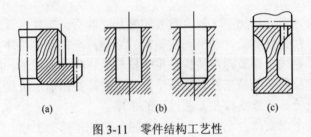

图 3-11　零件结构工艺性

综合实训

如图 3-12 所示小轴零件，毛坯为普通精度的热轧圆钢，装夹在车床前、后顶尖间加工。试设计合理的加工工艺路线。精加工外圆面时，定位精基准是什么？

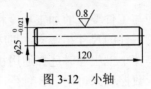

图 3-12　小轴

第4章

机床夹具

4.1 机床夹具概述

在对工件进行切削之前，必须把工件准确、可靠地装夹在机床上。工件的安装将直接影响零件的加工质量和生产效率。用于装夹工件（和引导刀具）的装置称为夹具。

4.1.1 工件装夹的基本概念

工件在机床上的装夹方式，取决于生产批量、工件大小及复杂程度、加工精度要求及定位的特点等。归纳其形式主要有三种：直接找正装夹、划线找正装夹和夹具装夹。

1. 直接找正装夹

直接找正装夹是将工件装在机床上，然后按工件的某个（或某些）表面，用划针或用百分表等量具进行找正，以获得工件在机床上的正确位置。直接找正装夹效率较低，但找正精度可以很高，适用于单件小批生产。当加工精度要求特别高，而又没有专用的高精度装备时，也可以采用这种方式。但必须由技术娴熟的操作者使用高精度的量具仔细地操作。

2. 划线找正装夹

划线找正装夹方法是按加工表面的要求在工件上划线，装夹工件时，按线找正工件的位置，并夹紧工件。划线找正装夹不需要专用设备，通用性好，但效率低，定位精度比较低。通常划线找正精度只能达到 0.1～0.5 mm。此方法多用于单件小批生产精度较低，以及大型零件的粗加工工序。

3. 使用夹具装夹

为了提高效率，定位精度好而可靠及降低操作者劳动强度，大多数零件的加工都要采用夹具装夹。使用夹具装夹，工件在夹具中可迅速而正确地定位和夹紧。

4.1.2 机床夹具的分类

机床夹具按用途可划分为以下几类：

1．通用夹具

通用夹具如车床上的三爪卡盘、四爪卡盘，铣床上的平口钳、分度头、回转盘，平面磨床上的电磁吸盘等。这些夹具通用性强，现已标准化，应用十分广泛，作为机床的附件而由专业厂生产。其使用特点是操作费时，生产率较低，主要适用于单件小批生产。

2．专用夹具

专用夹具是为某一工件的某一工序加工要求而专门设计和制造的。它的特点是结构紧凑、操作方便、快捷，易保证精度要求，有利于提高效率。专用夹具广泛应用于成批以上生产及单件小批生产的关键工序中，但夹具的设计、制造和维修需要一定的投资和时间。

3．成组可调夹具

在多品种小批量生产中，根据成组技术原理，将零件按形状、尺寸和工艺特征等进行分组，并对每一组零件设计一套可调整的专用夹具，称为成组可调夹具。使用成组可调夹具加工组内工件时，只需对夹具的个别定位、夹紧元件等进行调整或更换。它适用于批量较小，而使用通用夹具又不能满足加工质量或生产率的场合。

4．组合夹具

组合夹具由一套预先制造好的标准元件组合而成。这些元件具有各种不同形状、尺寸和规格，并具有较好的互换性、耐磨性和较高的精度。根据工件的工艺要求组装成各种专用夹具，使用完毕后，可方便地拆开元件，洗净后存放起来，待需要时重新组装成新的夹具。元件能重复多次使用，并具有可减少专用夹具数量等优点。组合夹具是一种模块化的夹具，并已商品化。

5．自动化生产用夹具

自动化生产用夹具主要有随行夹具（自动线夹具）。在自动线上随被装夹的工件一起由一个工位移到另一个工位的夹具，称为随行夹具。它是一种移动式夹具，担负装夹工件和输送工件两方面的任务。

4.1.3　机床夹具的组成

机床夹具虽然可以分成各种不同的类型，但它们都由下列基本部分所组成：

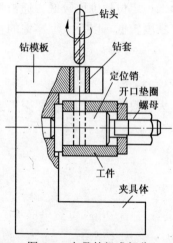

图 4-1　夹具的组成部分

1．定位装置

定位装置用于确定工件在夹具中的位置。它由各种定位元件构成。常用的定位元件有 V 形块、定位销和定位块等。如图 4-1 中所示的定位销。

2．夹紧机构

夹紧装置用于保持工件在夹具中的既定位置。它通常包括夹紧元件（如压板、压脚等）、增力元件（如杠杆、螺杆、凸轮等）及动力源（如汽缸、油缸等）等。图 4-1 中，夹紧机构由开口垫圈、螺母及定位销上的螺栓等构成。

3. 导向元件

导向元件是用来引导刀具进入正确加工位置的零件，如图 4-1 中所示的钻套。

4. 夹具体

夹具体用于连接夹具上各个元件或装置，使之成为一个整体，并通过它将夹具安装在机床上。

5. 其他元件和装置

根据需要，夹具上还可以有其他组成部分，如分度装置、自动上下料装置、平衡铁、操作件等。

4.1.4 机床夹具在机械加工中的作用

机床夹具是机械加工中不可缺少的工艺装备。其作用可归纳为以下四方面。

（1）保证加工质量。采用夹具后，工件各加工表面间的相互位置精度是由夹具保证的，而不是依靠工人的技术水平与熟练程度，所以产品质量容易保证。

（2）提高效率和降低成本。使用夹具使工件安装迅速方便，从而大大缩短了辅助时间，提高了生产率，特别是对于加工时间短、辅助时间长的中小零件，效果更为显著。

（3）扩大机床的加工范围。在机床上安装某些夹具可以扩大机床的加工范围。如在铣床上加一个回转台或分度装置，就可以加工有等分要求的零件。

（4）减轻劳动强度，保证生产安全。

4.2 工件定位的基本原理

工件在加工前，必须使它在夹具、机床和刀具组成的工艺系统之间保持正确的相对位置。这包括工件在夹具中的定位，夹具在机床上的安装，以及夹具相对于刀具和整个工艺系统的位置等。工件在夹具中的定位是指同一批工件在夹具中占有一致的正确加工位置。

4.2.1 六点定位原理

1. 工件的自由度与定位

任何一个工件，在其位置尚未确定前，均具有六个自由度，即沿空间三个直角坐标轴 X、Y、Z 方向的移动与绕它们的转动，分别以 $\vec{X}$、$\vec{Y}$、$\vec{Z}$ 和 $\hat{X}$、$\hat{Y}$、$\hat{Z}$ 表示。要使工件在机床夹具中正确定位，必须限制或约束工件的这些自由度，如图 4-2 所示。工件在夹具中定位的实质就是限制工件的自由度，即用定位元件来阻止工件的移动或转动。

2. 六点定位原则

在机械加工中，要完全确定工件在夹具中的正确位置，理论上必须用合理分布的六个支承点与工件的定位基准相接触来限制工件的六个自由度，使工件的位置完全确定，称为"六点定位原则"，简称"六点定则"。如图 4-3 所示，将六个支承钉分布在三个互相垂直的坐标平面内。在 XOY 平面上有三个支承钉，可限制 $\hat{X}$、$\hat{Y}$ 和 $\vec{Z}$ 共三个自由度；在 YOZ 平面内分布两个支承钉，可限制 $\vec{X}$ 和 $\vec{Z}$ 这两个自由度；在 XOZ 平面内分布一个支承钉，限制自由度 $\vec{Y}$。按以上分析可知，工件只要同时与夹具中的六个支承点确切地接触，就可以相对于夹具在空间占据一个确定的位置。

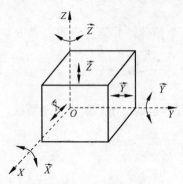

图 4-2　工件沿空间三个直角坐标系的自由度

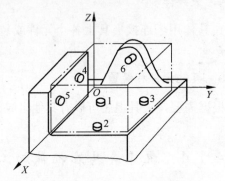

图 4-3　工件的六点定位原则

4.2.2　限制工件自由度与加工要求的关系

在工件定位时，需要限制哪几个自由度，首先与工序的加工内容及要求有关，其次还与所用的工件定位基面的形状有关。

1. 完全定位

加工时，工件的六个自由度被完全限制，称为完全定位。

图 4-4(a)所示的在长方体工件上铣削上平面工序，要求保证 Z 方向上的高度尺寸及上平面与底面的平行度，只需限制 $\vec{X}$、$\vec{Y}$ 和 $\vec{Z}$ 三个自由度即可。而图 4-5(b)所示为铣削一个通槽，需限制除了 $\vec{X}$ 外的其他五个自由度。图 4-5(c)所示在同样的长方体工件上铣削一个一定长度的键槽，在三个坐标轴的移动和转动方向上均有尺寸及相互位置的要求，因此这种情况必须限制全部的六个自由度，即完全定位。

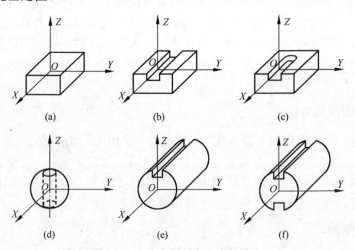

图 4-4　工件应限制自由度的确定

2. 不完全定位

工件的六个自由度没有被完全限制的现象称为不完全定位。

将图 4-4(e), (b)相比较，图 4-4(e)所示为圆柱体的工件，而图 4-4(b)所示为长方体工件。虽然它们都是铣一个通槽，加工内容、要求相同，但是，加工定位时，图 4-4(b)所示的定位基面是一个底面与一个侧面，而图 4-4(e)中只能采用外圆柱面作为定位基面。因此，图 4-4(e)中，对于 $\widehat{X}$ 的限制就无必要，限制四个自由度就可以了。再如图 4-4(d)所示过球体中心打一通孔，定位基面为球面，则对三个坐标轴的转动自由度均无必要限制，限制 $\vec{X}$、$\vec{Y}$ 两个自由度就够了。

将图 4-4(f), (e)对照：均是在圆柱体工件上铣通槽，但图 4-4(f)中的加工要求增加了一条，被铣通槽与下端槽需对中。虽然它们的定位基面仍是外圆面，但图 4-4(f)中需增加对 $\widehat{X}$ 自由度的限制，共需限制五个自由度才正确。

3．过定位

工件的某个自由度被重复限制的现象称为过定位。过定位是应当尽量避免的。

图 4-5(a)所示为加工连杆小头孔时的定位方式。一个端面与支承板 3 接触，限制了三个自由度（$\widehat{X}$、$\widehat{Y}$ 和 $\vec{Z}$），大头孔内设一短圆柱销 1，限制了两个自由度（$\vec{X}$、$\vec{Y}$），杆身靠在挡销 2 上，限制 $\widehat{Z}$ 自由度。若将孔中的短圆柱销改成长圆柱销，而且配合间隙较小，则长圆柱销实际上可限制连杆的四个自由度（$\vec{X}$、$\vec{Y}$、$\widehat{X}$、$\widehat{Y}$）。此时，孔中心线的方向由长圆柱销决定，而不由支承板的平面决定。若连杆孔中心线与端面有垂直度误差，连杆套上长圆柱销后，端面将不能完全与支承板的平面接触而翘起（见图 4-5(b)）。此时端面只能限制工件的一个自由度。如果一定要端面仍然限制三个自由度，则在夹紧时就必须将翘起的部分强行压向支承板，就会使连杆或定位销产生变形，严重地影响加工精度。这种误差是由于工件的 $\widehat{X}$ 和 $\widehat{Y}$ 自由度被支承板和长圆柱销重复限制而造成的。

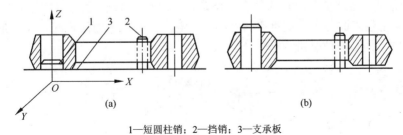

1—短圆柱销；2—挡销；3—支承板

图 4-5　连杆的定位

图 4-6 所示工件以底平面定位，要求限制三个自由度 $\widehat{X}$、$\widehat{Y}$ 和 $\vec{Z}$。图 4-6(a)采用了四个支承钉，属过定位。若工件定位面较粗糙，则该定位面实际只能与三个支承钉接触，造成定位不稳定。如施加夹紧力强行使工件定位面与四个支承钉均接触，则必然导致工件变形而影响加工精度。

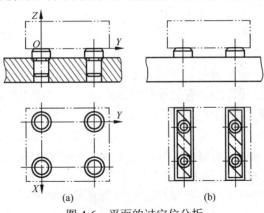

图 4-6　平面的过定位分析

为避免过定位，可将支承钉改为三个。也可将四个支承钉中的一个改为辅助支承，辅助支承只起支承作用而不起定位作用。

如果工件的定位面是已加工面，且很规整，则完全可以采用四个支承钉，而不会影响定位精度，反而能增强支承刚度，有利于减小工件的受力变形。此时，还可用支承板代替支承钉（见图 4-6(b)），或用一个大平面代替支承钉（如平面磨床的磁性工作台）。

可见，在某些条件下，过定位的现象不仅允许，而且是必要的。此时应当采取适当的措施提高定位基准之间及定位元件之间的位置精度，以免产生干涉。

4．欠定位

在满足加工要求的前提下，采用不完全定位是允许的。但是根据加工要求应该限制的自由度而没有限制是不允许的，它必然不能保证加工要求，这种现象称为欠定位。

4.3　定位方式与定位元件

生产中通过工件上的定位表面与夹具上的定位元件的配合或接触来实现工件的定位。定位基准是确定工件位置时所依据的基准，它通过定位基面来体现。如图 4-7 所示，轴套工件以圆孔在心轴上定位，工件的内圆面称为定位基面，它的轴线称为定位基准；与此对应，定位元件心轴的外圆柱面称为限位基面，心轴的轴线称为限位基准。工件以平面与定位元件接触时，工件上实际存在的面是定位基面，它的理想状态是定位基准。如果工件上实际存在的平面形状误差很小，可认为定位基面与定位基准重合。同样，定位元件以平面限位时，如果形状误差很小，也可以认为限位基面与限位基准重合。

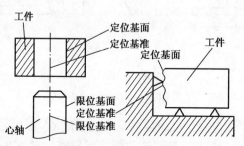

图 4-7　基准与基面

工件在夹具上定位时，理论上定位基准与限位基准应重合，定位基面与限位基面应接触。定位基面与限位基面合称为定位副。当工件有几个定位基面时，限制自由度最多的称为主要定位面，相应的限位基面称为主要限位面。

定位元件的定位工作表面应满足以下的主要技术要求：

（1）足够的精度。定位元件应具有足够的精度，如尺寸精度不低于 IT8～IT6，表面粗糙度为 $Ra\ 0.2～0.8\ \mu m$，以保证工件的定位精度。

（2）较好的耐磨性。由于定位元件的工作表面经常与工件接触和摩擦，容易磨损，为此，要求定位元件工作表面的耐磨性要好，一般选用碳素工具钢 T8Mn、T8A、T10 等，采用淬火处理，硬度不低于 HRC 55～60；对于大尺寸定位元件，选用渗碳钢 20、20Cr 等进行渗碳处理，或选用 45 钢，淬硬至 HRC 43～48，以保持使用寿命和定位精度。

（3）足够的强度和刚度。为保证定位元件在受工件重力、夹紧力和切削力的作用时，不易变形和损坏，定位元件应有足够的刚度和强度。

（4）较好的工艺性。定位元件应便于制造、装配和维修。

（5）便于清除切屑。定位元件的工作表面形状应有利于清除切屑，以防切屑嵌入影响精度。

4.3.1　工件以平面定位

平面定位是工件定位中应用最普遍的定位形式，表现方式主要为支承定位。

1. 固定支承

固定支承有支承钉和支承板两种形式。

图 4-8 所示为国家标准规定的三种支承钉，其中图 4-8(a)所示为平头支承钉（A 型），耐磨性较好，多用于精基准面的定位。图 4-8(b)所示为球头支承钉（B 型），易与工件的定位基面接触，但容易磨损，多用于粗基准面的定位。图 4-8(c)所示为网纹顶面支承钉，又称齿纹头支承钉（C 型），多用于工件侧面的定位。一般情况下一个支承钉相当于一个约束点，限制一个自由度。

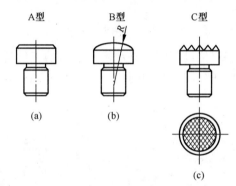

图 4-8　固定支承钉

图 4-9 所示为国家标准规定的两种固定支承板。A 型用于底面定位时，由于不利于清除切屑，常用于侧面定位；其中 B 型为斜槽式支承板，用做精基准，适用于底面定位。

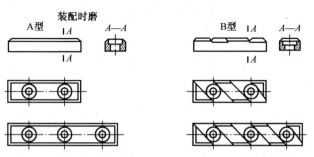

图 4-9　固定支承板

在实际应用中，还可以根据需要设计非标准结构的支承钉和支承板，如台阶式支承板、圆形支承板、三角形支承板。

2. 可调支承

支承点位置可以调整的支承称为可调支承。图 4-10 所示为几种常见的可调支承。可调支承用于工件定位表面不规整（未加工过），或不同批次尺寸有变化，或同一批工件加工余量不同时的平面，以调节补偿各批毛坯尺寸的误差。一般不是对每一个加工工件进行一次调整，而是一批毛坯调整一次。所有的可调支承其高度调整好后都必须锁紧，以防止加工中松动。有时，可调支承也可用做成组夹具的调整元件。

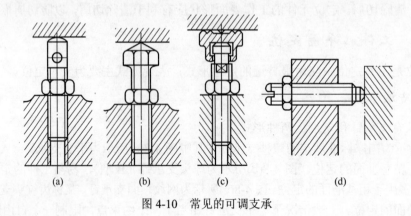

(a)　　　　(b)　　　　(c)　　　　(d)

图 4-10　常见的可调支承

3．自位支承（浮动支承）

自位支承（浮动支承）在定位过程中，支承本身可以随工件定位基准面的变化而自动调整位置。几种常见的自位支承形式如图 4-11 所示。

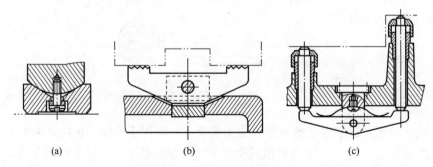

(a)　　　　　　(b)　　　　　　(c)

图 4-11　常见的自位支承形式

由于自位支承是活动的或浮动的，无论结构上是两点还是三点支承，其实质只起限制一个自由度的定位作用，即一点定位，通过增加接触点以减小压力强度，达到增强工件刚度的目的，但又不影响定位所限制的自由度。自位支承常用于毛坯表面、断续表面、阶梯表面的定位，以及有角度误差的平面定位。

4．辅助支承

为了提高工件的装夹刚度和定位稳定性，在工件定位后运用辅助支承元件，由于其高度是由工件确定的，因此它不起限制工件自由度的定位作用，但辅助支承锁紧后就成为固定支承，能承受切削力。

辅助支承的结构形式如图 4-12 所示。其中图 4-12(a), (b)所示的结构简单；图 4-14(c)所示为自位式辅助支承，靠弹簧的弹力使支承销与工件接触，转动手柄将支承销锁紧。因弹簧力可以调整，所以作用力适当而稳定地自动调整，从而避免了操作失误而将工件顶起。

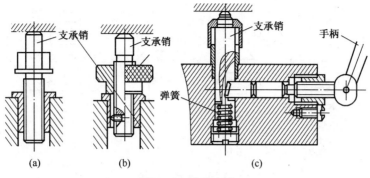

图 4-12 辅助支承

4.3.2 工件以圆柱孔定位

工件以圆柱孔定位大都属于定心定位（定位基准为孔的轴线），常用的定位元件有心轴、圆柱定位销及圆锥销等。

1. 心轴

心轴主要用于加工盘类或套类零件的定位。心轴结构形式很多，图 4-13 所示为几种常见的刚性心轴，其中图 4-13(a)所示为间隙配合心轴，与端面配合能限制五个自由度。使用中拆卸方便，但定心精度低。图 4-13(b)所示为过盈配合心轴，可以约束四个自由度。其特点是定心精度高，但拆卸麻烦，常用于精度要求较高的场合。

图 4-13(c)所示为小锥度心轴，其锥度为 1/5 000～1/1 000。工件安装时轻轻敲入或压入，通过孔和心轴接触表面的弹性变形来夹紧并可带动工件转动。使用小锥度心轴定位可获得较高的定位精度。由于工件定位孔的直径在其公差范围内变动，工件在心轴上的位置是变化的，它只能约束工件的四个自由度。

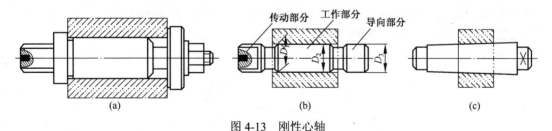

图 4-13 刚性心轴

除了刚性心轴以外，在生产中还经常采用弹性心轴、液塑心轴、自动定心心轴等。这些心轴在工件定位的同时将工件夹紧，使用起来很方便。

2. 圆柱定位销

圆柱定位销分为固定式定位销和可换式定位销。定位销又可分为圆柱销和菱形销两种。图 4-14 所示为国家标准规定的圆柱定位销，它们主要用于工件上的小孔定位。圆柱定位销通常限制工件的两个移动自由度。

根据需要也可以自行设计非标准定位销。长圆柱销能约束工件四个自由度，长菱形销约束工件的两个自由度。

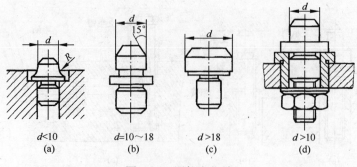

图 4-14　圆柱定位销

$d<10$　　$d=10\sim18$　　$d>18$　　$d>10$
(a)　　　　　(b)　　　　　(c)　　　　　(d)

当要求孔销配合只在一个方向上限制工件自由度时，可用菱形销，如图 4-17(a)所示。

圆锥销又称锥头销，常用于工件孔端的定位，如图 4-15(b), (c)所示。其中图 4-15(b)所示多用于毛坯孔定位，图 4-15(c)所示多用于光孔定位。图示圆锥销定位限制了工件的三个移动自由度。

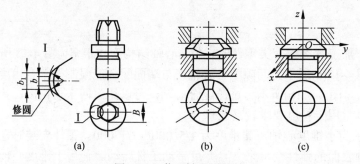

(a)　　　　　　　　(b)　　　　　(c)

图 4-15　菱形销和圆锥销

工件以圆孔与锥销定位能实现无间隙配合，但是单个圆锥销定位时容易倾斜，因此，圆锥销一般不单独使用。图 4-16(a)所示为圆锥销与圆柱销组合定位；图 4-16(b)所示为活动圆锥销与平面组合定位；图 4-18(c)所示为双圆锥销组合定位。

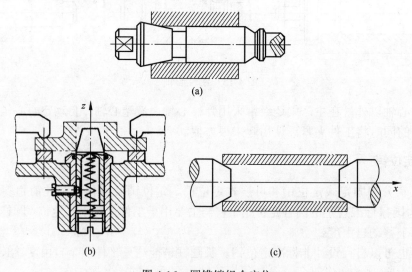

(a)

(b)　　　　　　　　　　　(c)

图 4-16　圆锥销组合定位

4.3.3　工件以外圆柱面定位

工件以外圆表面定位有两种形式：一种是定心定位，另一种是支承定位。

定心定位的外圆柱面是定位基面，外圆柱面的中心线是定位基准。采用各种形式的定心夹紧卡盘、弹簧夹头及其他形式的定位夹紧机构，实现定位和夹紧同时完成。定位套筒也常用于外圆柱面的定位。

在夹具设计中，常用套筒或卡盘代替心轴或柱销，以锥套代替锥销进行外圆表面定心定位，如图 4-17 所示。

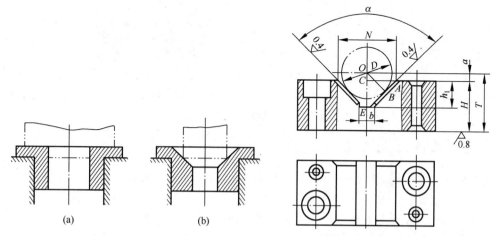

图 4-17　工件外圆以套筒、锥套和 V 形块定位

工件的外圆表面以 V 形块支承定位是常用的定位方式，V 形块两斜面之间的夹角一般取 60°、90° 和 120°，其中以 90° V 形块使用最为广泛。

图 4-18 所示为常见 V 形块的外形结构。"整体式" V 形块用于较短工件的精基面外圆定位；"间断式" V 形块由于其斜面被倒角，与工件的接触面积较小，一般用于较长工件的粗基准定位；"分开式" V 形块由两个短 V 形块组成，一块固定在夹具体上，另一块可在夹具体上根据工件的长短进行移动调整。

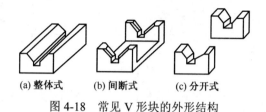

(a) 整体式　　(b) 间断式　　(c) 分开式

图 4-18　常见 V 形块的外形结构

4.3.4　工件以其他表面定位

工件除了以平面、圆孔和外圆表面定位外，有时也以锥孔、渐开面等其他形式的表面定位。如图 4-19 所示为工件（齿轮）以渐开线齿面定位。图 4-19(a)显示了三个定位圆柱均布(或近似均布)插入齿间以实现分度圆定位。图 4-19(b)所示为实际的夹具结构，该夹具广泛应用于齿轮热处理后的磨孔工序中，可保证齿轮孔与齿面之间获得较高的同轴度。

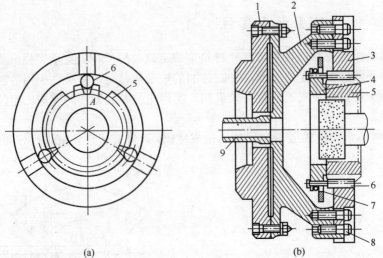

1—夹具体；2—弹性薄膜盘；3—卡爪；4—保持架；5—工件（齿轮）；6—定心圆柱；7—弹簧；8—螺钉；9—推杠

图 4-19　工件以渐开线齿面定位

4.3.5　工件以组合表面定位

实际生产中，为了满足工序加工要求，工件多以两个或多个表面定位组合起来作为定位基准，称为组合表面定位。常见的定位表面组合有平面与平面的组合、平面与圆孔的组合、平面与外圆表面的组合、平面与其他表面的组合、锥面与锥面的组合等。

在多个表面同时参与定位的情况下，各表面在定位中所起的作用有主次之分。一般称定位点数最多的定位表面为第一定位基准面或主要定位面或支承面，定位点数次多的定位表面称为第二定位基准面或导向面，定位点数为1的定位表面称为第三定位基准面或止动面。

在分析多个表面定位情况下各表面所限制的自由度时，分清主次定位面是很重要的。例如图 4-20 所示为轴类零件在机床前后顶尖上定位的情况。这时应首先确定前顶尖所限制的自由度，它们是 $\vec{X}$、$\vec{Y}$ 和 $\vec{Z}$；然后再分析后顶尖所限制的自由度。孤立地看，由于后顶尖在 Z 方向可移动，因此只限制 $\vec{X}$ 和 $\vec{Y}$ 两个自由度。但若与前顶尖一起考虑，则后顶尖实际限制的是工件的 $\widehat{X}$ 和 $\widehat{Y}$ 自由度。

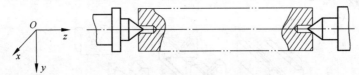

图 4-20　工件在前后顶尖上定位

在加工箱体类零件时经常采用一面两孔组合（一个大平面及与该平面相垂直的两个圆孔组合）定位，夹具上相应的定位元件是一面两销。为了避免由于过定位而引起的工件安装时的干涉，两销中一个应采用菱形销。

4.4　夹紧装置

将工件定位后的位置固定下来称为夹紧，能完成夹紧功能的装置称为夹紧装置。将工件夹紧的目的是保证工件在加工过程中，在切削力、重力、惯性力等的作用下不产生位移或振动，保证加工顺利进行。

4.4.1　夹紧装置的组成及基本要求

1．夹紧装置的组成

夹紧装置的结构形式很多，但就其组成来说，一般夹紧装置都是由力源装置、中间传力机构和夹紧元件三大部分组成的。

（1）力源装置。能产生夹紧力的装置称为力源装置。常用的力源装置有液压装置、气动装置、电磁装置、电动装置、真空装置等。以操作者的人力为力源时，称为手动夹紧。

（2）中间传力机构。中间传力机构是将力源装置产生的力以一定的大小和方向传递给夹紧元件的机构。

（3）夹紧元件。夹紧元件是夹紧装置的最终执行元件（夹紧件），它与工件直接接触，最终完成夹紧任务。

如图4-21所示的液压夹紧的铣床夹具，其夹紧装置就是由液压缸4（力源装置）、压板1（夹紧元件）和连杆2（中间传力机构）所组成的。

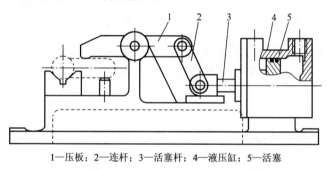

1—压板；2—连杆；3—活塞杆；4—液压缸；5—活塞

图 4-21　夹紧装置的组成

2．对夹紧装置的基本要求

（1）夹紧准确而可靠。在夹具定位元件上所获得的夹紧力的大小、方向和作用位置要准确合理。

（2）夹紧力大小适当、稳定。既要保证工件夹紧，又要保证夹后工件的变形和表面压伤程度在加工精度的允许范围内。

（3）结构工艺性好。夹紧装置兼顾结构简单、紧凑，尽可能采用标准化元件，便于制造和维修。

（4）使用性好。夹紧动作迅速，操作方便、安全、省力。

4.4.2　夹紧力的确定

夹紧力的确定就是确定夹紧力的方向、作用点和大小。在确定夹紧力的三要素时，要分析工件的结构特点、加工要求、切削力及其他外力作用于工件的情况，而且必须考虑定位装置的结构形式和布置方式。

1．夹紧力方向的选择

（1）夹紧力应朝向主要定位基准面。要求夹紧力应垂直指向主要定位面。

（2）夹紧力应朝向工件刚度好的方向。

（3）力求实现"三力"同向。当夹紧力、切削力、工件自身重力方向相同时，加工过程中的夹紧力最小。

2. 夹紧力作用点的选择

夹紧力作用点的选择指在夹紧力作用方向已定的情况下，确定夹紧元件与工件接触点的位置和接触点的数目。

选择原则为：

（1）作用点应落在定位元件的支承区域内。夹紧力作用点应正对支承元件或位于支承元件所形成的支承面内，以保证工件已获得的定位不变。

（2）作用点应尽量接近加工部位。夹紧力作用点尽量靠近被加工表面，可减小切削力对工件造成的翻转力矩，如有必要可在工件刚度差的部位增加辅助支承并施加夹紧力，能有效减小切削过程中的振动和变形。

（3）作用点尽量在工件刚度好的部位。针对薄壁零件，减小工件夹紧变形的有效方法是增加均布作用点的数目，使夹紧力均匀分布，防止工件的局部压陷。

3. 夹紧力大小的估算

夹紧力的大小要适当。在实际加工中，切削力是变化的，夹紧力的计算是很复杂的，通常只能在静态下进行粗略估算。为安全起见，将计算夹紧力乘以一适当的安全系数 K 即可得到所需要的夹紧力。

$$F_{jc} = KF_j$$

式中　F_{jc}——实际所需的夹紧力；

K——安全系数，一般取 $K = 1.5 \sim 3$，粗加工时 $K = 2.5 \sim 3$，精加工时 $K = 1.5 \sim 2$，K 的具体数值也可查阅有关手册；

F_j——按静力平衡方程式计算此状态下所需的夹紧力，即为计算夹紧力。

因此设计夹具时，其夹紧力一般比理论计算值大 2～3 倍。在生产中经常采用类比法（或实验）确定夹紧力。

4.4.3 常用夹紧机构

1. 斜楔夹紧机构

斜楔夹紧机构是最基本的夹紧机构。斜楔机构一般都是和其他机构联合使用的。图 4-22(a)所示是要在工件上钻互相垂直的ϕ8 mm、ϕ5 mm 两组孔的夹紧机构。工件装入后，锤击斜楔大头，夹紧工件；加工完毕后，锤击斜楔小头，松开工件。显然，斜楔是利用其斜面移动时所产生的楔紧作用夹紧工件的。由于使用斜楔直接夹紧工件时不仅夹紧力小，而且费时费力，所以在生产实践中多是将斜楔和其他机构联合使用。图 4-22(b)所示是将斜楔与滑柱合成一种夹紧机构，一般用气压或液压驱动。图 4-24(c)所示是由端面斜楔与压板组合而成的夹紧机构。

2. 螺旋夹紧机构

采用螺旋直接夹紧或采用螺旋与其他元件组合实现夹紧的机构称为螺旋夹紧装置。

（1）单个螺旋夹紧机构。直接用螺钉或螺母夹紧工件的机构称为单个螺旋夹紧机构。单个螺旋夹紧时螺钉头直接与工件表面接触，螺钉转动时，易于损伤工件表面或带动工件旋转。生产中常在螺钉头部装置不同种类的摆动压块，如图 4-23 所示。对于已加工表面的夹紧，可选择

图 4-23(a)所示的端面光滑光面压块；对于粗糙表面的夹紧，可选择图 4-23(b)所示的端面有齿纹的槽面压块；当要求螺钉只移动不转动时，可采用图 4-23(c)所示的圆压块。

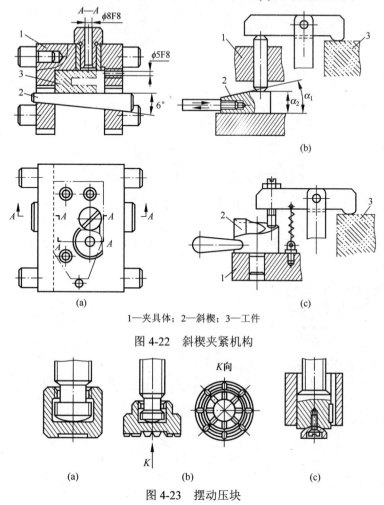

1—夹具体；2—斜楔；3—工件

图 4-22　斜楔夹紧机构

图 4-23　摆动压块

单个螺旋夹紧机构夹紧动作慢，装卸工件费时，因此实用中常采用各种快速螺旋夹紧机构。

（2）螺旋压板夹紧机构。在夹紧装置中，螺旋压板夹紧机构形式变化最多，应用最为广泛。图 4-24 所示为常见的螺旋压板典型夹紧机构。其中，图 4-24(a), (b)所示为移动压板；图 4-24(c), (d)所示为回转压板。

螺旋夹紧装置不仅结构简单，易于制造，大部分元件均已标准化，设计选用方便，应用较广，但其夹紧动作迟缓，效率低，辅助时间长。

3．偏心夹紧机构

用偏心件直接或间接夹紧工件的机构称为偏心夹紧机构。偏心夹紧机构操作方便，夹紧迅速，但夹紧力和行程较小，一般用于切削力不大，振动小，夹压面公差小的情况。

4．铰链夹紧机构

图 4-25 所示是常用的铰链夹紧机构的三种基本结构。其中图 4-25(a)所示为单臂铰链夹紧机构；图 4-25(b)所示为双臂单作用铰链夹紧机构；图 4-25(c)所示为双臂双作用铰链夹紧机构。在铰链夹紧机构中，由汽缸带动铰链臂及压板转动夹紧或松开工件。

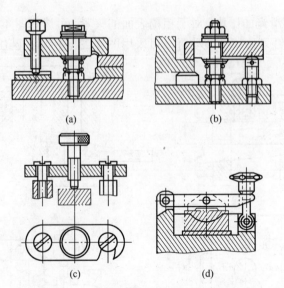

图 4-24   常见的螺旋压板典型夹紧机构

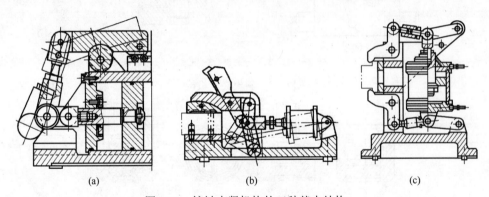

图 4-25   铰链夹紧机构的三种基本结构

铰链夹紧机构是一种增力机构，其结构简单，增力比大，摩擦损失小，但一般不具备自锁性能，常与具有自锁性能的机构组成复合夹紧机构。所以铰链夹紧机构适用于多点、多件夹紧，在气动、液压夹具中获得广泛应用。

5. 定心夹紧机构

在机械加工中，常以轴线、对称轴线或对称面为设计基准，为使定位基准与设计基准相重合，保证定位精度，生产中常采用定心夹紧机构，如车床上常用的三爪自定心卡盘、弹簧卡头等，这种同时实现对工件定心定位和夹紧的机构称为定心夹紧机构。定心夹紧机构是一种特殊的夹紧机构，夹具上与工件定位基准相接触的元件，既是定位元件，又是夹紧元件。

（1）机械传动式定心夹紧机构。机械传动式定心夹紧机构利用机械传动装置驱使定位夹紧元件按等速位移原理来均分工件定位面的尺寸误差，实现定心和对中。如图 4-26 所示为虎钳式定心夹紧机构，操纵有左右旋向螺纹的螺杆 1，可以使左、右 V 形块作双向等速移动，以实现工件的定心夹紧；反之，可松开工件。车床应用的三爪自定心卡盘属此类典型实例。

机械传动式定心夹紧机构的特点是具有较大的夹紧力和夹紧行程。但受其运动副配合间隙的影响，定心精度不高，多应用于一般工件的半精加工或粗加工场合。

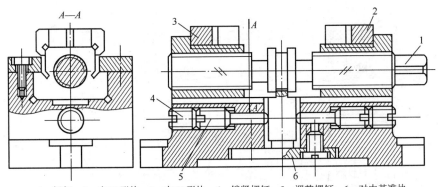

1—螺杆；2—右 V 形块；3—左 V 形块；4—锁紧螺钉；5—调整螺钉；6—对中基准块

图 4-26　虎钳式定心夹紧机构

（2）弹簧心轴与弹簧夹头。弹簧心轴与弹簧夹头的定位夹紧元件按均匀弹性变形原理实现定心夹紧，工作中利用弹性筒夹的胀、缩，实现定心并夹紧功能，如各种弹簧心轴、弹簧夹头、液性塑料夹头等。

6．联动夹紧机构

利用单一力源实现单件或多件的多点、多向同时夹紧的机构称为联动夹紧机构。联动夹紧机构主要用于需同时多点夹紧工件或几个工件时，能集中操作，简化程序，减少机动时间，提高生产效率，在大批量生产中应用广泛。

4.5　典型机床夹具

4.5.1　钻床类夹具

在各种钻床上用来钻、扩、铰孔的机床夹具称为钻床夹具。钻床夹具的特点是装有钻套和安装钻套用的钻模板，故习惯上简称为钻模。

1．盖板式钻模

盖板式钻模没有夹具体，只有一块钻模板，在钻模板上除了装钻套外，还有定位元件和夹紧装置。如图 4-27 所示为加工车床溜板箱上多个小孔的盖板式钻模。加工时，钻模板盖在工件上定位、夹紧即可。

盖板式钻模的特点是定位元件、夹紧装置及钻套均设在钻模板上，钻模板在工件上装夹，结构简单，制造方便，成本低廉，加工孔的位置精度较高。常用于床身、箱体等大型工件上的小孔加工。

2．固定式钻模

图 4-28 所示为在阶梯轴大端钻孔的固定式钻模。钻模上采用 V 形块 2 及其端面和手动拔销 5 定位，用偏心压板 3 夹紧，夹具体 1 周围留有供夹紧用的凸缘或 U 形槽。

固定式钻模在加工过程中固定不动，夹具体上设有安放紧固螺钉供夹紧用的凸缘或 U 形槽将其固定在钻床工作台上。固定式钻模主要用于立式钻床加工单孔或在摇臂钻床上加工平行孔系。

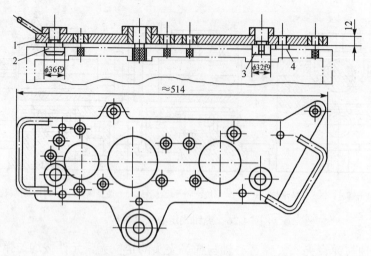

1—圆柱销；2—钻模板；3—菱形销；4—支承钉

图 4-27　盖板式钻模

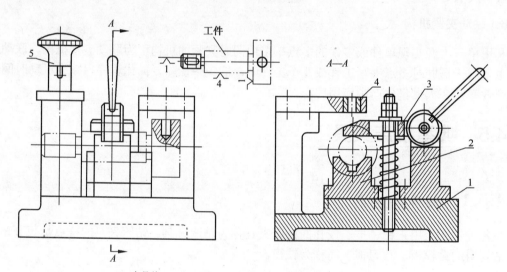

1—夹具体；2—V 形块；3—偏心压板；4—钻套；5—手动拔销

图 4-28　固定式钻模

3．回转式钻模

回转式钻模用于加工工件上同一圆周上平行孔系或加工分布在同一圆周上的径向孔系。回转式钻模的基本形式有立轴、卧轴和倾斜轴回转等三种基本形式。工件在一次装夹中，靠钻模依次回转加工各孔。图 4-29 所示是立轴回转式钻模，用于加工图 4-29(b)所示工件ϕ70 圆周上均布的 $6 \times \phi10$ 孔。工件以底面、ϕ40H7 孔及键槽侧面为定位基准，利用组合定位销 3 和定位盘 4 及键表面定位。

回转式钻模使用方便，结构紧凑，在成批生产中广泛使用。

4．翻转式钻模

图 4-30 所示是用来加工圆柱套筒上 4 个径向小孔的翻转式钻模。工件以端面和孔在定位

销 1 上定位，用螺母 3 和开口垫圈 2 夹紧工件。加工完一组孔后，手动将钻模转动 60° 钻另一组孔。

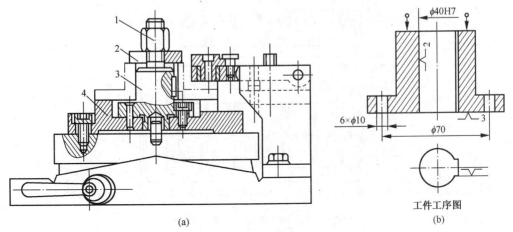

1—夹紧螺母；2—开口垫圈；3—组合定位销；4—定位盘

图 4-29　立轴回转式钻模

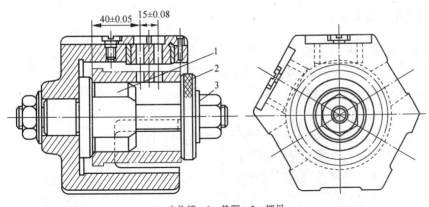

1—定位销；2—垫圈；3—螺母

图 4-30　翻转式钻模

翻转式钻模主要适用于加工小型工件上分布几个方向的孔，这样可减少工件的装夹次数，提高工件上各孔之间的位置精度。翻转式钻模是一种没有固定回转轴的回转钻模。在使用过程中，需要用手进行翻转，因此夹具连同工件的质量不能太大，一般不超过 10 kg。

4.5.2　铣床夹具

铣床夹具主要在铣床上加工平面、凹槽及各种成形表面时应用。铣床夹具主要由定位元件、夹紧装置、夹具体、定位键及对刀装置（对刀块和塞尺）组成。

1. 直线进给式铣床夹具

直线进给式铣床夹具应用最多。在铣削过程中夹具同工作台一起作直线进给运动。按一次装夹工件数目的多少，可分为单件铣床夹具和多件铣床夹具。图 4-31 所示为多件加工的直线进给式铣床夹具，用于在小轴上铣通槽。

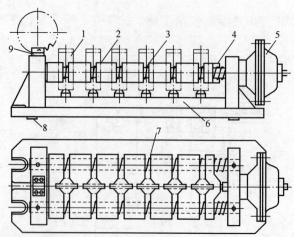

1—小轴；2—活动 V 形块；3—弹簧；4—夹紧元件；5—薄膜式汽缸；6—支承钉；7—导向柱；8—定位键；9—对刀块

图 4-31   多件加工的直线进给式铣床夹具

在批量不太大的生产中使用单件夹具较多，而在大批量的中小型零件的加工中，多件夹具应用广泛。

2. 圆周进给式铣床夹具

圆周进给式铣床夹具多在有回转工作台或回转鼓轮的铣床上应用，也可在组合机床上使用。图 4-32 所示为圆周进给式铣床夹具。回转式工作台 2 带动工件 4 作圆周连续进给运动，将工件依次送入切削区，在非切削区"拆旧装新"，实现"不停车"连续铣削。

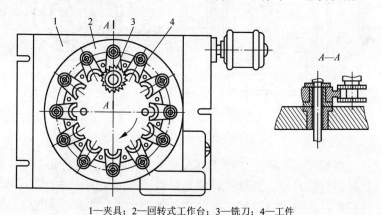

1—夹具；2—回转式工作台；3—铣刀；4—工件

图 4-32   圆周进给式铣床夹具

3. 仿形靠模式铣床夹具

仿形靠模式铣床夹具是一种带有靠模的铣床夹具，适用于在专用或通用铣床上加工各种非圆曲面。按照进给运动方式可分为直线进给式和圆周进给式两种。图 4-33 所示为圆周进给式靠模铣床夹具，靠模送进的进给运动由一个直线或圆周运动和附加仿形送进运动合成，靠模的形状、加工面的轮廓、滚子直径、铣刀直径之间遵循包络面形成的基本规律。

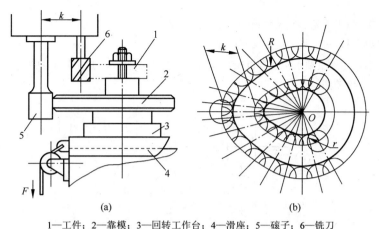

1—工件；2—靠模；3—回转工作台；4—滑座；5—碰子；6—铣刀

图 4-33　圆周进给式靠模铣床夹具

思考与练习题

1. 夹具有哪几个组成部分？各起什么作用？

2. 什么是机床夹具？它在机械加工中有何作用？

3. 什么是辅助支承与浮动支承？其作用是什么？

4. 如何理解完全定位、不完全定位、过定位与欠定位？试举例说明。

5. 如图 4-34 所示各工件工序简图。其中，图 4-34(a)所示为过球心钻一孔；图 4-34(b)所示为加工齿坯两端面，要求保证尺寸 A 及两端面与孔的垂直度；图 4-34(c)所示是在小轴上铣槽，保证尺寸 H 和 L；图 4-34(d)所示是过轴心钻通孔，保证尺寸 L；图 4-34(e)所示是在支承工件上加工两小孔，保证尺寸 A 和 H。试分析加工各个工件所必须限制的自由度。选择定位基准和定位元件（在图中示意画出），确定夹紧力的作用点和方向（图中标出）。

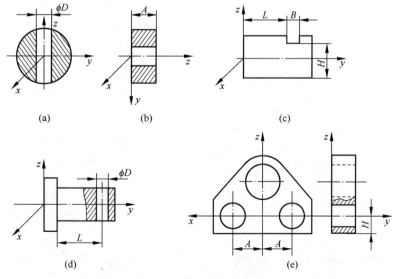

图 4-34　各工件工序简图

6. 定位元件的定位工作表面应满足哪些主要的技术要求？

7. 设计夹紧装置时，对夹紧力三要素有何要求？

8. 在图 4-35 所示工件上要求由组合机床一次加工孔 O_1、O_2、O_3，加工要求如图所示，试确定定位方案并绘制定位方案简图。

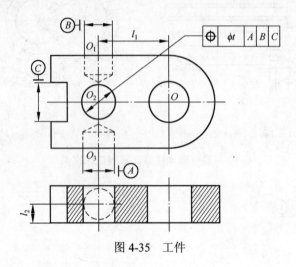

图 4-35 工件

9. 夹紧力作用点与作用方向的选择应考虑哪些问题？

10. 何谓定心夹紧机构？它有什么特点？

11. 偏心夹紧机构的特点是什么？

12. 钻床夹具（钻模）的主要结构形式（类型）有哪些？

13. 根据铣削进给方式，铣床夹具分为哪些类型？

14. 如图 4-36(b)所示钻模用于加工图 4-36(a)所示工件的两个 $\phi8^{+0.036}_{0}$ mm 孔。试指出该钻模设计中的不当之处，并提出改进意见。

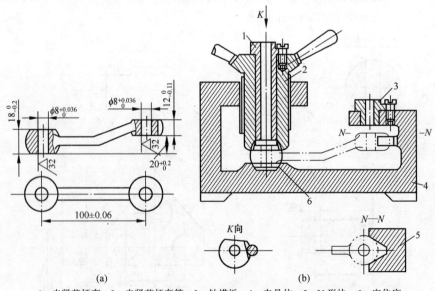

(a)　　　　　　　　　(b)

1—夹紧芯杆套；2—夹紧芯杆套筒；3—钻模板；4—夹具体；5—V 形块；6—定位座

图 4-36 工件与钻模

综 合 实 训

图 4-37 所示为连杆零件图，零件材料为 45 钢，生产类型为成批生产，所用机床为 X62W。本工序要求铣工件两端面处的 8 个槽，槽宽 $10^{+0.2}_{0}$ mm，槽深 $3.2^{+0.4}_{0}$ mm，表面粗糙度 Ra 值为 6.3 μm；槽的中心线与两孔中心连线夹角为 45° ±30′ 且通过孔 $\phi42.6^{+0.1}_{0}$ 的中心。工件两孔 $\phi42.46^{+0.1}_{0}$ mm 和 $\phi15.3^{+0.1}_{0}$ mm 及厚度为 $14.3^{\ 0}_{-0.1}$ mm 的两个端面均已在先行工序中加工完毕，两孔的中心距为 (57 ± 0.06)mm，两端面间的平行度公差为 0.03/100。

要求：根据零件加工工艺的要求，拟订夹具设计方案，进行必要的定位误差计算，最终设计出符合工序加工要求、使用方便、经济实用的夹具。

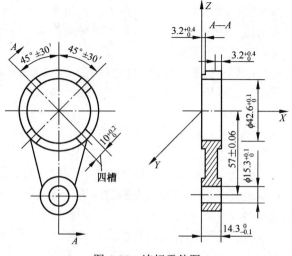

图 4-37　连杆零件图

第5章

精密、超精密加工与特种加工

第二次世界大战后，特别是进入 20 世纪 50 年代以来，随着生产发展和科学实验的需要，很多工业部门要求产品向高精度、高速度、高温、高压、大功率、小型化等方向发展，所用的材料越来越难加工，零件形状越来越复杂，精度、表面粗糙度和某些特殊要求也越来越高。新的发展和需求对机械制造技术提出新的要求：

（1）解决各种难切削材料的加工问题。生产中如硬质合金、钛合金、耐热钢、不锈钢、淬硬钢、金刚石、宝石、石英及锗、硅等各种高硬度、高强度、高韧性、高脆性的金属及非金属材料的加工用传统的加工很难解决。

（2）解决各种特殊复杂表面的加工问题。如喷气涡轮机叶片、整体涡轮、喷丝头上的小孔、窄缝等特殊复杂表面的加工需要更加方便和精密的加工方法。

（3）解决各种超精、光整或具有特殊要求的零件的加工问题。对表面质量和精度要求很高的航天航空陀螺仪、精密光学透镜、激光核聚变用的曲面镜、高灵敏度的红外传感器等零件的精细表面加工，大规模集成电路、光盘基片、复印机和打印机的感光鼓、微型机械和机器人零件、细长轴、薄壁零件等低刚度零件需要有效的精密、超精密加工的方法。

依靠传统的切削加工方法很难满足一些特殊零件的加工需要，人们在探索研究新的加工方法，精密、超精密加工和特种加工就是在这种前提条件下产生和发展起来的。

5.1 精密与超精密加工

5.1.1 概述

精密与超精密加工技术的发展直接影响到一个国家尖端技术和国防工业的发展，随着航空航天、高精密仪器仪表、惯导平台、光学和激光等技术的迅猛发展和多领域的广泛应用，其中各种高精度复杂零件、光学零件、高精度平面、曲面和复杂形状等都需要进行精密或超精密加工。精密加工与超精密加工技术也开始进入了国民经济和人民生活的各个领域，而且从单件小批量生产走向大批量生产，如计算机的磁盘、复印机的磁鼓、激光打印机的多面镜等。精密或超精密加工可以提高零件的制造精度，可提高产品的性能和质量，特别是提高产品的稳定性和可靠性，可促进产品的小型化，可增强零件的互换性，提高装配生产率并促进自动化程度。

精密加工是指加工精度和表面质量达到极高精度的加工工艺，超精密加工是指加工精度和表面质量达到最高精度的加工工艺。通常加工精度为 0.3～3 μm，加工表面粗糙度 Ra 在 0.03～

0.3 μm 之间的加工方法称为精密加工；而将加工精度高于 0.03～0.3 μm，加工表面粗糙度 *Ra* 在 0.005～0.03 μm 之间的加工方法称为超精密加工或亚微米加工；精度为 0.03 μm，粗糙度优于 0.005 μm 的加工方法则称为纳米（nm）加工。

精密与超精密加工从加工成形的原理和特点来分类，可以分为去除加工、结合加工和变形加工三大类，如表 5-1 所示。

表 5-1　精密与超精密加工分类

分　类		加工成形原理	主要加工方法
去除加工		从工件上去除多余的材料	金刚石刀具精密车削、精密磨削、电火花加工、电解加工、超声加工、电子束加工、激光加工等
结合加工（利用理化方法将不同材料结合在一起）	附着加工（Deposition）	在工件表面上覆盖一层物质，为弱结合	电镀、真空蒸镀、气相沉积等
	注入加工（Injection）	在工件的表层注入某些元素，使之与工件基体材料产生物化反应，以改变工件表层材料的力学、机械性质，属于强结合	氧化、表面渗碳、离子注入等
	连接加工（Jointed）	将两种相同或不同的材料通过物化方法连接在一起	焊接、黏结、快速成形加工等
变形加工		利用力、热、分子运动等手段使工件产生变形，改变其尺寸、形状和性能	锻造、铸造、注塑、液晶定向等

根据加工方式不同，精密、超精密加工可以分为传统加工、非传统加工和复合加工。传统加工是指使用刀具进行的切削加工及磨削加工，如精密、超精密金刚石车削，精密、超精密金刚石铣削，精密、超精密金刚石镗削，精密、超精密磨削和精密、超精密研磨；非传统加工是指利用机、光、电、声、热、化学、磁和原子能等能源来进行加工的特种加工方法，如电子束加工、离子束加工和光刻加工；复合加工是指采用多种加工方法的复合作用，其中包括传统加工和非传统加工方式的复合、非传统加工与非传统加工方式的复合，如超声研磨、电解磨削和化学抛光等。现在比较常用的有精密、超精密切削和精密、超精密磨削。

精密与超精密加工技术不是一种孤立的加工方法和单纯的工艺问题，而是一项系统工程，涉及多种学科和新兴技术，不仅需要精密的机床设备和工具、高质量的工件材料、稳定的环境条件，还需要在加工中运用计算技术进行实时检测和反馈补偿，只有将各个领域（系统论、方法论、计算机技术、信息技术、传感器技术和数字控制技术等）的技术成果集成起来，才有可能实现和发展精密、超精密加工。

1. 精密加工机床

精密加工机床是实现精密加工最重要、最基本的加工设备。目前主要研究方向是提高机床主轴的回转精度、工作台的直线运动精度及刀具的微量进给精度。精密机床的构成模块如图 5-1 所示。为了进一步提高这些模块的性能，相同精度的装配、研磨、刮研、检测等是不可缺少的。

1）主轴轴承

精密机床主轴轴承要求具有极高的回转精度，转动平稳，无振动。早期的精密主轴采用超精密级的滚动轴承，但是高精度的滚动轴承制造困难。目前的精密主轴轴承多使用液体静压轴承和空气静压轴承。制造空气静压轴承的材料采用经表面氮化和低温稳定处理的 38CrMoAl 氮化钢、不锈钢、多孔石墨和轴承钢。

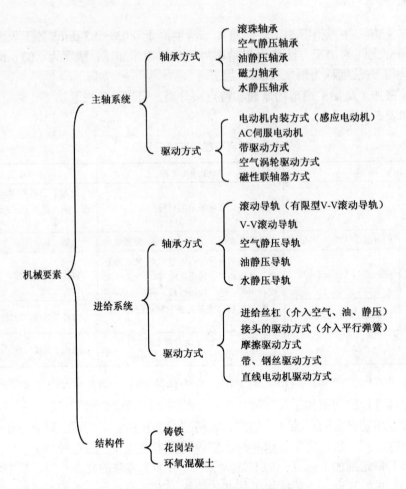

图 5-1　精密机床的构成模块

2）平面导轨结构

工作台的直线运动精度是由导轨决定的。超精密机床常采用的平面导轨结构为液体静压导轨、空气静压导轨和滚动导轨。床身和导轨材料应具有尺寸稳定性好，热膨胀系数小，振动衰减能力强，耐磨性好和加工工艺性好等特性。

优质耐磨铸铁是传统的制造床身和导轨的材料。优质耐磨铸铁工艺性好，耐磨性好，热膨胀系数低，振动衰减能力强，经过时效处理消除内应力后可以制作精密机床的床身和导轨。优质耐磨铸铁的缺点是抗腐蚀能力不强，易生锈。

花岗岩现在已成为制造精密机床床身和导轨的首选材料。与铸铁相比，花岗岩在尺寸稳定性、热膨胀系数、振动衰减能力、硬度、耐磨性和抗腐蚀性等方面都有着更优的性能。花岗岩的主要缺点是具有吸湿性，吸湿后会产生微量变形，同时，花岗岩的加工也很困难。

人造花岗岩是由花岗岩碎粒用树脂黏结而成的。用不同粒度的花岗岩组合可提高人造花岗岩的体积，使人造花岗岩具有优良的性能，不仅可铸造成形，吸湿性低，并加强了振动的衰减能力。国外已有公司采用人造花岗岩制成高精度机床床身，效果很好。

3）微量进给装置

为了提高刀具的进给精度，必须使用微量进给装置。超精密机床的进给系统一般采用精密滚珠丝杠副、液体静压和空气静压丝杠副。高精度微量进给装置有电致伸缩式、弹性变形式、机械传动或液压传动式、热变形式、流体膜变形式、磁致伸缩式等。目前只有弹性变形式和电致伸缩式微量进给机构比较适用，且技术成熟，尤其是电致伸缩式微量进给装置，可以进行自动化控制，有较好的动态特性，在精密机床进给系统中得到广泛的应用。目前，高精度微量进给装置的分辨率可达到 $0.001\sim0.01\,\mu m$。

2．精密加工的环境

精密加工必须在稳定的加工环境下进行。稳定的加工环境主要是指温度、振动和空气质量情况。

1）恒温

在精密加工中，由于热变形引起的加工误差占总误差的 40%～70%。因此在精密加工中必须严格控制工件的温升和环境温度的变化，否则无法达到精密加工要求。例如，精密加工 100 mm 长的铝合金零件，温度每变化 1℃，将产生 $2.25\,\mu m$ 的误差。若要求确保零件 $0.1\,\mu m$ 的加工精度，则工件及环境温度就必须控制在 ±0.05℃的范围内。

2）防震

为了提高精密加工系统的动态稳定性，除了在机床结构设计和制造上采取各种减震措施外，还必须用隔振系统来消除外界震动的影响。

3）空气净化

精密、超精密加工的加工精度和表面粗糙度要求极高，空气中的尘埃将直接影响加工零件的精度和表面粗糙度，因此必须对加工环境的空气进行净化。净化的方法是对大于某一尺寸的尘埃进行过滤，国外已研制成功对 0.1 μm 的尘埃有 99%净化效率的高效过滤器。

3．精密加工的检测精度

精密和超精密加工的精度是依靠检测精度来保证的。生产中为了消除误差，进一步提高加工精度，必须使用误差补偿技术。

1）精密测量技术

精密加工技术离不开精密测量技术，精密加工要求测量精度比加工精度高一个数量级。目前精密加工中所使用的测量仪器多以干涉法和高灵敏度电动测微技术为基础，如激光干涉仪、多次光波干涉显微镜及重复反射干涉仪等。国外广泛发展非接触式测量方法并研究原子级精度的测量技术。Johaness 公司生产的多次光波干涉显微镜的分辨率为 0.5 nm，最近出现的隧道扫描显微镜的分辨率为 0.01 nm，是目前世界上精度最高的测量仪之一。最新的研究证实，在扫描隧道显微镜下可移动原子，实现精密工程的最终目标——原子级精密加工。

2）误差补偿技术

普通零件的加工精度一般都是依靠一定精度的机床来保证的，即要求机床的精度高于工件所要求的精度，我们称为"蜕化"原则或"母性"原则。对于精密和超精密加工，若仍然采用提高机床的制造精度，保证加工环境的稳定性等误差预防措施提高加工精度，将会使所花费的成本大幅度增加。目前精密与超精密加工是在精度比工件要求低的机床上，利用误差补偿技术，即是通过消除或抵消误差本身的影响加工出高精度的工件，这就是所谓的"进化"原则或"创造性"原则。现在国外生产的超精密机床都装有双频激光随机检测系统，检测机床运动部件两个坐标方向的位移位置。双频激光随机检测系统与精密数控系统组成反馈控制系统，以保证加工的尺寸精度。精密数控系统现在一般都采用闭环控制，即机床的运动部件的位移用装在机床内部的双频激光干涉测距系统随机精确检测，将数据反馈给精密数控系统，保证位移的高精度。

4. 工件材料

工件材料对精密、超精密加工有重要影响。工件材料如果表面出现不纯物,加工工件有残留变形和残留应力都会影响加工精度,如果工件材料对金刚石刀具有亲合性,加工中会产生粘接现象,也会影响加工精度。

5.1.2 精密与超精密切削

1. 概述

根据加工表面及加工刀具的特点,精密与超精密切削加工可分为四类,如表 5-2 所示。

表 5-2 精密和超精密切削方法

切 削 方 法	切 削 刀 具	精度/μm	表面粗糙度/μm	被加工材料	应 用 举 例
精密、超精密车削	天然单晶金刚石刀具、人造聚晶金刚石刀具、立方氮化硼刀具、陶瓷刀具、硬质合金刀具	1~0.1	0.05~0.008	有色金属及其合金等软材料,以及其他各种材料	球、磁盘、反射镜的加工
精密、超精密铣削					多面棱体的加工
精密、超精密镗削					活塞销孔的加工
微孔加工	硬质合金钻头、高速钢钻头	20~10	0.2	低碳钢、钢、铝、石墨、塑料	印制电路板、石墨模具、喷嘴的加工

由于天然金刚石具有硬度高,强度高,导热性能好,与有色金属间的摩擦系数低等特性,而且金刚石刀具可以磨得很锋利,所以应用天然单晶金刚石车刀对铝、铜和其他软金属及其合金进行切削加工,可以得到极高的加工精度和极低的表面粗糙度,从而产生了金刚石精密、超精密车削加工方法。在此基础上,又发展了金刚石精密、超精密铣削和镗削。人造聚晶金刚石也在逐步应用于超精密加工用刀具,但其性能远不如天然金刚石。除了金刚石刀具材料外,生产中还发展了复合陶瓷、复方氮化硅和立方氮化硼 CBN 等新型超硬刀具材料,但由于其加工表面质量不如天然金刚石好,目前主要用于黑色金属的精密加工。

2. 切削机理

精密切削过程和普通金属切削过程一样,是工件材料在刀具的作用下,产生剪切断裂、摩擦挤压和滑移变形的过程。

在精密切削中,采用的是微量切削方法,零件的最终工序的最小切入深度应等于或小于零件的加工精度(允许的加工误差)。当切入深度很小时,切削刃对工作表面的作用只是弹性滑动或塑性滑动,并没有产生切屑,因此一种加工方法的最小切入深度反映了它的精加工能力。最小切入深度与刀具的刃口半径和刀具与工件材料之间的摩擦系数有密切关系。在超精密加工中,采用的是超微量切削方法。金属材料是由数微米到数百微米的晶粒组成的,在 1μm 左右的间隙内就有一个位错缺陷,如图 5-2 所示。当切削单位较大时,工件材料通过位错运动形成滑移,所以实际剪切强度远远小于理论剪切强度,但是当切削单位在 1μm 以下时,其剪切强度接近理论剪切强度,此时,刀具刀尖部分受到的平均应力很大,在单位面积上会产生很大的热量,使刀尖局部区域产生极高的温度。因此,采用微量切削方法进行精密切削,需要采用耐热性高、耐磨性强,有较好的高温硬度和高温强度的刀具材料。天然单晶金刚石被公认为是理想的、不能代替的超精密切削刀具材料。

在微量切削过程中,在刀具刃口圆弧附近的材料,一部分形成切屑被切除,另一部分材料被挤压而产生弹、塑性变形，并沿着切削刃两侧方向塑性流动，形成两侧方向毛刺。在刀具接近工件终端面时，由于终端部支承刚度较小，在刀尖的斜下方将产生负剪切区域，称为第 Ⅳ 变形区，如图 5-3 所示。当第 Ⅰ 变形区占主导地位时，被切削层金属将沿 OA 方向滑移，形成切削方向毛刺；当第 Ⅳ 变形区占主导地位时，被切削层金属沿 OE 方向滑移，这将致使工件端部形成切削方向亏缺，如图 5-4 所示。刀具前角将直接影响切削力的大小和方向，从而影响工件终端的最终形状（毛刺或亏缺）。

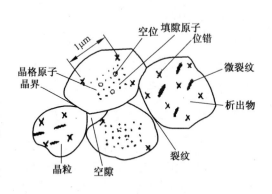

图 5-2　材料微观缺陷分布

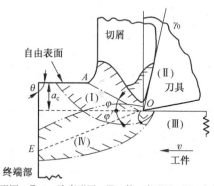

Ⅰ—剪切变形区；Ⅱ—二次变形区；Ⅲ—第三变形区；Ⅳ—负剪切区

图 5-3　刀具切至工件终端时切削区域

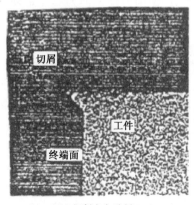

(a) 切削方向毛刺

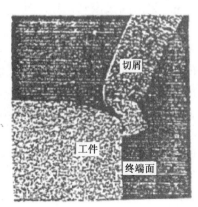

(b) 切削方向亏缺

图 5-4　切削方向毛刺和亏缺

由于切削时采用了极小的切削深度，刀刃的直线部分可能不参加切削，而只是部分圆弧刃参加切削，因此被加工表面形成过程中碾压作用占很大的比重，可以认为，被加工表面的质量在很大程度上受碾压效果的影响。

3. 刀具

天然单晶金刚石是精密切削中最重要的刀具材料，它是目前已知的最硬的材料。金刚石晶体属于立方晶系，具有各向异性和解理现象。由晶体学原理可知，立方晶系的金刚石晶体有三个主要晶面，即（100）、（111）和（110）晶面，如图 5-5 所示。每个晶面上原子排列形式不同、原子密度不同及晶面间距不同，决定了金刚石的晶体各向异性，即晶体在不同晶向上性能差异极大。

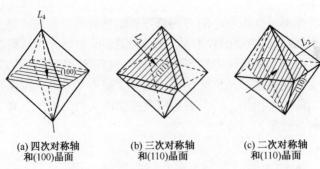

(a) 四次对称轴
和(100)晶面

(b) 三次对称轴
和(110)晶面

(c) 二次对称轴
和(110)晶面

图 5-5　立方晶系的金刚石的晶轴和晶面

金刚石晶体的不同晶面具有不同的耐磨性，而且在同一晶面上的不同方向，耐磨性也有着很大的差别。金刚石刀具设计时应该注意确定切削部分的几何形状，选择合适的晶面作为刀具的前后面，确定金刚石在刀具上的固定方法和刀具结构。

1）修光刃

金刚石刀具刀头一般采用在主切削刃和副切削刃之间加过渡刃——修光刃的形式，以对加工表面起修光作用，获得好的加工表面质量。修光刃有小圆弧修光刃、直线修光刃和圆弧修光刃之分。国内多采用直线修光刃，这种修光刃制造研磨简单，但要求对刀良好，即直线修光刃应严格和进给方向一致。国外标准金刚石刀具多采用圆弧修光刃，推荐的修光刃圆弧半径为 0.5～3 mm。采用圆弧修光刃时，对刀容易，使用方便，但刀具制造研磨困难，所以价格也高。

2）前、后面的选择

单晶金刚石晶体各方向性能（如硬度、耐磨性和研磨加工的难易程度）相差极为悬殊。因此，前面和后面选择是金刚石刀具设计的一个重要问题。目前国内制造金刚石刀具，一般前面和后面都采用（110）晶面或和（110）晶面相近的面（±3°～5°），这主要是从晶面易于研磨加工角度考虑的。

3）刀具的固定

对于金刚石车刀，通常通过机械夹固、粉末冶金法固定、黏结或钎焊固定把金刚石固定在小刀头上，小刀头用螺钉或压板固定在刀杆上，或将金刚石直接固定在车刀刀杆上。

实际使用中，天然单晶金刚石刀具只能在机床主轴转动非常平稳的高精度机床上使用，否则由于振动和刀刃碰撞会使金刚石刀具产生刀刃微观崩刃，不能继续使用。在刀具设计时应正确选择金刚石晶体方向，以保证刀刀具有较高的微观强度，减少解理破损的产生概率。

5.1.3　精密与超精密磨削

1. 概述

金刚石刀具主要适于对铝、铜及其合金等材料进行超精密切削，而对于黑色金属、硬脆材料的精密与超精密加工，则主要是用细粒度的磨粒和微粉进行磨削加工，以得到高的加工精度和低的表面粗糙度值。精密磨削是指加工精度为 1～0.1 μm，表面粗糙度 Ra 达到 0.2～0.025 μm 的磨削方法，一般用于机床主轴、轴承、液压滑阀、滚动导轨和量规等的精密加工。

精密、超精密磨料加工可分为固结磨料加工和游离磨料加工两大类，如图 5-6 所示。

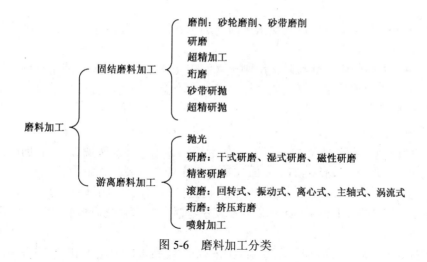

图 5-6　磨料加工分类

2. 磨削机理

精密磨削主要是靠砂轮中具有微刃性和等高性的磨粒实现的。

1）微刃的微切削

生产中通过较小的修整导程（纵向进给量）和修整深度（横向进给量）对砂轮进行精细的修整，可以得到如图 5-7 所示的微刃。经过精细修整的砂轮对工件磨削时，同时参加切削的刃口增多，深度减小，微刃的切削作用形成了小粗糙度值的表面。

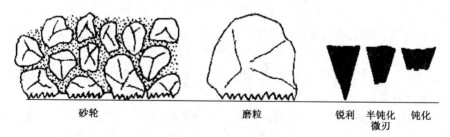

图 5-7　磨粒的微刃和等高性

2）微刃的等高切削

经过精细修整的砂轮，分布在砂轮表层的同一深度上的微刃数量多，等高性好，磨削后加工表面的残留高度极小，因而形成的表面粗糙度值小。

3）微刃的滑擦、挤压和抛光

砂轮修整后出现的微刃开始磨削时是比较锐利的，切削作用强，随着磨削时间的增加，微刃逐渐钝化，但是等高性得到改善。这时切削作用减弱，滑擦、挤压和抛光作用加强。磨削区的高温使金属软化，钝化微刃的滑擦和挤压将工件表面凸峰碾平，降低了工件表面粗糙度值。

4）弹性变形

由于磨削力比较大，弹性变形对于微小的切削深度来说是不可忽视的，采用无火花磨削可以磨削因弹性变形的恢复部分，有利于镜面的形成。

3. 砂轮

精密磨削时所用砂轮的磨料以易于产生和保持微刃及其等高性为原则。粗粒度砂轮经过精细修整形成微刃，以微切削作用为主；细粒度的砂轮经过精细修整形成半钝态微刃，与工件表面的摩擦抛光作用比较显著，可得到质量更高的加工表面和砂轮耐用度。在磨削钢件及铸铁件时以采用刚玉磨料为宜。

在精密、超精密磨削中，磨料除使用刚玉系和碳化物系外，还大量使用超硬磨料。超硬磨料主要是指用金刚石砂轮和立方氮化硼，可加工硬质合金、陶瓷、玻璃、半导体材料及石材等高硬度、高脆性材料。

超硬磨料磨削特点：

① 磨削能力强，耐磨性好，耐用度高，易于控制加工尺寸及实现加工自动化。

② 磨削力小，磨削温度低，加工表面质量好，无烧伤、裂纹和组织变化。

③ 磨削效率高。在加工硬质合金及非金属硬脆材料时，金刚石砂轮的金属切除率优于立方氮化硼砂轮；但在加工耐热钢、钛合金、模具钢等时，立方氮化硼砂轮的金属切除率远高于金刚石砂轮。

④ 加工成本低。金刚石砂轮和立方氮化硼砂轮比较昂贵，但由于其寿命长，加工效率高，所以综合成本低。

4. 砂轮修整

砂轮修整质量对被加工工件的质量、生产率和生产成本有着决定性的影响。砂轮修整是整形和修锐的总称。整形是使砂轮具有一定精度要求的几何形状；修锐是去除磨粒间的结合剂，使磨粒突出结合剂一定高度（一般是磨粒尺寸的 1/3 左右），形成良好的切削刃和足够的容屑空间。普通砂轮修整方法有单粒金刚石修整、金刚石粉末烧结型修整器修整和金刚石超声波修整等。超硬磨料砂轮修整的方法有车削法、磨削法、液压挤轧法、喷射法、电加工法和超声波振动修整法，其中电加工法中的电解在线修锐（ELLD）方法是目前研究的热点和重点。

砂轮的修整用量有修整导程、修整深度、修整次数和光修次数。修整导程一般为 10～15 mm/min；修整深度为 2.5 μm/单行程；修整导程（纵向进给）和修整深度越小，工件表面粗糙度值越低。但修整导程过小，容易烧伤工件，产生螺旋形等缺陷。修整深度一般为 0.05 mm 即可恢复砂轮的切削性能。修整时一般分为粗修与精修，精修一般为 2～3 次单行程。光修为无修整深度修整，一般为 1 次单行程，主要是为了去除砂轮表面个别突出微刃，使砂轮表面更加平整。

5. 超精密磨削

超精密磨削是一种亚微米级的加工方法，并正向纳米级发展。通常所说的镜面磨削是居于精密磨削和超精密磨削范畴的加工。超精密磨削同样是一个系统工程，其加工精度受到许多因素的影响，如超精密磨削机理、被加工材料、砂轮及其修整、超精密磨床、工件的定位夹紧、检测及误差补偿、工作环境、操作水平等。超精密磨削需要一个高稳定性的工艺系统，对力、热、振动、材料组织、工作环境的温度和净化等都有稳定性的要求，并有较强的抗击来自系统内外的各种干扰能力。

5.2　特种加工

特种加工主要利用电、化学、光、声、热等能量去除金属材料，加工过程中工具和工件之间不存在显著的机械切削力。特种加工可以加工任何硬度、强度、韧性和脆性的金属或非金属材料，尤其是加工复杂表面、微细表面和低刚度零件。常用特种加工方法分类如表 5-3 所示。

表 5-3 常用特种加工方法分类

特种加工方法		能量来源及形式	作 用 原 理	英文缩写
电火花加工	电火花成形加工	电能、热能	熔化、汽化	EDM
	电火花线切割加工	电能、热能	熔化、汽化	WEDM
电化学加工	电解加工	电化学能	金属离子阳极溶解	ECM（ELM）
	电解磨削	电化学、机械能	阳极溶解、磨削	EGM（ECG）
	电解研磨	电化学、机械能	阳极溶解、研磨	ECH
	电铸	电化学能	金属离子阴极沉积	EFM
	涂镀	电化学能	金属离子阴极沉积	EPM
激光加工	激光切割、打孔	光能、热能	熔化、汽化	LBM
	激光打标记	光能、热能	熔化、汽化	LBM
	激光处理、表面改性	光能、热能	熔化、相变	LRT
电子束加工	切割、打孔、焊接	电能、热能	熔化、汽化	EBM
离子束加工	蚀刻、镀覆、注入	电能、动能	原子撞击	IBM
等离子弧加工	切割（喷镀）	电能、热能	熔化、汽化（涂覆）	PAM
超声波加工	切割、打孔、雕刻	声能、机械能	磨料高频撞击	USM
化学加工	化学铣削	化学能	腐蚀	CHM
	化学抛光	化学能	腐蚀	CHP
	光刻	光、化学能	光化学腐蚀	CHP
快速成形	液相固化法	光、化学能	增材法加工	SL
	粉末烧结法			SLS
	纸片叠层法	光、化学能		LOM
	熔丝堆积法	电、热、机械能		FDM

生产中应用最多的是电火花加工、电解加工、超声波加工和高能束加工。

5.2.1 电火花加工

电火花加工又称放电加工（Electrical Discharge Machining，EDM），在 20 世纪 50 年代开始研究并逐步应用于生产。

1．电火花加工的原理及特点

1）电火花加工原理

电火花加工是一种利用工具和工件两极间脉冲放电时局部瞬时产生的高温把金属腐蚀去除，达到对工件进行加工的方法。当脉冲电流作用在工件表面上时，工件表面上导电部位立即熔化。熔化的金属因剧烈飞溅而抛离电极表面，使材料表面形成电腐蚀的坑穴。在这一加工过程中可看到放电过程中伴有火花，因此将这一加工方法称为电火花加工。如适当控制这一过程，就能准确地加工出所需的工件形状。

电火花加工装置原理如图 5-8 所示。脉冲电源 2 的两极分别接在工具电极 4 与工件 1 上，当两极在工作液 5 中靠近时，极间电压击穿间隙而产生火花放电，在放电通道中瞬时产生大量的热，达到很高的温度（10 000℃以上），使零件和工具表面局部材料熔化甚至汽化而被蚀除下来，形成微小的凹坑。电极不断下降，工具电极的轮廓形状便复制到零件上，这样就完成了零件的加工。

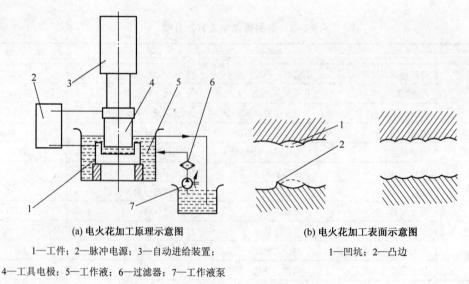

(a) 电火花加工原理示意图　　　　　　　(b) 电火花加工表面示意图

1—工件；2—脉冲电源；3—自动进给装置；　　　　　1—凹坑；2—凸边

4—工具电极；5—工作液；6—过滤器；7—工作液泵

图 5-8　电火花加工装置原理

进行电火花加工应具备如下条件：

（1）工具和工件被加工面的两极之间要保持一定的放电间隙。通常为几微米到几百微米，如果间隙过大，工作电压击不穿，电流接近于零；如果间隙过小，形成短路接触，极间电压接近于零，这两种情况下电极间均没有功率输出。为此，在电火花加工过程中必须具有电极工具的自动进给和调节装置。

（2）必须采用脉冲电源。火花放电必须是瞬时的脉冲放电，由于放电的时间短，使放电产生的热来不及传导扩散开去，从而把放电蚀除点局限在很小的范围内。电火花加工采用的脉冲电源如图 5-9 所示。

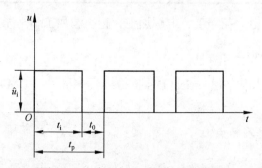

图 5-9　电火花加工采用的脉冲电源

（3）火花放电必须在一定绝缘性能的液体介质中进行。没有一定的绝缘性能的介质，就不能击穿放电形成火花通道。使用液体介质，一方面是为了能把电火花加工后的金属屑等电蚀产物从放电间隙中悬浮排除出去，另一方面液体对电极表面有较好的冷却作用。

2）电火花加工的特点

① 可加工高强度、高硬度、高韧性和高熔点的难切削加工的导电材料，如淬火钢、硬质合金、导电陶瓷、立方氮化硼等。在一定条件下，还可加工半导体材料和非导体材料。

② 电火花加工时工具硬度可以低于被加工材料的硬度。

③ 加工过程中工具和工件之间不存在显著的机械力，有利于小孔、窄槽、曲线孔及薄壁零件加工。

④ 脉冲参数可任意调节。加工中只需更换工具电极或采用阶梯形工具电极，就可以在同一机床上连续进行粗加工、半精加工和精加工。

⑤ 电火花加工效率低于切削加工。生产中可以先用切削加工作为粗加工，再用电火花加工进行精加工。

⑥ 放电过程中有一部分能量消耗于工具电极而导致电极消耗，对成形精度有一定影响。

2．电火花加工的基本工艺规律

1）加工速度和工具损耗速度

（1）加工速度。单位时间内工件的电蚀量称为加工速度，一般用体积加工速度 v_W 表示。

$$v_W = V / t$$

式中　V——被加工掉的体积（mm^3）；

　　　t——加工时间（min）。

有时为了测量方便，也可用质量加工速度 v_m（g/min）表示。

在电火花加工过程中，无论正极还是负极都存在单个脉冲的蚀除量与单个脉冲能量在一定范围内成正比的关系。某一段时间内的总蚀除量约等于这段时间内各单个有效脉冲蚀除量的总和，所以正、负极的蚀除速度与单个脉冲能量、脉冲频率成正比。

$$q_p = K_p W_M f \phi t$$
$$v = q_p / t = K_p W_M f \phi$$

式中　q_p——在 t 时间内的总蚀除量（g 或 mm^3）；

　　　v——蚀除速度（g/min 或 mm^3/min），即工件生产率或工具损耗速度；

　　　W_M——单个脉冲能量；

　　　f——脉冲频率；

　　　ϕ——有效脉冲利用率；

　　　t——加工时间（s）；

　　　K_p——与电极材料、脉冲参数、工作液等有关的工艺参数。

提高加工速度的途径在于提高脉冲频率 f，增加单个脉冲能量，提高工艺参数 K_p 及正确选择工件的极性，还要考虑各因素间的相互制约关系。

① 提高脉冲频率 f。提高脉冲频率一方面靠缩小脉冲停歇时间，另一方面靠压缩脉冲宽度，这是提高加工速度的有效途径。但是如果脉冲停歇时间过短，会使加工区工作液来不及消电离，排除电蚀产物及气泡来恢复其介电性能，导致形成破坏性的稳定电弧放电，使电火花加工过程不能正常进行。

② 增加单个脉冲能量。增加单个脉冲能量主要靠加大脉冲电流和增加脉冲宽度。单个脉冲能量的增加可以提高加工速度，但同时又会使表面粗糙度变坏并降低加工精度，因此一般只用于粗加工和半精加工的场合。

③ 提高工艺参数 K_p。合理选用电极材料、电参数和工作液，改善工作液的循环过滤方式，可以提高有效脉冲利用率，提高加工速度。

④ 正确选择工件的极性。正、负极在加工中都要不同程度地受到电热蚀除。当采用窄脉冲、精加工时应选用正极性加工；当采用长脉冲、粗加工时，应采用负极性加工。

（2）工具的相对损耗。加工中的工具相对损耗是产生加工误差的主要原因之一。工具相对损耗是指单位时间内工具的电蚀量。在生产实际中用来衡量工具的损耗程度时，不但要考虑工具损耗速度，而且要考虑加工速度。一般采用相对损耗或损耗比来衡量工具电极的损耗程度。

$$\theta = (v_E / v_W) \times 100\%$$

式中　θ——体积相对损耗；
　　　v_E——工具损耗速度（mm^3/min）；
　　　v_W——加工速度（mm^3/min）。

如加工速度 v_W 以 g/min 为单位计算，θ 即为质量相对损耗。

为了降低工具电极的相对损耗，生产中要正确处理好电火花加工过程中的各种效应。

① 极性效应。在电火花放电加工过程中，无论是正极还是负极都会受到不同程度的电蚀。这种单纯由于正、负极性不同而彼此电蚀量不一样的现象叫做极性效应。

产生极性效应的原因很复杂，一般认为在火花放电过程中，正、负电极表面分别受到负电子和正离子的轰击及瞬时热源的作用，在两极表面所分配到的能量不一样，因而熔化、汽化抛出的电蚀量也不一样。

极性效应对工具相对损耗的试验曲线如图 5-10 所示。试验用的工具电极为 $\phi 6$ mm 的纯铜，加工工件为钢，工作液为煤油，矩形波脉冲电源，加工电流幅值为 10 A。

如图 5-10 所示，不论是正极性加工还是负极性加工，当峰值电流一定时，随着脉冲宽度的增加电极相对损耗都在下降。采用负极性加工时，纯铜电极的相对损耗随脉冲宽度的增加而减少，当脉冲宽度大于 120 μs 后，电极相对损耗将小于 1%，可以实现低耗加工。如果采用正极性加工，则不论采用哪一挡脉冲宽度，电极的相对损耗都难低于 10%。然而在脉宽小于 15 μs 的窄脉宽范围内，正极性加工的工具电极相对损耗比负极性加工的小。

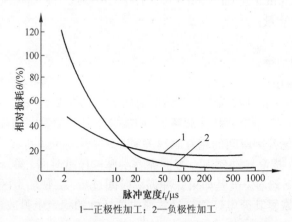

1—正极性加工；2—负极性加工

图 5-10　极性效应对工具相对损耗的试验曲线

② 覆盖效应。当采用煤油等碳氢化合物作为工作液，电极表面瞬时温度在 400℃左右并持续一定时间时，就会形成一定强度和厚度的化学吸附碳层，一般称为"炭黑膜"。由于碳的熔点和汽化点很高，炭黑膜可对电极起到保护和补偿作用而实现"低损耗"加工。

由于炭黑膜只能在正极表面形成，因此，若要利用炭黑膜的补偿作用来实现电极的低损耗，必须采用负极性加工。实验表明，当峰值电流、脉冲间隔一定时，炭黑膜厚度随脉宽的增加而增厚。当脉冲宽度和峰值电流一定时，炭黑膜厚度随脉冲间隔的增大而减薄。随着脉冲间隔的减少，电极损耗随之降低。但过小的脉冲间隔将使放电间隔来不及消电离和电蚀产物扩散而造成拉弧烧伤。

③ 传热效应。从电极表面的温度场分布看，电极表面放电点的瞬时温度与瞬时放电的总热量、放电通道的截面积和电极材料的导热性能有关。在放电初期限制脉冲电流的增长率将有利于降低电极损耗，由于电流密度不太高，电极表面温度不会过高而遭受较大的损耗。又由于一般采用的工具电极的导热性能比工件好，如果采用较大的脉冲宽度和较小的脉冲电流进行加工，导热作用会使工具电极表面温度较低而减少损耗，但工件表面温度仍比较高而得到蚀除。

④ 沉积效应。当选用水或水溶液作为工作液时（乳化液、自来水），因水本身为弱电解质，放电加工过程将产生电化学反应导致阳极溶解和阴极沉积，从而保护阴极减少损耗。所以采用水基工作液时，应采用正极性加工。

⑤ 选择合适的工具电极材料。在电火花的加工过程中，为了减少工具电极的损耗，必须正确选用工具材料。钨、钼的熔点和沸点较高，损耗小，但机械加工性能不好，价格又贵，所以除线切割外很少采用。铜的熔点虽低，但其导热性好，损耗小，同时又能制成各种精密、复杂的电极，所以常用来制造对中、小型腔加工用的工具电极。石墨不仅热学性能好，而且在长脉冲粗加工时能吸附游离的碳来补偿电极的损耗，所以相对损耗很低，是目前已广泛用于型腔加工的电极材料。铜碳、铜钨、银钨合金等复合材料不仅导热性好，而且熔点高，电极损耗小，但由于其价格较贵，制造成形比较困难，因而一般只在精密电火花加工时用来制作工具电极。

2）影响加工精度的主要因素

电火花加工中影响加工精度的因素除工件安装误差、机床几何精度和工具误差以外，主要还有放电间隙的大小及其一致性、工具电极的损耗及加工过程中的"二次放电"等因素。

（1）放电间隙的大小及一致性。电火花加工中，工具与工件间存在着放电间隙。放电间隙是随电参数、电极材料、工作液的绝缘性能变化而变化的，从而影响了加工精度。同时，间隙大小对加工尺寸精度也有影响，尤其是对复杂形状的加工表面，棱角部位电场强度分布不均，间隙越大影响越严重。因此，为了减小加工尺寸误差，应该采用较弱小的加工规准，缩小放电间隙；另外，还应尽可能使加工过程稳定。

（2）工具电极的损耗及"二次放电"。工具电极的损耗对尺寸精度和形状精度都有影响。精密加工时，工具的尺寸精度一般要求在±0.5 μm 范围内，表面粗糙度值 $Ra < 0.63$ μm。电火花穿孔加工时，工具电极可以贯穿工件型孔而补偿它的损耗。但型腔加工时，因为型腔本身是有底的凹穴，无法补偿电极的损耗，故精密型腔加工时常采用更换电极等方法解决电极损耗问题。

影响电火花加工形状精度的因素还有"二次放电"。二次放电是指已加工表面上由于电蚀产物等的介入再次进行的非正常放电。二次放电主要是在加工深度方向的侧面产生斜度和使加工棱角边变钝，如图 5-11 所示。由于工具电极下端部加工时间长，绝对损耗大，而电极入口处的放电间隙则由于电蚀产物的存在，"二次放电"的概率大而间隙逐渐扩大，因而产生了加工斜度。此外，成形加工时工具电极的振动及线切割加工时电极丝的抖动，也会使侧面放电次数增多而产生工件的形状误差。

另外，工具的尖角或凹角很难精确地复制在工件的表面上，如图 5-12 所示。其原因是除了工具电极的损耗外，还有放电间隙的等距离性的影响。当工具为尖角时，由于尖角处放电等距性必然使工件成为圆角；当工具为凹角时，凹角尖点又根本不起放电作用，同时由于积屑也会使工件尖端倒圆。因此，如果进行倒圆半径很小的加工，则必须缩小放电间隙，采用高频窄脉宽精加工，这样可能提高仿形精度，获得圆角半径小于 0.01 mm 的尖棱。

3）影响表面质量的因素

电火花加工的表面质量主要包括表面粗糙度、表面变质层和表面力学性能。

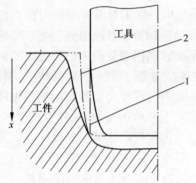

1—电极无损耗时的工具轮廓线；2—电极有损耗而
不考虑二次放电时的工件轮廓线；x—加工深度

图 5-11　电火花加工时的加工斜度

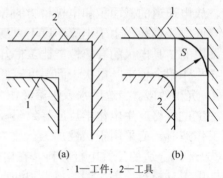

1—工件；2—工具

图 5-12　电火花加工时的尖角变圆

（1）电火花加工对表面粗糙度的影响。影响电火花加工表面粗糙度的主要因素是单个脉冲放电能量。单个脉冲能量越大，脉冲放电的蚀除量越大，越易产生大的放电凹坑。在一定的脉冲能量下，不同的工件电极材料表面粗糙度值大小不同，熔点高的材料表面粗糙度值要比熔点低的材料小。

工具电极表面的粗糙度值大小也影响工件的加工表面粗糙度值。例如，石墨电极表面比较粗糙，因此它加工出的工件表面粗糙度值也大。减小脉冲宽度和峰值电流能使粗糙度值下降，但又会导致生产率有很大程度的下降。例如，使表面粗糙度值从 Ra 2.5 μm 降到 Ra 1.25 μm，加工生产率要下降 10 多倍。除电参数和电极材料对表面粗糙度值的影响外，成形电极和电极丝的抖动，电极丝的入口和出口处因工作液的供应、冷却情况、排屑情况的不同，进给速度的忽快忽慢等，都会对表面粗糙度值有很大影响。

（2）电火花加工对表面变质层的影响。在电火花加工过程中，由于放电瞬时的高温和工作液迅速冷却的作用，表面层产生了熔化层和热影响层，导致氧化、烧伤、热应力和显微裂纹，如图 5-13 所示。

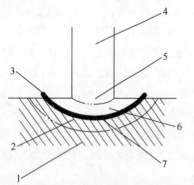

1—无变化区；2—热影响层；3—翻边凸起；
4—放电通道；5—汽化区；6—熔化区；7—熔化凝固层

图 5-13　单个脉冲放电痕剖面放大示意图

熔化层位于电火花加工后工件表面的最上层，它被电火花脉冲放电产生的瞬时高温所熔化，又受到周围工作液介质的快速冷却作用而凝固。对于碳钢来说，熔化层由马氏体、晶粒极细的残余奥氏体和某些碳化物组成。熔化层厚度一般为 0.01～0.1 mm，脉冲量越大，熔化层也越厚。

热影响层位于熔化层和基体之间，热影响层的金属受热的影响而发生金相组织变化。由于加工材料和加工前热处理状态及加工脉冲参数的不同，热影响层的变化也不同。对淬火钢而言，将产生二次淬火区、高温回火区和低温回火区；对未淬火钢而言，主要是产生淬火区；对耐热合金钢而言，它的影响层与基体差异不大。

电火花加工中，加工表面层受到高温作用后又迅速冷却而产生残余拉应力。在脉冲能量较大时，表面层甚至出现细微裂纹。裂纹主要产生在熔化层，只有脉冲能量很大时才扩展到热影响层。不同材料对裂纹的敏感性不同，硬脆材料容易产生裂纹。脉冲能量较大时，显微裂纹宽且深。脉冲能量很小时，一般不会出现显微裂纹。

（3）电火花加工对表面力学性能的影响。

① 电火花加工对显微硬度及耐磨性的影响。工件在加工前由于热处理状态及加工中脉冲参数不同，加工后的表面层显微硬度变化也不同。加工后表面层的显微硬度一般会提高，但由于加工电参数、冷却条件及工件材料热处理状况不同，有时显微硬度也会降低。一般来说，电火花加工表面最外层的硬度比较高，耐磨性好。但对于滚动摩擦，因熔化层和基体的结合不牢固，容易剥落而磨损。因此，有些要求比较高的模具加工时需要通过研磨把电火花加工后的表面变质层去掉。

② 电火花加工对残余应力的影响。电火花加工件表面存在着由于瞬时先热后冷作用而形成的残余应力，而且大部分表现为拉应力。残余应力大小和分布主要与材料在加工前热处理的状态及加工时的脉冲能量有关。因此，对表面层要求质量较高的工件，应尽量避免使用较大的加工规准，同时在加工中一定要注意工件热处理的质量，以减小工件表面的残余应力。

③ 电火花加工对耐疲劳性能的影响。电火花加工后，工件表面变化层的金相组织的变化会使耐疲劳性能大大降低。采用回火处理、喷丸处理甚至去掉表面变化层，将有助于降低残余应力或使残余拉应力转变为压应力，从而提高其耐疲劳性能。采用小的加工规准是减小残余拉应力的有效措施。

3．电火花加工的应用范围

电火花加工按加工特点分为电火花成形加工与电火花线切割加工。电火花加工具有许多传统切削加工所无法比拟的优点，主要用以进行难加工材料及复杂形状零件的加工。

1）穿孔加工

电火花穿孔成形加工主要是用于冲模（包括凸凹模及卸料板、固定板）、粉末冶金模、挤压模和型孔零件的加工，如图 5-14、图 5-15 所示。

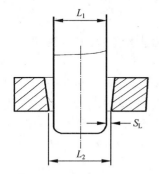

图 5-14　凹模的电火花加工

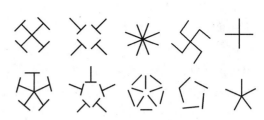

图 5-15　异形孔的电火花加工

穿孔加工的尺寸精度主要取决于工具电极的尺寸和放电间隙。工具电极的尺寸精度和表面粗糙度比工件高一级，一般精度不低于 IT7。工具电极要具有足够的长度。加工硬质合金时，由于电极损耗较大，电极还应适当加长。工具电极的截面轮廓尺寸除考虑配合间隙外，还要比预定加工的型孔尺寸均匀地缩小一个加工时火花放电的间隙。

对于硬质合金、耐热合金等特殊材料的小孔加工，采用电火花加工是首选的办法。小孔电火花加工适用于深径比（小孔深度与直径的比）小于 20，直径大于 0.01 mm 的小孔。电火花加工还适用于精密零件上的各种型孔（包括异形孔）的单件和小批生产。

小孔加工由于工具电极截面积小，容易变形。加工时不易散热，排屑困难，电极损耗大。

因此，小孔电火花加工的电极材料应选择消耗小、杂质少、刚性好、容易矫直和加工稳定的金属丝。

近年来，在电火花穿孔加工中发展了高速小孔加工。加工时，一般采用管状电极，电极内通以高压工作液。工具电极在回转的同时作轴向进给运动（见图5-16）。这种方式适合0.3～3 mm的小孔的加工。高速小孔加工的加工速度可远远高于小直径麻花钻头钻孔的速度，而且避免了小直径钻头容易折断的问题。利用这种方法还可以在斜面和曲面上打孔，且孔的尺寸精度和形状精度较高。

2）型腔加工

电火花型腔加工主要用于加工各类热锻模、压铸模、挤压模、塑料模和胶木模的型腔。这类型腔多为盲孔，形状复杂。加工中为了便于排除加工产物和进行冷却，以提高加工的稳定性，有时在工具电极中间开有冲油孔。电火花型腔加工如图5-17所示。

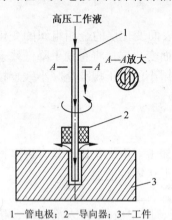

1—管电极；2—导向器；3—工件

图5-16　电火花高速小孔加工示意图

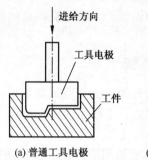
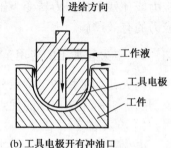

(a) 普通工具电极　　　(b) 工具电极开有冲油口

图5-17　电火花型腔加工

3）电火花线切割加工

电火花线切割加工（WEDM）是在电火花加工的基础上于20世纪50年代末发展起来的一种新的加工方法。

电火花线切割加工的基本原理是利用移动的细金属导线（铜丝或钼丝）做电极，对工件进行脉冲火花放电、切割成形。根据电极丝的运行速度，电火花切割机床分为两大类：一类是高速走丝电火花线切割机床，这类机床的电极丝作高速往复运动，一般走丝速度为8～10 m/s，是我国生产和使用的主要机种，也是我国独创的线切割加工模式；另一类是低速走丝（慢速走丝）线切割机床，这类机床作低速单向运动，速度低于0.2 m/s，是国外生产和使用的主要机种。

图5-18所示为高速走丝电火花线切割工艺及装置示意图。利用钼丝4作为工具电极对工件进行切割加工，贮丝筒7带动钼丝作正反向交替移动，加工能源由脉冲电源3供给。在电极丝和工件间浇注工作液介质，工作台在水平面两个坐标方向各自按预定的控制程序，根据火花间隙状态作伺服进给运动，合成各种曲线轨迹，将工件切割成形。

（1）电火花线切割加工与电火花成形加工的共性。

① 电火花线切割加工的电压、电流波形与电火花成形加工基本相似。

② 电火花线切割加工的加工机理、生产率、表面粗糙度等工艺规律，材料的可加工性等也都与电火花成形加工基本相似，可以加工硬质合金等一切导电材料。

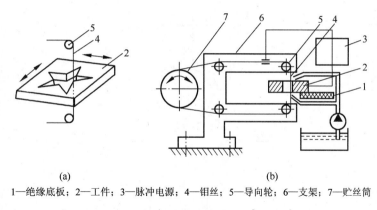

(a)　　　　　　　　　　　　　　　(b)

1—绝缘底板；2—工件；3—脉冲电源；4—钼丝；5—导向轮；6—支架；7—贮丝筒

图 5-18　高速走丝电火花线切割工艺及装置示意图

（2）线切割加工与电火花成形加工的不同点。

① 电火花线切割加工电极丝直径小，脉冲电源的加工电流较小，脉宽较窄，属于中、精正极性电火花加工。

② 电火花线切割加工采用水或水基工作液，很少使用煤油，不易引燃起火，容易实现安全无人操作运行。

③ 电火花线切割加工一般没有稳定的电弧放电状态，因为电极丝与工件始终存在相对运动。

④ 电火花线切割加工电极与工件之间存在"疏松接触"式轻压放电现象。

⑤ 电火花线切割加工省掉了成形的工具电极，大大降低了成形工具的设计和制造费用。

⑥ 电火花线切割加工由于电极丝比较细，可以加工微细异形孔、窄缝和复杂形状的工件。

⑦ 电火花线切割加工由于采用移动的长电极丝进行加工，使单位长度电极丝的损耗较少，从而对加工精度的影响比较小。

（3）电火花线切割加工的特点。

① 电火花线切割加工可以加工具有薄壁、窄槽、异形孔等复杂结构的零件。

② 电火花线切割加工可以加工有直线和圆弧组成的二维曲面图形，还可以加工一些由直线组成的三维直纹曲面，如阿基米德螺旋线、抛物线、双曲线等特殊曲线的图形。

③ 电火花线切割加工可以加工形状大小和材料厚度差异大的零件。图 5-19 所示是对异形孔喷丝板加工的实例。异形孔喷丝板的孔形特殊、复杂，孔的一致性要求很高，精度要求 ±0.005 mm，$Ra \leqslant 0.4$ μm。喷丝板制作材料是不锈钢 1Cr18Ni9Ti。选择细钼丝作为电极在电火花成形机床上加工。穿丝孔的位置一般选在窄缝交会处，便于校正和加工；当电极丝进退轨迹重复时，切断脉冲电源，使得异形孔诸槽一次加工成形，保持缝宽的一致性；采用直径为 0.035～0.10 mm 的电极丝，电极丝速度控制在 0.8～2 m/s；为保持电极丝运动的稳定，利用定时限位器保持电极丝运动的位置精度。

利用电火花线切割加工异形孔喷丝板、异形孔拉丝模及异形整体电极，都可以获得较好的工艺效果。

电火花线切割加工已广泛用于国防和民用的生产和科研工作中，用于各种难加工材料、复杂表面和有特殊要求的零件、刀具和模具的加工。通过线切割加工还可制作精美的工艺美术制品。

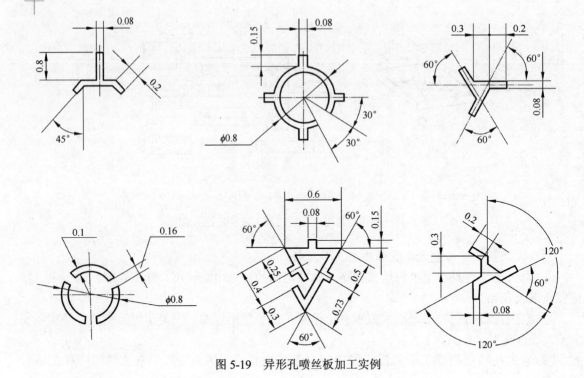

图 5-19　异形孔喷丝板加工实例

5.2.2　电解加工

电解加工是继电火花加工之后发展起来的一种适用于加工难切削材料和复杂形状的零件的特种加工方法。

1．电解加工基本原理及特点

电解加工是利用金属在电解液中发生阳极溶解的电化学原理，将金属工件加工成形的一种方法。

1）电解加工的原理

电解加工示意图如图 5-20 所示。加工时，工件阳极与工具阴极通以 5～24 V 低电压的连续或脉冲直流电。工具向工件缓慢进给，两极间保持很小的加工间隙（0.1～1 mm），通过两极间加工间隙的电流密度高达 $10～10^2$ A/cm^2 数量级。具有一定压力（0.5～2 MPa）的电解液从间隙中不断高速（6～30 m/s）流过，以带走工件阳极的溶解产物和电解电流通过电解液时所产生的热量，并去除极化。

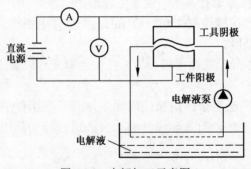

图 5-20　电解加工示意图

电解加工成形原理如图 5-21 所示。加工开始时，成形的阴极与阳极工件距离较近的地方电流密度较大，电解液流速较快，阳极溶解速度也就较快，如图 5-21(a)所示。由于工具相对工件不断进给，工件表面就不断被电解，电解产物不断被电解液冲走，直至工件表面形成与阴极表面基本相似的形状为止，如图 5-21(b)所示。

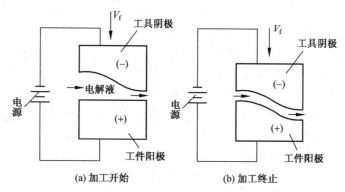

(a) 加工开始 (b) 加工终止

图 5-21　电解加工成形原理

电解加工钢件时，常用的电解液为质量分数为 14%～18% 的 NaCl 溶液。在电解液中存在着 H^+、OH^-、Na^+、Cl^- 四种离子。因此，在阳极上可能参与电极反应的物质就有 Cl^-、OH^- 和 Fe；在阴极上可能参与电极反应的物质有 Na^+、H^+。

在阳极就反应发生的可能性而言，其反应方程如下，据能斯特公式计算出电极电位 E，作为分析时的参考。

$$Fe - 2e \rightarrow Fe^{2+} \qquad E = -0.59V$$
$$Fe - 3e \rightarrow Fe^{3+} \qquad E = -0.323V$$
$$2Cl^- - 2e \leftrightarrow Cl_2 \uparrow \qquad E = +1.334V$$
$$4OH^- - 4e \rightarrow O_2 \uparrow \qquad E = +0.867\,1V$$

按照电极反应过程基本原理，电极电位负值最大的物质首先在阳极反应。在阳极首先是铁失去电子变成二价铁离子 Fe^{2+} 被溶解。溶入电解液中的 Fe^{2+} 又与 OH^- 离子化合，生成 $Fe(OH)_2$，由于其在水中的溶解度很小，故生成沉淀离开反应系统。

$$Fe^{2+} + 2OH^- \rightarrow Fe(OH)_2 \downarrow$$

$Fe(OH)_2$ 为墨绿色絮状物，随着电解液的流动而被带走。$Fe(OH)_2$ 又逐渐被电解液中及空气中的氧气氧化为黄褐色沉淀 $Fe(OH)_3$。

$$4Fe(OH)_2 + 2H_2O + O_2 \rightarrow 4Fe(OH)_3 \downarrow$$

同理，在阴极按照电极反应基本规律，电极电位最高的离子首先在阴极反应。

$$Na^+ + e \leftrightarrow Na \qquad E = -2.69V$$
$$2H^+ + 2e \leftrightarrow H_2 \uparrow \qquad E = -0.42V$$

因此，阴极只有氢气溢出而不会发生钠沉积的电极反应。

由此可见，电解加工过程中，理想情况是阳极铁不断以 Fe^{2+} 的形式被溶解，水被分解消耗，因而电解液浓度逐渐增大。电解液中氯离子和钠离子起导电作用，本身不消耗。所以 NaCl 电解液的使用寿命长，只要过滤干净并添加水分，可长期使用。

电解加工的工件材料如果是合金钢，若钢中各合金元素的平衡电极电位相差较大，则电解加工后的表面粗糙度值将变大。就碳钢而言，由于钢中存在 Fe_3C 相，其电极电位约为+0.37 V 而很难电解，因此高碳钢、铸铁和经过表面渗碳处理的零件不适于电解加工。

2）电解加工的特点

（1）加工范围广，可成形范围宽。电解加工不受材料本身硬度和强度的限制，可以加工硬质合金、淬火钢、不锈钢、耐热合金等高硬度、高强度及韧性金属材料。从简单的圆孔、型孔到如叶片、锻模等复杂型面和型腔都可以加工。

（2）生产效率高。在加工难切削材料和复杂形状的工件时，加工效率比传统切削加工高。电解加工特别适合对难切削材料和复杂形状工件的批量加工。

（3）由于加工过程中不存在机械切削力，所以不会产生切削力所引起的残余应力和变形。电解加工表面光整，无加工纹路，无毛刺，可以达到较好的表面粗糙度（Ra 0.2～1.25 μm）和 ±0.1 mm 左右的平均加工精度。

（4）工具无损耗。由于工具阴极上的电化学反应只是析氢而无溶解，且不与工件接触，正常加工时工具阴极不会发生损耗，可长期使用。

（5）电解液对机床有腐蚀作用，电解产物的处理回收困难。

2. 电解加工的基本工艺规律

1）生产率及其影响因素

电解加工的生产率是以单位时间内被电解蚀除的金属量衡量的，用 mm^3/min 或 g/min 表示。影响生产率的因素有工件材料的电化学当量、电流密度、电解液及电极间隙等。

（1）电化学当量对生产率的影响。电解时电极上溶解或析出物质的量（质量 m 或体积 V）与电解电流 I 和电解时间 t 成正比，即与电荷量（$Q = It$）成正比，其比例系数称为电化学当量。这一规律即法拉第电解定律，用下式表示：

$$\left. \begin{aligned} m &= KIt \\ V &= \omega It \end{aligned} \right\}$$

式中　m——电极上溶解或析出物质的质量（g）；

　　　V——电极上溶解或析出物质的体积（mm^3）；

　　　K——被电解物质的质量电化学当量（g/（A·h））；

　　　ω——被电解物质的体积电化学当量（mm^3/（A·h））；

　　　I——电解电流（A）；

　　　t——电解时间（h）。

在实际电解加工时，在阳极上还可能出现其他反应，如氧气或氯气的析出，或有部分金属以高价离子溶解，从而额外地多消耗一些电荷量，所以被电解掉的金属量会小于所计算的理论值。为此，引入电流效率 η。

$$\eta = \frac{实际金属蚀除量}{理论计算蚀除量} \times 100\%$$

实际蚀除量为

$$m = \eta KIt$$

$$V = \eta \omega It$$

正常电解时，对于 NaCl 电解液，阳极上析出气体的可能性不大，所以 η 常接近 100%。但有时 η 却会大于 100%，这是由于被电解的金属材料中含有碳、Fe_3C 等难电解的微粒产生了晶间腐蚀，在合金晶粒边缘先电解，高速流动的电解液把这些微粒成块冲刷脱落下来，从而节省了一部分电解电荷量。

（2）电流密度对生产率的影响。在实际生产时通常用电解加工速度或电解加工蚀除速度来衡量生产率。当在 NaCl 电解液中进行电解加工时，蚀除速度与该处的电流密度成正比，电流密度越高，生产率也越高。电解加工时的平均电流密度为 $10\sim100\ A/cm^2$，电解液压力和流速较高时，可以选用较高的电流密度。但电流密度过高，将会出现火花放电，析出氯气、氧气，并使电解液温度过高，甚至在间隙内造成沸腾汽化引起局部短路。

实际电流密度取决于电压、电极间隙的大小及电解液的电导率。因此，要定量计算蚀除速度，必须推导出蚀除速度与电极间隙大小、电压等的关系。

（3）电极间隙对生产率的影响。实际加工中，电极间隙越小，电解液的电阻越小，电流密度会越大，加工速度就越高。但间隙过小将引起火花放电或电解产物特别是氢气排除不畅，反而降低蚀除速度或间隙被杂质堵塞引起短路。

2）提高电解加工精度的途径

（1）脉冲电流电解加工。脉冲电流电解加工是近年来发展起来的新方法，可以明显地提高加工精度、表面质量和加工稳定性，在生产中的应用越来越多。采用脉冲电流电解加工能够提高加工精度的原因是能消除加工间隙内电解液电导率的不均匀化，同时脉冲电流电解加工使阴极在电化学反应中析出的断续的，呈脉冲状的氢气可以对电解液起搅拌作用，有利于电解产物的去除，提高电解加工精度。

（2）小间隙加工。工件材料的蚀除速度 v_a 与加工间隙 Δ 成反比，C 为常数（此时工件材料、电解液参数、电压均保持稳定）。

实际加工中由于余量分布不均，以及加工前零件表面不平度的影响，在加工时零件的加工间隙是不均匀的。以图 5-22 中所示用平面阴极加工平面为例来分析。设工件最大的平直度为 δ，则凸出部位的加工间隙为 Δ，设其蚀除速度为 v_a，低凹部位的加工间隙为 $\Delta+\delta$，设其蚀除速度为 v'_a，则

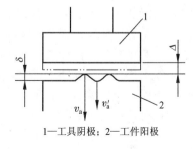

1—工具阴极；2—工件阳极

图 5-22　余量不均匀时电解加工示意图

$$v_a = \frac{C}{\Delta}; \quad v'_a = \frac{C}{\Delta+\delta}$$

两处蚀除速度之比为

$$\frac{v_a}{v'_a} = \frac{\dfrac{C}{\Delta}}{\dfrac{C}{\Delta+\delta}} = \frac{\Delta+\delta}{\Delta} = 1+\frac{\delta}{\Delta}$$

如果加工间隙 Δ 小，则 $\dfrac{\delta}{\Delta}$ 的比值增大，凸出部位的蚀除速度将大大高于低凹处，提高了整平效果。由此可见，加工间隙越小，越能提高加工精度。

可见，采用小间隙加工，对提高加工精度，提高生产率是有利的。但间隙越小，对液流的阻力越大。电流密度大，间隙内电解液温升快、温度高，需要高的电解液的压力。同时，间隙过小容易引起短路。因此，小间隙电解加工的应用受到机床刚度、传动精度、电解液系统所能提供的压力、流速及过滤情况的限制。

（3）改进电解液。除了采用钝化性电解液如 $NaNO_3$、$NaClO_3$ 外，还可以采用复合电解液。复合电解液主要是在氯化钠电解液中添加其他成分，可以保持 NaCl 电解液的高效率，同时提高加工精度。

采用低浓度电解液加工精度可显著提高。例如，采用 $NaNO_3$ 4%的低质量分数电解液来加工压铸模，加工表面质量良好，间隙均匀，复制精度高，棱角很清，侧壁基本垂直，垂直面加工后的斜度小于 1°。采用低质量分数电解液的缺点是效率较低，加工速度不能很快。

（4）混气电解加工。混气电解加工是将一定压力的气体（一般是压缩空气，也可采用二氧化碳或氮气等），经气道进入气液混合腔（又叫雾化器）内，与电解液混合，使电解液成为含有无数气泡的气液混合物，并进入加工间隙进行电解加工。

电解液中混入气体增加了电解液的电阻率，减少杂散腐蚀，使电解液向非线性方向转化；同时减小了电解液的密度和黏度，增加了流速，消除了死水区，使流场均匀。高速流动的微细气泡起搅拌作用，有效减轻浓差极化，保证加工间隙内电流密度分布趋于均匀。

3）表面质量及其影响因素

电解加工的表面质量，包括表面粗糙度和表面物理、化学性质的改变两方面。正常的电解加工能达到 Ra 1.25～0.16 μm 的表面粗糙度，由于靠电化学阳极溶解去除金属，所以没有切削力和切削热的影响，不会在加工表面发生塑性变形，不存在残余应力、冷作硬化或烧伤退火层等缺陷。但加工中如工艺掌握不好，可能会出现晶间腐蚀、流纹、麻点，工件表面有黑膜，甚至短路烧伤等疵病。影响表面质量的因素主要有：

（1）工件材料的合金成分、金相组织及热处理状态对粗糙度的影响。合金成分多，杂质多，金相组织不均匀，结晶粗大都会造成溶解速度的差别，从而影响表面粗糙度。例如，铸铁、高碳钢的表面粗糙度就较差。采用适当的热处理，如高温均匀化退火、球化退火，使组织均匀及晶粒细化可提高加工后的表面质量。

（2）工艺参数对表面质量的影响。一般来说，电流密度高，有利于阳极的均匀溶解。电解液的流速过低，会导致电解产物排出不及时，氢气泡的分布不均匀，或由于加工间隙内电解液的局部沸腾汽化造成表面缺陷；电解液流速过高，有可能引起流场不均，局部形成真空而影响表面质量。电解液的温度过高会引起阳极表面的局部剥落；温度过低，钝化比较严重，会引起阳极表面不均匀溶解或形成黑膜。

（3）阴极表面质量的影响。工具阴极上的表面条纹、刻痕会相应地复印到工件表面，所以阴极表面要注意加工质量。阴极上喷液口如果设计不合理，流场不均，就可能使局部电解液供应不足而引起短路造成条纹等缺陷。阴极进给不匀会引起横向条纹。

此外，加工时工件表面必须除油去锈，电解液必须沉淀过滤，不含固体颗粒杂质。

3．电解加工的应用

国内自 20 世纪中期将电解加工成功地应用在膛线加工以来，现在电解加工工艺在花键孔、深孔、内齿轮、链轮、叶片、异形零件及模具加工等方面获得了广泛的应用。

1）型腔加工

目前对锻模、辊锻模等型腔模大多采用电火花加工。电火花加工的加工精度比较容易控制，但生产率较低，对模具消耗量较大。近年来精度要求一般的矿山机械、汽车拖拉机等零件的型腔加工逐渐采用电解加工。

2）叶片加工

叶片是发动机的重要零件。叶片型面形状比较复杂，精度要求较高，加工批量大，在发动机和汽轮机制造中占有相当大的比重。采用电解加工在一次行程中可加工出复杂的叶片型面，生产率高，表面粗糙度值低。

叶片加工的方式有单面加工和双面加工两种。机床也有立式和卧式两种，立式大多用于单面加工，卧式大多用于双面加工。电解加工整体叶轮在我国已得到普遍应用，如图 5-23 所示。叶轮上的叶片是逐个加工的，加工完一个叶片，退出阴极，分度后再加工下一个叶片。电解加工整体叶轮只要把叶轮毛坯加工好后，直接在轮坯上加工叶片，加工周期大大缩短，叶轮强度高、质量好。

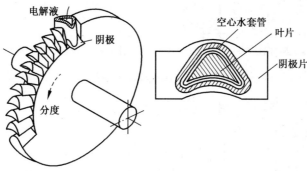

图 5-23　整体叶轮电解加工示意图

3）电解去毛刺

机械加工中去毛刺的工作量很大，尤其是去除硬而韧的金属毛刺需要占用很多人力。电解倒棱去毛刺可以大大提高工效和节省费用，图 5-24 所示是齿轮的电解去毛刺装置。齿轮工件套在绝缘柱上，环形电极工具也靠绝缘柱定位安放在齿轮上，保持约 3～5 mm 间隙（根据毛刺大小而定），电解液在阴极端部和齿轮的端面齿面间流过，阴极和工件间通上 20 V 以上的电压，约 1 min 就可去除毛刺。

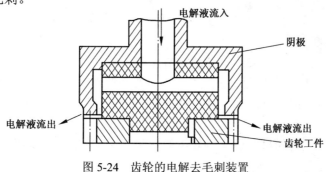

图 5-24　齿轮的电解去毛刺装置

5.2.3　超声波加工

1. 超声波加工的原理和特点

1）超声波加工的原理

超声波加工是利用工具端面作超声频振动，通过悬浮磨料对零件表面撞击抛磨实现加工脆硬材料的一种方法。

超声波加工的高频振动的工具头振幅不大，一般在 0.01～0.1 mm 之间。加工时在切削区域中加入液体与磨料混合的悬浮液，并在工具头振动方向加上一个不大的压力，如图 5-25 所示。

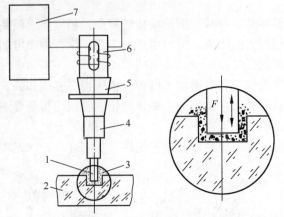

1—工具；2—工件；3—磨料悬浮液；4、5—变幅杆；6—换能器；7—超声波发生器

图 5-25　超声波加工原理

当工件、悬浮液和工具头紧密相靠时，悬浮液中的悬浮磨粒将在工具头的超声振动作用下以很大的速度不断冲击琢磨工件表面，局部产生很大的压力，使工件材料发生破坏，形成粉末被打击下来。与此同时，悬浮液受工具端部的超声振动作用而产生液压冲击和空化现象，促使液体钻入被加工材料的隙裂处，加速了机械破坏作用的效果。由于空化现象，在工件表面形成的液体空腔，在闭合时所引起的极强的液压冲击，加速了工件表面的破坏，也促使悬浮液循环，使变钝了的磨粒及时得到更换。由此可知，超声波加工是磨粒在超声振动作用下的机械撞击和抛磨作用与超声波空化作用的综合结果，其中磨粒的连续冲击作用是主要的。

2）超声波加工的特点

① 由于去除工件上的被加工材料是靠磨粒和液体分子的连续冲击、抛磨和空化作用，所以超声波加工能加工各种硬脆材料，特别是一些电火花加工等方法无法加工的不导电材料，如宝石、陶瓷、玻璃及各种半导体材料等。

② 超声波加工在利用磨粒切除被加工材料时，工件只受到瞬时的局部撞击压力，而不存在横向摩擦力，所以受力很小。

③ 由于除去加工材料是靠极小磨粒的抛磨作用，所以超声波加工可获得较高的加工精度和低的表面粗糙度值，被加工表面也无残余应力、烧伤等现象。

④ 只要将工具头做成一定的形状和尺寸就可以加工出不同的各种孔形，如六角形、正方形、非圆形等。

⑤ 由于工具可用较软的材料做成较复杂的形状，工具和工件运动简单，加工机床结构简单，操作维修方便。

2．超声波加工的基本工艺规律

加工速度是指单位时间内去除材料的多少，以 g/min 或 mm³/min 为单位。影响加工速度的因素有工具振动频率和振幅、进给压力、磨料种类及粒度、被加工材料和磨料悬浮液的浓度。

（1）工具振幅和频率的影响。过大的振幅和过高的频率会使工具及变幅杆承受很大的内应力，可能超过它的疲劳强度而降低使用寿命，而且在连接处的损耗也增大。实际加工中应调至共振频率，以获得最大振幅。

（2）进给压力的影响。压力过小，工具末端与工件加工表面间的间隙增大，减弱了磨料对工件的撞击力和打击深度；压力过大，会使工具和工件间隙减小，磨料和工作液不能顺利循环更新，降低生产率。

（3）磨料的种类和粒度的影响。磨料硬度越高，加工速度越快。加工金刚石和宝石等超硬材料时必须用金刚石磨料；加工硬质合金、淬火钢等高硬脆性材料时，采用硬度较高的碳化硼磨料；加工硬度不太高的脆硬材料时，可采用碳化硅磨料；而加工玻璃、半导体等材料时，则采用刚玉之类的氧化铝磨料。

磨料粒度越粗，加工速度越快，但精度和表面粗糙度变差。

（4）被加工材料的影响。被加工材料越脆，越容易被加工去除。韧性好的材料不易利用超声波加工。

（5）磨料悬浮液浓度的影响。磨料悬浮液浓度低，加工间隙内磨粒少，特别是加工面积和深度较大时，可能造成加工区无磨料现象，使加工速度大大降低。随着悬浮液中磨料浓度的增加，加工速度也增加。但浓度太高时，磨粒在加工区域的循环和对工件的冲击都受到影响，也会导致加工速度降低。通常采用的浓度为磨料对水的重量比为 0.5～1。

3．超声波加工的应用

超声波加工广泛用于加工半导体和非导体的脆硬材料。由于加工精度和表面粗糙度优于电火花加工和电解加工，因此电火花加工后的一些淬火件和硬质合金零件还常用超声抛磨进行光整加工。此外，超声波加工还可以用于清洗、焊接和探伤等。

1）型孔、型腔加工

超声波加工目前主要用于对脆硬材料的圆孔、型孔、型腔、套料、微细孔的加工等，如图 5-26 所示。

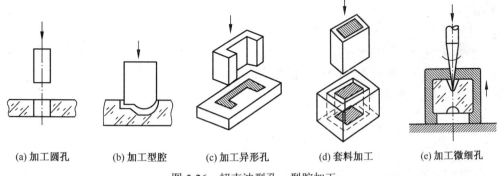

| (a) 加工圆孔 | (b) 加工型腔 | (c) 加工异形孔 | (d) 套料加工 | (e) 加工微细孔 |

图 5-26　超声波型孔、型腔加工

2）切割加工

采用超声波切割可以加工普通机械加工难以加工的脆硬半导体材料，如图 5-27 所示。

3）超声波清洗

超声波清洗主要是利用超声波振动在液体中产生的交变冲击波和空化作用进行的。空化效应产生的强烈冲击波，直接作用到被清洗部位上的污物等，并使之脱落下来；空化作用产生的空化气泡渗透到污物与被清洗部位表面之间，促使污物脱落；在污物被清洗液溶解的情况下，空化效应可加速溶解过程。

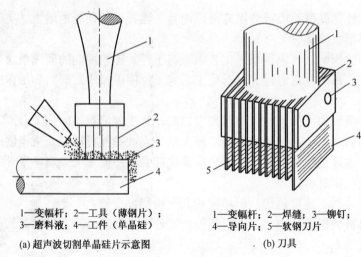

1—变幅杆；2—工具（薄钢片）；
3—磨料液；4—工件（单晶硅）

1—变幅杆；2—焊缝；3—铆钉；
4—导向片；5—软钢刀片

(a) 超声波切割单晶硅片示意图　　　　(b) 刀具

图 5-27　超声波切割

超声波清洗主要用于几何形状复杂，清洗质量要求高的中、小精密零件，特别是工件上的深小孔、微孔、弯孔、盲孔、沟槽、窄缝等部位的精清洗，清洗效果好。生产率高。目前在半导体和集成电路元件、仪表仪器零件、电真空器件、光学零件、精密机械零件、医疗器械、放射性污染等的清洗中应用。

超声波清洗时，应合理选择工作频率和声压强度以产生良好的空化效应，提高清洗效果。此外，清洗液的温度不可过高，以防空化效应减弱，影响清洗效果。

4）超声波焊接

超声波焊接利用超声频振动作用，去除工件表面的氧化膜，使新的本体表面显露出来，并在两个被焊工件表面分子的高速振动撞击下，摩擦发热黏结在一起。超声波焊接可以焊接尼龙、塑料及表面易生成氧化膜的铝制品，还可以在陶瓷等非金属表面挂锡、挂银，涂覆熔化的金属薄层。

5）复合加工

近年来超声波加工与其他加工方法相结合进行的复合加工发展迅速，如超声波振动切削加工、超声波电火花加工、超声波电解加工、超声波调制激光打孔等。这些复合加工方法由于把两种甚至多种加工方法结合在一起，起到取长补短的作用，使加工效率、加工精度及加工表面质量显著提高，因此越来越受到人们的重视。

5.2.4　高能束加工

1．激光加工

1）激光加工的原理和特点

激光加工利用高强度、高亮度、方向性好、单色性好的相干光通过一系列的光学系统聚焦成平行度很高的微细光束（直径几微米至几十微米），获得极高的能量密度和 10 000℃以上的高温，使材料在极短的时间（千分之几秒甚至更短）内熔化甚至汽化，以达到去除材料的目的。

（1）激光加工的基本原理。激光加工以激光为热源对工件材料进行热加工。其加工过程大体分为激光束照射工件材料，工件材料吸收光能，光能转变为热能使工件材料加热，工件材料被熔化，蒸发，汽化并溅出去除，加工区冷凝几个阶段。

① 光能的吸收及其能量转化。激光束照射工件材料表面时，光的辐射能一部分被反射，

一部分被吸收并对材料加热，还有一部分因热传导而损失。这几部分能量消耗的相对值，取决于激光的特性和激光束持续照射时间及工件材料的性能。

② 工件材料的加热。光能转换成热能的结果就是工件材料的加热。激光束在很薄的金属表层内被吸收，使金属中自由电子的热运动能增加，并在与晶格碰撞中的极短时间内将电子的能量转化为晶格的热振动能，引起工件材料温度的升高。同时，按热传导规律向周围或内部传播，改变工件材料表面或内部各加热点的温度。

对于非金属材料，一般导热性很小。在激光照射下，当激光波较长时，光能可直接被材料的晶格吸收而加剧热振荡；当激光波较短时，光能激励原子壳层上的电子。这种激励通过碰撞而传播到晶格上，使光能转换为热能。

③ 工件材料的熔化、汽化及去除。在足够功率密度的激光束照射下，工件材料表面才能达到熔化、汽化的温度，从而使工件材料汽化蒸发或熔融溅出，达到去除的目的。当激光功率密度过高时，仅在工件材料表面上汽化，不在深处熔化；当激光功率密度过低时，能量就会扩散分布使加热面积较大，导致焦点处熔化深度很小。因此，要满足不同激光束加工的要求，必须合理选择相应的激光功率密度和作用时间。

④ 工件加工区的冷凝。激光辐射作用停止后，工件加工区材料便开始冷凝，其表层将发生一系列变化，形成特殊性能的新表面层。新表面层的性能取决于加工要求、工件材料、激光性能等复杂因素。一般激光束加工工件表面所受的热影响区很小。

（2）激光束加工的特点。

① 激光加工的功率密度高达 $10^8 \sim 10^{10}$ W/cm^2，几乎可熔化、汽化任何材料。

② 激光光斑大小可以聚焦到微米级，功率可调，因此激光加工可用于进行精密微细加工。

③ 由于加工工具是激光束，属于非接触加工，无明显机械力，没有工具损耗。加工速度快，热影响区小，易实现自动化，能通过透明体加工。

④ 激光加工和电子束加工相比，加工装置比较简单，不需要复杂的抽真空装置。

⑤ 激光加工由于光的反射作用，在加工表面光泽或材料透明时，要进行色化或打毛处理。

2）激光加工的应用

（1）激光打孔。目前激光打孔技术已广泛用于火箭发动机和柴油机的燃料喷嘴、宝石轴承、金刚石拉丝模、化纤喷丝头等微小孔的加工中。

（2）激光切割。激光切割是一种应用最为广泛的激光加工技术。激光切割可用于各种材料的切割，如可切割金属、玻璃、陶瓷、皮革等各种材料。图 5-28 所示为激光切割原理示意图。

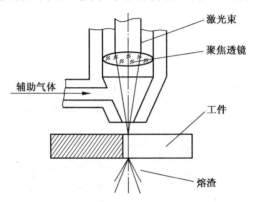

图 5-28　激光切割原理示意图

（3）激光焊接。激光焊接利用激光束聚焦到工件表面，使辐射作用区表面的金属"烧熔"

黏合而形成焊接接头。激光束焊接所需要的能量密度较低（一般为 $10^4 \sim 10^6 \, \text{W/cm}^2$），通常可通过减小激光输出功率来实现。如果加工区域不需要限制在微米级的小范围内，则也可通过调节焦点位置来减小工件被加工点的能量密度。

激光焊接已经成功地应用于微电子器件等小型精密零部件的焊接及深熔焊接等。

（4）激光表面热处理。激光表面热处理利用激光束快速扫描工件，使其表层温度急剧上升。由于热传导的作用，工件表面的热量迅速传到工件其他部位，在瞬间可进行自冷淬火，实现工件表面相变硬化。

激光表面处理工艺还包括涂敷、熔凝、刻网纹、化学气相沉积、物理气相沉积和增强电镀等。

2. 电子束和离子束加工

1）电子束加工

（1）电子束加工的原理。电子束加工是利用高速电子的冲击动能来加工工件的，如图 5-29 所示。在真空条件下，将具有很高速度和能量的电子束聚焦到被加工材料上，电子的动能绝大部分转变为热能，使材料局部瞬时熔融、汽化蒸发而去除。

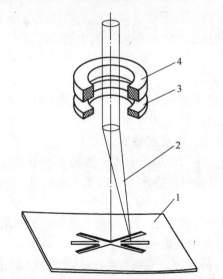

1—工件；2—电子束；3—偏转线圈；4—电磁透镜

图 5-29　电子束加工原理

控制电子束能量密度的大小和能量注入时间，就可以达到不同的加工目的。

（2）电子束加工特点。

① 电子束能够极其微细地聚焦，甚至可达 0.1 μm，可进行微细加工。

② 电子束能量密度高，去除材料靠瞬时蒸发，是非接触式加工，工件不受机械力的作用，加工材料的范围广。

③ 电子束的能量密度高，加工效率高。

④ 可以通过磁场或电场对电子束的强度、位置、聚焦等进行控制，加工过程便于实现自动化。

⑤ 电子束加工在真空中进行，污染少，加工表面不易被氧化。

⑥ 电子束加工需要整套的专用设备和真空系统，价格较贵。

（3）电子束加工的应用范围。电子束加工方法有热型和非热型两种。热型加工方法是利用电子束将材料的局部加热至熔化或汽化点进行加工的，比较适合打孔、切割槽缝、焊接及其他深结构的微细加工。非热型加工方法是利用电子束的化学效应进行刻蚀等微细加工。

①　电子束打孔。近年来，电子束打孔已实际应用于加工不锈钢、耐热钢、合金钢、陶瓷、玻璃和宝石等的锥孔及喷丝板的异形孔，如图 5-30 所示。最小孔径或缝宽可达 0.02～0.003 mm。例如，喷气发动机套上的冷却孔多达数十万至数百万个，孔径范围在数百微米至数十微米，多处于难加工部位，用电子束加工速度快，效率高。

目前电子束打孔的最小直径可达ϕ0.003 mm 左右，可在工件运动中进行。在人造革、塑料上用电子束打大量微孔，可使其具有如真皮革那样的透气性。电子束加工玻璃、陶瓷等脆性材料时，由于加工产生很大温差，容易引起变形甚至破裂，需对材料进行预热。

电子束不仅可以加工各种直的型孔，利用电子束在磁场中偏转的原理，使电子束在工件内偏转还可加工弯孔，如图 5-31 所示。

②　电子束切割。利用电子束可对各种材料进行切割，切口宽度仅有 3～6 μm。利用电子束再配合工件的相对运动，可加工所需要的曲面。

③　光刻。当使用低能量密度的电子束照射高分子材料时，将使材料分子链被切断或重新组合，引起分子量的变化产生潜像，再将其浸入溶剂中将潜像显影出来。将这种方法与其他处理工艺结合使用，可实现在金属掩膜或材料上刻槽。

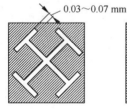

0.03～0.07 mm

图 5-30　电子束加工的喷丝头异形孔

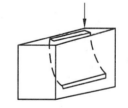

图 5-31　电子束加工内部曲面和弯孔

2）离子束加工

（1）离子束加工的原理。离子束加工原理与电子束加工原理基本类似，也是在真空条件下，将离子源产生的离子束经过加速、聚焦后投射到工件表面的加工部位以实现加工的。所不同的是，离子带正电荷，其质量比电子大数千倍乃至数万倍，离子束加工是靠离子束射到材料表面时所发生的撞击效应、溅射效应进行加工的。

（2）离子束加工的特点。

①　离子束加工是目前特种加工中最精密、最微细的加工。

②　离子束加工在高真空中进行，污染少，特别适宜于易氧化的金属、合金和半导体材料的加工。

③　离子束加工是一种微观层面的加工，加工应力和变形极小，适宜对各种材料进行加工。

④　离子束加工设备费用昂贵、成本高，加工效率低，应用受限制。

（3）离子束加工的应用范围。

① 刻蚀加工。离子刻蚀是利用离子束轰击工件，入射离子的动量传递到工件表面的原子，当传递能量超过了原子间的键合力时，原子就从工件表面撞击溅射出来，达到刻蚀的目的，如图 5-32(a)所示。

离子束加工中为避免化学反应必须用惰性元素的离子，常用氩离子。

② 离子溅射沉积。用能量为 0.1～0.5keV 的氩离子轰击某种材料制成的靶材，将靶材原子击出并令其沉积到工件表面并形成一层薄膜的工艺称为离子溅射沉积，如图 5-32(b)所示。

③ 离子镀膜。离子镀膜是一方面把靶材射出的原子向工件表面沉积，另一方面还有高速中性粒子打击工件表面以增强镀层与基材的结合力形成镀膜的工艺，如图 5-32(c)所示。离子镀膜的可镀材料广泛。离子镀技术应用于镀制润滑膜、耐热膜、耐蚀膜、装饰膜和电气膜等。

④ 离子注入。离子注入是向工件表面直接注入离子。离子注入不受热力学限制，可以注入任何离子，且注入量可以精确控制。注入离子固溶到材料中，含量可达 10%～40%，深度可达 1 μm。原理如图 5-32(d)所示。离子注入主要应用在半导体材料加工上。

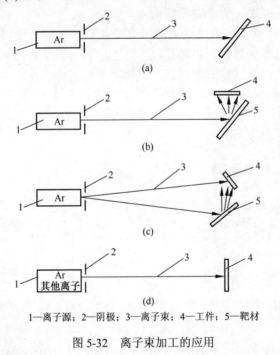

1—离子源；2—阴极；3—离子束；4—工件；5—靶材

图 5-32　离子束加工的应用

习题与思考题

1. 实现精密与超精密加工应具备哪些基本条件？

2. 分析金刚石刀具的特点。

3. 试述在线检测和误差补偿技术在精密和超精密加工中的作用。

4. 试述精密、超精密磨削的磨削机理。

5. 分析超硬度料砂轮修正方法的机理和特点。

6. 何谓特种加工？请说明特种加工的分类和特点。

7．电火花加工的工作原理及应用范围是什么？影响电火花加工生产率的因素有哪些？

8．电火花成形加工和电火花线切割加工有何异同？

9．电解加工的工作原理、特点和应用范围是什么？

10．简述超声波加工的特点和应用范围。

11．简述激光加工的特点和应用范围。

12．高能束加工包含哪几种类型？

综 合 实 训

1．精密加工和特种加工可以加工常规加工难以加工的材料和工件形状，请列表分析各种常规加工和特种加工适合的加工材料、加工范围和加工应用。

2．传统加工工艺和现代加工工艺在生产中各有优势，如果将它们有机地结合将会创新一种完全不同的加工模式，请提出你的一些设想，并进行可行性和经济性分析。

第6章

先进制造技术与制造模式

6.1 概述

6.1.1 先进制造技术产生的背景

传统的机械制造已有很久的历史，它对人类的生产和物质文明起了极大的作用。但随着技术和社会的发展，传统的制造技术面临着巨大的压力，包括：世界范围内竞争压力的加大，消费者要求提高，社会环境的要求和技术的进步，等等。因此，传统的制造技术正逐步向先进制造技术转变。先进制造技术的提出和发展有其深刻的技术背景和社会背景。

1）社会发展需求的牵引

随着世界经济的发展和人们生活水平的提高，市场环境发生了巨大变化：一方面表现为消费者需求日趋主体化、个性化和多样化，另一方面则是制造厂商之间着眼于全球市场的激烈竞争。制造业面对一个变化迅速且无法预料的市场，对市场的快速反应能力已慢慢变成企业竞争优势的关键部分。

（1）传统市场变成动态的多变市场。传统的相对稳定的市场逐渐变为多变的市场，产品的生命周期不断缩短，产品更新日益加快。产品质量、价格（成本）和较短的生产时间已成为企业竞争力的三个决定性因素。生产模式则朝着多品种、小批量、单件化、柔性化、生产周期大幅缩短等方面发展。

（2）全球性贸易的发展。制造业的进步和发展，使得更多的国家参与到世界经济发展的大环境中，形成全球性市场。传统的管理和生产方式、组织结构和决策原则都在发生巨大的变化。生产能力在世界范围内迅速提高和扩散，形成全球性的激烈竞争格局。全球性经济的发展，促使产业之间和产业内部的社会分工越来越细。由此看出，社会发展的需求牵引传统机械制造向先进制造技术转变。

2）科学技术的发展推动制造业的转变

传统的机械制造是以机械制造中的加工工艺问题为研究对象的一门应用技术学科。由于传统制造技术已经开始不适应当今制造技术发展的要求，近30年来，随着科学技术的进步，微电子技术、光电子技术、计算机技术已经得到广泛的应用，这些新技术的产生和应用推动了传统机械制造向先进制造技术转变。

　　另外，随着环境的日趋恶化与资源的匮乏，绿色产品、绿色设计和绿色制造等新概念和新方法应运而生，在当今社会，绿色制造业显得越来越重要。

　　在先进制造技术中，绿色制造是一个综合考虑环境影响和资源效率的现代制造模式，其目标是使得产品从设计、制造、包装、运输、使用到报废处理的整个产品生命周期中，对环境的影响为零或者极小，资源消耗尽可能小，并使企业经济效益和社会效益协调优化。

6.1.2　先进制造技术的定义与特点

　　目前对先进制造技术尚没有一个明确的、一致的定义，通过对其特征的分析研究，可以认为先进制造技术是制造业不断吸收信息技术和现代管理技术的成果，并将其综合应用于产品设计、加工、检测、管理、销售、使用、服务乃至回收的制造全过程，以实现优质、高效、低耗、清洁、灵活生产，提高对动态多变市场的适应能力和竞争能力的制造技术的总称。

　　先进制造技术的特点主要表现在其动态性、广泛性、实用性、集成性、系统性、高效灵活性和先进性上。

　　① 先进制造技术不是一成不变的，而是一个动态过程，要不断吸取各种高新技术成果，将其渗透到产品的设计、制造、生产管理及市场营销的所有领域及全部过程，并实现优质、高效、低耗、清洁的生产。

　　② 先进制造技术是面向新世纪的技术系统，它的目的是提高制造业的综合效益，赢得国际市场竞争。

　　③ 先进制造技术不仅限于制造过程本身，它涉及产品从市场调研、产品设计、工艺设计、加工制造到售后服务等产品寿命周期的所有内容。

　　④ 先进制造技术特别强调计算机技术、信息技术和现代系统管理技术，在产品设计、制造和生产管理等方面的应用。

　　⑤ 先进制造技术强调各专业学科之间的相互渗透、融合。

　　⑥ 先进制造技术特别强调环境保护，要求产品是绿色产品，要求生产过程是环保型的。

6.1.3　先进制造技术的发展趋势

　　与科学技术的发展和人类社会的进步相适应，先进制造技术的发展将具有以下三个特点。

　　1）制造科学理论体系不断完善

　　"数字化"将是建立制造科学理论体系的关键，贯穿包含设计、制造和控制等整个制造过程，如制造中从几何量、控制量的数字化到物理量、知识、经验的数字化等；"虚拟化"将在产品制造、制造系统运行全过程中广泛应用，是预测和评价的重要手段；"集成化"将使制造技术和管理更加深入和广泛地融合，其本质是知识与信息的集成；"网络化"可为制造企业的设计、生产、管理与营销等提供跨地域的运行环境，使制造业走向全球化、整体化和有序化；"智能化"将显著提高制造企业、系统和单元（装备）适应环境的能力，对海量和不完整信息的处理能力，相互间主动协调和协同的能力。运作的自律性、组织结构的柔性、响应的敏捷性是智能化的典型特征，也是制造科学理论的重要特色。加工精度的"精密化"、加工尺度"细微化"、加工要求和条件的"极限化"都是当今制造科学与技术发展研究的焦点。

　　2）先进制造技术将在与其他相关科学的交叉融合中不断丰富和发展

　　航天、航空产品的制造将与材料科学、空间物理学等紧密结合；制造科学与生命科学、生物学交叉的生物制造、仿生制造将得到较大的发展；精微制造的机理和控制技术将得益于与量子力学、材料科学、微电子科学等的深度融合；数字制造、智能制造的发展将更加依赖于与现代数学、系统科学、管理科学的综合。可以说，未来十几年将是制造科学与技术同其他相关学科交叉融合大发展的时期，制造基础科学可望有一些新的突破。

3）绿色制造将是先进制造技术发展的重点

人类社会的发展必将走向与自然界的和谐。制造必须充分保护自然环境，保护社会环境、生产环境和生产者的身心健康。制造必然要走"绿色"之路，这是实现国民经济可持续发展的重要条件。

先进制造技术未来在以下几个方面将得到大的发展。

1）机电产品的创新设计和系统优化设计理论与方法的发展

机电产品的创新设计和系统优化设计理论与方法的发展包括全生命周期的产品数字化建模、仿真评估理论及设计规范；产品快速创新开发的设计、优化、规划和管理技术；复杂机电系统创新设计、整体优化设计的理论、技术与方法等。

2）网络协同制造策略理论和关键技术的发展

网络协同制造策略理论和关键技术的发展主要包括制造系统的信息模型和约束描述；支持并行及网络协同制造的理论和技术；制造系统优化运行理论、策略与控制等。

3）新型成形制造原理和技术的发展

新型成形制造原理和技术的发展包括基于新材料、新工艺的成形原理及技术；敏捷成形制造原理和技术；高能束精密成形制造原理及技术等。

4）数字制造理论和数字制造装备技术的发展

数字制造理论和数字制造装备技术的发展包括产品制造过程的数字化模型及多领域物理作用规律；高速高效数字制造理论与技术，基于新原理、新工艺的新型数字化装备；数字制造中多智能体协调和实时自律控制技术等。

5）制造中的量值溯源和测量的理论及技术的发展

制造中的量值溯源和测量的理论及技术的发展主要包括在多尺度空间上精密测量问题；机械表面微观计量理论与技术；超精密测量、量值溯源原理、新传感器技术等。

6）纳米制造科学与技术的发展

纳米制造科学与技术的发展包括纳米材料制备及其性能测量；纳米尺度加工、制造、测量和装配；纳电子制造和分子原子制造原理与技术等。

7）生物制造与仿生机械的科学与技术的发展

生物制造与仿生机械的科学与技术的发展包括结构、功能、能源及运动机械仿生及仿生制造；生物自生长成形制造；机械超前反馈仿生与制造的科学与技术；生物工程制造原理及技术、新一代生物芯片制造原理与技术等。

8）微系统与新一代电子制造科学与关键技术的发展

微系统与新一代电子制造科学与关键技术的发展主要包括微机械、微传感、微光器件的制造机理与技术；纳米级光学光刻与非光学光刻、浅沟槽刻蚀、铜互连等机理及技术；集成电路新型封装工艺原理与技术等。

9）绿色制造的科学与技术的发展

绿色制造的科学与技术的发展包括产品与人类和自然的协调理论；产品绿色制造工艺（如Near-Zero Waste）；产品的再制造与维修科学；产品绿色使用及废旧产品资源再利用的理论与方法等。

10）面向国家安全和国家重大工程的制造科学与技术的发展

面向国家安全和国家重大工程的制造科学与技术的发展主要包括针对未来国家将实施的

重大工程（宇宙探索、航天、航空、海洋、能源、交通和国防装备等）中的制造技术与科学问题，提前进行研究，以保证国家重大工程和国家安全有相应的技术储备等。

6.2　机械制造自动化技术

6.2.1　机械制造自动化的概念

自动化一词的含义十分广泛，它是指设计一种控制设备来取代人力操作机械的动作，以达到各种机械自动、半自动运行的目的。机械制造自动化是制造自动化的主要组成部分，它主要控制机械运动（如刀具、工件、毛坯等的运动）及可能变化的制造工艺，使整个生产处于优化状态。

自动化大体可以分为三类：工序自动化、工艺过程自动化和制造过程自动化。在一个工序中，所有的动作都达到机械化，并且使若干个辅助动作也自动化起来，而工人所要做的工作只是对这一工序进行总的操作和监督，就称为工序自动化。工艺过程自动化指整个工艺过程中的各个工序都达到自动化，且有机地联系在一起。制造过程自动化就是有机地把各个自动化的工艺过程联系在一起。

机械制造自动化主要包括机械加工自动化、物料储运过程自动化、质量控制自动化和装配自动化等。机械制造自动化可以缩短生产周期，提高生产率、产品质量和经济效益，降低劳动强度，带动相关技术的发展。

6.2.2　计算机集成制造系统

计算机集成制造系统（Computer Integrated Making System，CIMS），又称计算机综合制造系统。在这个系统中，集成化的全局效应更为明显。CIMS 是一种基于生产哲理指导下企业信息化、现代化的方向、思想和方法，它不是某种固定的模式，它的出现是科学技术迅速发展和市场竞争日益激烈的必然结果，它将先进的信息技术与制造业的实际需求相结合，促进企业新产品自主开发能力、市场开拓能力和整体管理水平的提高。

1. CIMS 的发展历程

信息技术和机电一体化技术的发展推动了制造业产业结构的不断变革，促进了生产过程自动化水平进一步提高。企业自动化也由"点"（单机自动化）到"线"（由多种自动化设备组成的生产线），再由"线"发展到"面"（引入柔性制造系统，实现企业全部作业流程的自动化），进而由"面"向"立体"（企业全部生产系统和企业内部业务实现综合自动化）的方向发展，以期实现企业全部业务的一元化、集成化和高效化。计算机集成制造（CIM）技术正是制造业实现这一愿望的技术途径。计算机集成制造系统（CIMS）是当代生产自动化领域的前沿学科，也是集中多种高新技术于一体的现代化制造技术。

计算机集成制造（CIM）概念最早由美国的约瑟夫·哈林顿博士于 1973 年提出，哈林顿强调整体观点和信息观点是信息时代组织、管理生产最基本、最重要的观点。CIM 是信息时代组织、管理企业生产的一种哲理，是信息时代新型企业的一种生产模式。按照这一哲理和技术构成的具体实现便是计算机集成制造系统 CIMS。它把以往企业内相互分离的技术和人员通过计算机有机地综合起来，使企业内部各种活动高速度、有节奏、灵活和相互协调地进行，以提高企业对多变竞争环境的适应能力，使企业经济效益持续稳步地增长。

系统集成优化是 CIMS 技术与应用的核心技术，从系统集成角度把 CIMS 划分为三个阶段，如图 6-1 所示。

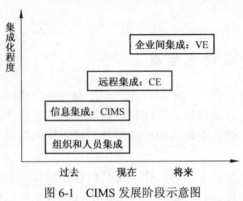

图 6-1　CIMS 发展阶段示意图

1）信息集成优化

信息集成优化可以解决自动化孤岛问题，是改善企业 TQCSE 核心竞争力所必需的。主要内容包括：

① 企业建模、系统设计方法、软件工具和规范。

② 异构环境中的信息集成。

③ 通过局域网和数据库实现信息集成。

④ 通过企业网、外联网、产品数据管理（PDM）、集成平台和框架技术实现信息集成。

⑤ 基于面向对象技术、软构件技术和 Web 技术的集成框架。

2）过程集成优化

过程集成优化指高效、实时地实现 CIMS 应用间的数据、资源的共享和应用间的协同工作。设计过程中考虑可制造性、可装配性和质量可以减少反复，缩短开发周期。

3）企业间集成优化

企业间集成优化指建立动态企业联盟（虚拟企业）。应用到的关键技术包括信息集成技术、并行工程、虚拟制造、敏捷工程、基于网络的敏捷制造、资源优化系统（ERP、SCM）等。

2．CIMS 的体系结构

CIMS 的体系结构最典型的是递阶控制系统。所谓递阶控制（Hierarchical Control）是一种把所需完成的任务按层次分级的层状或树状的命令/反馈控制方式。高一级装置控制次一级装置，次一级的功能更具体，最后一级就是完成要求的最后一道任务。美国国家标准局提出了著名的五级递阶控制模型，分别是工厂层、车间层、单元层、工作站层和设备层，如图 6-2 所示。

1）工厂层控制系统

工厂层控制系统是最高一级的控制系统，履行"厂部"职能，包括执行市场预测，制订生产计划，确定生产资源需求，制定资源规划，制定产品开发及工艺过程规划和厂级经营管理等功能。

2）车间层控制系统

车间层控制系统根据工厂层生产计划，负责协调车间的生产和辅助性工作，主要包括企业管理和资源分配两个模块。

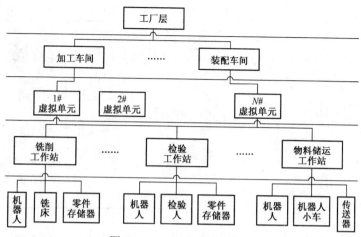

图 6-2　CIMS 递阶控制体系

3）单元层控制系统

单元层控制系统安排零件通过工作站的分批顺序和管理物料储运、检验及其他有关辅助性工作。具体工作内容包括任务分解和资源需求分析。

4）工作站层控制系统

工作站层控制系统指挥和协调车间中一个设备小组的活动，由一台机器人、一台机床、一个物料储运器、一个控制计算机组成。其基本任务是处理由物料储运系统送来的零件托盘、工件调整控制、工件夹紧、切削加工、切屑清除、加工检验、拆卸工件及清理工作等。

5）设备层控制系统

设备层控制系统是"前沿"系统，是各种设备的控制器，其目的是扩大现有设备功能，使这些设备符合标准部门规定的控制和检测计量方法。

清华大学国家 CIMS 工程技术中心的 CIMS 系统 ERC 采用四层递阶控制体系结构，如图 6-3 所示。图 6-4 所示是一个典型的 CIMS 系统。

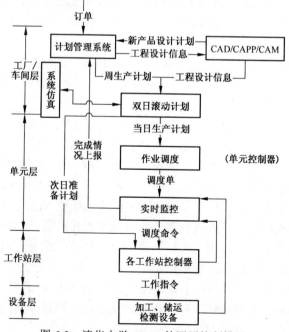

图 6-3　清华大学 CIMS 的四层控制模型

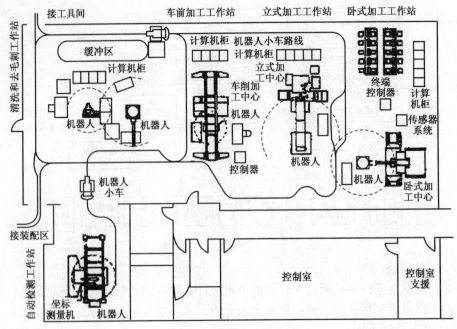

图 6-4　典型的 CIMS 系统

3. 我国 CIMS 的现状

进入 20 世纪 80 年代，发达国家经过几十年大工业生产的积累，人们的基本物质需要得到了相对满足。为了适应人们日益多样化的需求，市场竞争空前激烈。市场竞争和计算机技术的发展，引起了企业对 CIMS 的强烈需求。我国开展 CIMS 研究与应用已有近 20 年的历史。从 1990 年开始，我国一些企业已着手 CIMS 计划，一些生产企业已成功地实施了 CIMS，取得了巨大的经济效益。目前，我国 CIMS 不仅重视信息集成，而且强调企业运行的优化，并将计算机集成制造发展为以信息集成和系统优化为特征的现代集成制造系统，在企业建模、系统设计方法、异构信息集成、基于 STEP 的 CAD/CAPP/CAM/CAE、并行工程及离散系统动力学理论等方面也有一定的特色或优势。

我国的 CIMS 技术在发展、应用领域也在不断地拓宽。CIMS 的进一步试点推广应用已扩展到机械、电子、航空、航天、轻工、纺织、石油化工、冶金、通信、煤炭等行业的 60 多家企业。我国 863/CIMS 研究已形成了一个健全的组织和一支研究队伍，实现了我国 CIMS 研究和开发的基本框架，建立了研究环境和工程环境，包括国家 CIMS 实验工程研究中心和七个单元技术开放实验室：集成化产品设计自动化实验室、集成化工艺设计自动化实验室、柔性制造工程实验室、集成化管理与决策信息系统实验室、集成化质量控制实验室、CIMS 计算机网络与数据库系统实验室和 CIMS 系统理论方法实验室。在完成了一大批课题研究工作的基础上，陆续选定了一批 CIMS 典型应用工厂作为利用 CIMS 推动企业技术改造的示范点。

我们需要重新认识机械制造业。机械制造业已经不是传统意义上的机械制造业，而是一个新兴技术与新兴工业的综合体，现代制造技术是当今高科技的综合利用，工程技术人员要熟练地掌握高新技术，适应发展的需要。我国机械制造业中，中、小企业占 60%～70%，比重很大，产品涉及面广，从业人数多，以多品种小批量生产为主。CIMS 产业和工程必须面向中小企业，进行总体规划、分步实施、有限目标、有效实施、预留接口和逐步集成。

4．发展趋势

CIMS 的发展可概括为集成化、数字化、虚拟化、全球化、柔性化、智能化、标准化和绿色化。

（1）集成化发展。CIMS 的"集成"已经从原先的企业内部的信息集成和功能集成，发展到当前的以并行工程为代表的过程集成，并正在向以敏捷制造为代表的企业间集成发展。

（2）数字化发展。从产品的数字化设计开始，发展到产品生命周期中各类活动、设备及实体的数字化。

（3）虚拟化发展。在数字化基础上，虚拟化技术正在迅速发展，它主要包括虚拟显示（VR）、虚拟产品开发（VPD）、虚拟制造（VM）和虚拟企业等。

（4）全球化发展。随着"市场全球化"、"网络全球化"、"竞争全球化"和"经营全球化"的出现，许多企业都积极采用"全球制造"、"敏捷制造"和"网络制造"的策略，CIMS 也将实现"全球化"。

（5）柔性化发展。柔性化发展研究发展企业间动态联盟技术、敏捷设计生产技术、柔性可重组机器技术等，以实现敏捷制造。

（6）智能化发展。智能化发展是制造系统在柔性化和集成化基础上，引入各类人工智能和智能控制技术，实现具有自律、智能、分布、仿生、敏捷、分形等特点的下一代制造系统。

（7）标准化发展。在制造业向全球化、网络化、集成化和智能化发展的过程中，标准化技术（PTEP、EDI 和 P-LIB 等）已显得越来越重要。它是信息集成、功能集成、过程集成和企业集成的基础。

（8）绿色化发展。绿色化发展包括绿色制造、环境意识的设计与制造、生态工厂、清洁化生产等，它是全球可持续发展战略在制造业中的体现。

CIMS 作为新型的生产模式，其本身也处于不断的发展更新之中，各种有关的新概念、新思想不断提出，同时也融合其他领域的有益成分。CIMS 有着非常强的应用背景，制造业实际的变化和需要也会推动 CIMS 的研究和发展。因此，人们围绕 CIMS 的总目标，将并行工程、精良生产、敏捷制造、智能制造、虚拟制造及全球制造等许多新概念、新思想、新技术、新方法引入到 CIMS，这些新概念（模式）都有其自身特有的生产过程组织形式，并与特定的生产管理方法相联系，形成技术、组织管理和人的全面集成。这些现代模式的提出和研究推动了 CIMS 的研究和发展，使制造业展现出前所未有的新的发展局面。

6.3　快速成形技术

6.3.1　快速成形技术的基本原理

1．概述

在新产品的开发过程中，总是需要对所设计的零件或整个系统在投入大量资金组织加工或装配之前加工一个简单的例子或原型。在准备制造和销售一个复杂的产品系统之前，通过工作原型可以对产品设计进行评价、修改和功能验证。一个产品的典型开发过程是从前一代的原型中发现错误或从进一步研究中发现更有效和更好的设计方案开始的。一件原型的生产极其费时，模具的准备需要几个月，一个复杂的零件用传统方法加工非常困难。

快速成形（Rapid Prototyping）技术是近年来发展起来的直接根据 CAD 模型快速生产样件或零件的成组技术总称，它集成了 CAD 技术、数控技术、激光技术和材料技术等现代科技成果，是先进制造技术的重要组成部分。

与传统制造方法不同，快速成形从零件的 CAD 几何模型出发，通过软件分层离散和数控成形系统，用激光束或其他方法将材料堆积而形成实体零件。由于它把复杂的三维制造转化为一系列二维制造的叠加，因而可以在不用模具和工具的条件下生成几乎任意复杂的零部件，极大地提高了生产效率和制造柔性。

2. 基本原理

快速成形技术是一种基于离散堆积成形思想的新型成形技术，是集成计算机、数控、激光和新材料等最新技术而发展起来的先进的产品研究与开发技术。它可以自动、快速地将设计思想物化为具有一定结构和功能的原型或直接制造零件，从而可以对产品设计进行快速评价、修改，以响应市场需求，提高企业的竞争力。快速成形技术的出现是适应日趋激烈的市场竞争的需要，对制造企业的模型、原型及成形件制造方式正产生深远的影响。

快速成形技术的基本原理是基于"离散—堆积"的成形方法，借助三维 CAD 软件，或用实体反求方法采集得到有关原型或零件的几何形状、结构和材料的组合信息，从而获得目标原型的概念并以此建立数字化描述 CAD 模型，之后经过一定的转换或修改，将三维虚拟实体表面转化为用一系列三角面片逼近的表面，生成面片文件，再按虚拟三维实体某一方向将 CAD 模型离散化，分解成具有一定厚度的层片文件，由三维轮廓转换为近似的二维轮廓，然后根据不同的快速成形工艺对文件进行处理，对层片文件进行检验或修正并生成正确的数控加工代码，通过专用的 CAM 系统控制材料有规律地、精确地叠加起来而成为一个三维实体制件。

快速成形的一般工艺过程原理如下。

1）三维模型的构造

在三维 CAD 设计软件（如 Pro/E、UG、SolidWorks、SolidEdge 等）中获得描述该零件的 CAD 文件。

目前一般快速成形支持的文件输出格式为 STL 模型，即对实体曲面近似处理，即所谓面型化（Tessallation）处理，是用平面三角面片近似模拟表面。这样处理的优点是大大地简化了 CAD 模型的数据格式，从而便于后续的分层处理。

在三维 CAD 设计软件对 CAD 模型进行面型化处理时，一般软件系统中有输出精度控制参数，通过控制该参数，可减小曲面近似处理误差。如 Pro/E 软件通过选定弦高值（ch-chord height）作为逼近的精度参数，如图 6-5 所示为一球体给定不同 ch 值时的效果。

(a) ch=0.05　　　　　　　　(b) ch=0.2

图 6-5　不同 ch 值时的效果

2）三维模型的离散处理

通过专用的分层程序将三维实体模型分层（见图 6-6），通过一簇平行平面沿制作方向与

CAD 模型相截，所得到的截面交线就是薄层的轮廓信息，而实体信息是通过一些判别准则来获取的。

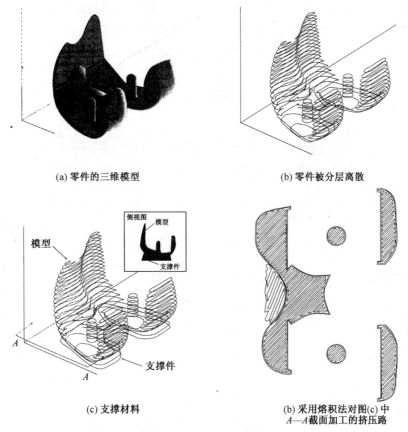

(a) 零件的三维模型　　　　　　　　(b) 零件被分层离散

(c) 支撑材料　　　　　　　(b) 采用熔积法对图(c)中
　　　　　　　　　　　　　A—A 截面加工的挤压路

图 6-6　快速成形原理图

分层切片是在选定了制作（堆积）方向后，需对 CAD 模型进行一维离散，获取每一薄层片截面轮廓及实体信息。平行平面之间的距离就是分层的厚度，也就是成形时堆积的单层厚度。轮廓由求交后的一系列交点顺序连成的折线段构成。

由于分层，破坏了切片方向 CAD 模型表面的连续性，不可避免地丢失了模型的一些信息，导致零件尺寸及形状误差的产生。切片层的厚度直接影响零件的表面粗糙度和整个零件的型面精度。

分层后所得到的模型轮廓是近似的，而层与层之间的轮廓信息已经丢失，层厚大，丢失的信息多，导致在成形过程中产生了型面误差。为提高零件精度，应该考虑更小的切片层厚度。

3）层截面的制造与累加

在计算机控制下，快速成形系统中的成形头在 X-Y 平面内自动按截面轮廓进行层制造，得到一层层截面。

每层截面成形后，下一层材料被送至已成形的层面上，进行后一层的成形，并与前一层相粘接，从而一层层的截面累加叠合在一起，形成三维零件。

目前一般快速成形支持的文件输出格式为 STL 模型，即对实体曲面近似处理，亦即所谓面型化（Tessallation）处理，是用平面三角面片近似模拟表面。这样处理的优点是大大地简化了 CAD 模型的数据格式，从而便于后续的分层处理。

6.3.2 快速成形技术的主要工艺方法

快速成形的主要工艺方法包括：选择性液体固化（SL）、选择性层片粘接（LOM）、选择性激光烧结（SLS）和熔融沉积成形（FDM），主要分类如图 6-7 所示。

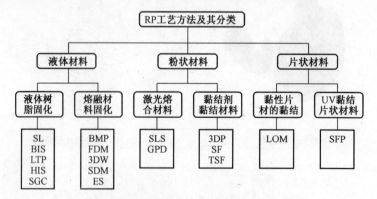

图 6-7　快速成形主要工艺方法及其分类

1. 熔积成形法（Fused Deposition Modeling，FDM）

在采用熔积成型法的过程中（如图 6-8 所示），FDM 将热熔性材料通过喷头加热器熔化；喷头沿零件截面轮廓和填充轨迹运动，同时将熔化的材料挤出；材料迅速凝固冷却后，与周围的材料凝结形成一个层面；然后将第二层以同样的方法建造出来，并与前一个层面熔结在一起，如此层层堆积而获得一个三维实体。

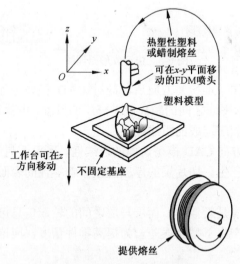

图 6-8　熔积法成形的示意图

FDM 制作复杂的零件时，必须添加工艺支撑。常用支撑结构如图 6-9 所示。

FDM 的优点是材料的利用率高；材料的成本低；可选用的材料种类多；工艺干净、简单，易于操作且对环境的影响小。缺点是精度低；结构复杂的零件不易制造；表面质量差；成形效率低，不适合制造大型零件。

该工艺适合于产品的概念建模以及它的形状和功能测试，中等复杂程度的中小原型。

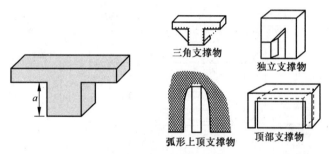

图 6-9　常用支撑结构

2. 光固化法（Stereo Lithography，SL）

光固化法是目前应用最为广泛的一种快速成形制造工艺。其成形原理如图 6-10 所示。

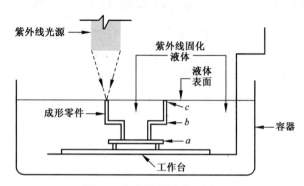

图 6-10　光固化法成形原理

SL 基本原理是基于液态光敏树脂的光聚合原理。将激光聚集到液态光固化材料（如光固化树脂）表面逐点扫描，令其有规律地固化，由点到线到面，完成一个层面的建造。而后升降移动一个层片厚度的距离，重新覆盖一层液态材料，进行第二层扫描，再建造一个层面，第二层就牢固地粘贴到第一层上，由此层层叠加成为一个三维实体。光固化成形所能达到的最小公差取决于激光的聚焦程度，通常是 0.012 5 mm。

SL 的特点是可成形任何复杂形状的零件，成形精度高，材料利用率高，性能可靠。SL 适用于产品外形评估、功能试验、快速制造电极和各种快速经济模具；不足之处是所需设备及材料价格昂贵，需要设计支撑，可以选择的材料种类有限，容易发生翘曲变形，光敏树脂有一定毒性。

该工艺适合比较复杂的中小件。

3. 激光选区烧结（Selective Laser Sintering，SLS）

SLS 工艺是利用粉末状材料成形的。先在工作台上铺上一层有很好密度和平整度的粉末，用高强度的二氧化碳激光器在上面扫描出零件截面，有选择地将粉末熔化或粘接，形成一层面，利用滚子铺粉压实，再熔结或粘接成另一个层面并与原层面熔结或粘接，如此层层叠加为一个三维实体。激光选区烧结工艺路线图如图 6-11 所示。SLS 的特点在于材料适应面广，不仅能制造塑料零件，还能制造陶瓷、金属、蜡等材料的零件。造型精度高，原型强度高，所以可用样件进行功能试验或装配模拟。

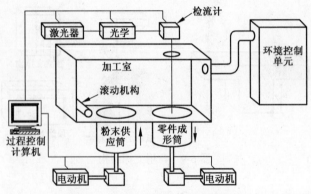

图 6-11　激光选区烧结工艺路线图

4．黏性片材的黏结（Laminated Object Manufacturing，LOM）

如图 6-12 所示，LOM 采用激光或刀具对片材进行切割。首先切割出工艺边框和原型的边缘轮廓线，而后将不属于原型的材料切割成网格状。片材表面事先涂覆上一层热熔胶。通过升降平台的移动和箔材的送给，并利用热压辊辗压将后铺的箔材与先前的层片粘接在一起，再切割出新的层片。这样层层叠加后得到下一个块状物，最后将不属于原型的材料小块剥除，就获得所需的三维实体。

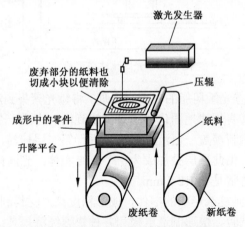

图 6-12　黏性片材叠层制造工艺原理

LOM 法的优点是工作可靠，模型支撑好，成本低，效率高。不足之处在于前后处理费时费力，且不能制造中空结构件。

6.4　先进制造生产模式

先进制造生产模式是应用与推广先进制造技术的组织方式，其本质就是集成经营，即在新的市场环境下，将企业经营所涉及的各种资源、过程与组织进行一体化的并行处理。其目标是使企业获得精细、敏捷、优质与高效的特征，以适应环境变化对质量、成本、服务及速度的新要求。

6.4.1 并行工程 CE

1. 概述

20 世纪 80 年代以来，随着自动化、信息、计算机和制造技术的迅速发展及相互渗透，制造业商品市场发生了根本性的变化。世界市场的形成与发展使得市场竞争越来越激烈，顾客对产品质量、成本和种类的要求越来越高，产品的生命周期也越来越短。在这种背景下，企业为了赢得市场竞争的胜利，就不得不解决加速新产品开发，提高产品质量，降低成本和提供优质服务等问题，而竞争的焦点是以最短的时间开发出高质量、低成本的产品投放市场，其中核心是时间。

长期以来，传统的产品开发模式一直存在许多问题，如图 6-13 所示，这种传统的模式是一个"串行"、"顺序"的过程。在这种"串行"的产品开发过程中，各个部门总是独立地进行工作，缺乏必要及时的信息反馈，造成大量返工；在产品设计阶段，工艺设计和制造部门介入较晚，易造成较多的加工阶段的问题，使产品开发过程成为"设计—制造—测试—修改设计"的大循环，导致产品的成本高，质量较差，开发周期很长。

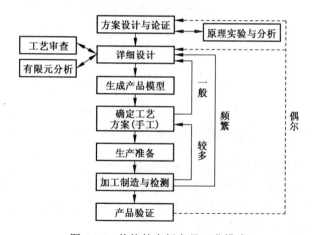

图 6-13 传统的串行产品开发模式

全球性的竞争要求生产者对市场变化做出迅速准确的反应，在这种新的竞争形势下，为了改变传统的产品开发模式，赢得市场和竞争，人们不得不开始寻求更为有效的新产品开发方法，正是在这种需求下，并行工程应运而生。

并行工程（Concurrent Engineering，CE）是一种企业组织、管理和运行过程中的设计与制造模式。它把传统的制造技术与计算机技术、系统工程技术和自动化技术相结合，采用多学科团队和并行过程的集成化方法，将"串行"的过程"并行"起来，在产品开发的早期阶段全面考虑产品生命周期中的各种因素，如产品的可制造性、可装配性、可测试性等，从而缩短产品开发周期，提高产品质量，降低产品成本。

1988 年，美国国家防御分析研究所（Institute of Defense Analyze，IDA）完整地提出了并行工程的概念，即"并行工程是集成地、并行地设计产品及其相关过程（包括制造过程和支持过程）的系统方法。这种方法要求产品开发人员在一开始就考虑产品整个生命周期中从概念形成到产品报废的所有因素，包括质量、成本、进度计划和用户要求等。"

2．并行工程的运行模式及特性

图 6-14 给出了并行工程的产品开发模式。与传统的串行方法相比，并行工程要求产品开发人员从一开始就考虑到产品从方案设计到报废的全生命周期内各阶段的因素，如功能、制造、装配、作业调度、质量、成本、维护与用户需求等；强调各部门的协同工作，通过建立各决策者之间的有效的信息交流与通信机制，综合考虑各相关因素的影响，使后续环节中可能出现的问题在设计的早期阶段就被发现，并得到解决，从而使产品在设计阶段便具有良好的可制造性、可装配性、可维护性及回收再生等方面的特性，最大限度地减少设计反复，最终达到提高质量，降低成本，缩短产品开发周期的目的。

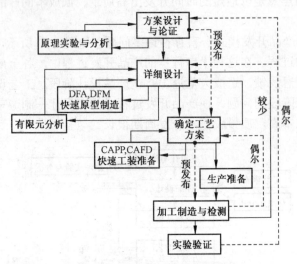

图 6-14　并行工程的产品开发模式

由此可见，并行工程是对传统的产品开发模式的一种根本性的改进，是一种新的设计哲理。它以信息集成为基础，通过组织多学科的产品开发团队，利用各种计算机辅助手段，实现产品开发过程的集成，实现缩短产品开发周期，提高产品质量，降低成本，提高企业竞争能力的目标。与串行开发模式相比，它具有如下的运行特性：

（1）并行特性。并行工程的最大特点是把时间上有先后的作业过程转变为同时考虑和尽可能同时（或并行）处理的过程，在产品的设计阶段就并行地考虑了产品整个生命周期中的所有因素。

（2）整体特性。并行工程将制造系统看做一个有机的整体，看似相互独立的各个制造过程及处理单元之间实质上存在着丰富的双向信息交流；而且并行工程强调全局地考虑问题，追求整体最优效果。

（3）协同特性。现代产品功能和特性的复杂性决定了产品开发过程中设计群体协同工作的重要性，因此，并行工程非常重视协同的组织形式、协同的设计思想及所产生的协同效益。

（4）集成特性。并行工程是一种系统集成方法，具有人员、信息、功能、技术的集成特性。

3．并行工程的关键技术

并行工程的关键技术包括并行工程过程管理与集成技术、并行工程的集成产品开发团队技术、并行工程协同工作环境技术及并行工程的使能技术等。

1）过程管理与集成技术

并行工程与传统产品开发模式的本质区别在于，它把产品开发的各个环节作为一个集成的、并行的产品开发过程，强调下游环节在产品开发的早期就要参与进来，强调对产品开发全过程的综合管理与控制，不断优化产品开发过程。

过程管理与集成技术是实现上述目标的必备基础，其主要内容包括：产品开发过程的建模技术；模型的分析与仿真；产品开发过程管理；产品开发过程评估；产品开发过程与制造过程的集成等。

2）集成产品开发团队技术

不同于串行方式的部门管理模式，并行工程采用的是以产品为主线的多学科的集成产品开发团队（Integrated Product Team，IPT）的组织方式进行产品开发。

集成产品开发团队包括了来自市场、设计、工艺、生产计划、制造、采购、销售、维修、服务等各部门的人员，有时还包括用户、供应商或协作企业的代表。根据团队成员聚集和交流的方式不同，集成团队可分为面对面聚集在一起工作的实体小组和通过网络实现跨地域空间交流与协作的虚拟小组两种类型。

集成产品开发团队的管理与决策模式如图 6-15 所示。IPT 发起人不参加具体的开发活动，但对产品开发任务的最终完成负责，其主要职责是选定 IPT 领导者，赋予其管理权限，并随时给予帮助与支持。IPT 领导者负责挑选成员并组建团队，确定各成员的工作任务；各成员之间平等、协作，充分沟通，共同完成开发工作。

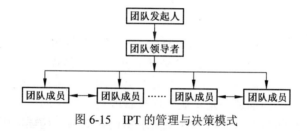

图 6-15　IPT 的管理与决策模式

并行工程通过采用这种团队工作方式，能大大提高产品生命周期各阶段人员之间的交流与合作，在产品设计过程中及早地充分考虑产品的可制造性、可装配性、可检验性等问题。

3）协同工作环境技术

并行工程的大规模协同工作的特点，使得冲突成为并行工程实施过程中的一个重要的现象。为使产品开发过程顺利进行，使并行工程的效益得以充分体现，必须具有一种协调管理的支持技术，来建立 IPT 及产品部件之间的依赖关系，协调 IPT 之间的活动，这就是系统工作环境技术。通过利用各种协调问题的关键技术，并行工程可以协调产品开发阶段出现的各种交叉和冲突，优化产品开发工作流程，充分、有效、合理地利用好各种资源，从而发挥其最大效益。

4）使能技术

（1）DFX 技术。DFX 技术是一系列技术的统称，涵盖的内容很多，涉及产品开发的制造、装配、检测、维修等各个阶段，它们能够使设计人员在早期就考虑设计决策对后续过程的影响。较常用的有面向制造的设计（Design For Manufacturing，DFM）、面向装配的设计（Design For Assembly，DFA）、面向成本的设计（Design For Cost，DFC）、面向检测的设计 DFT（Design For Testing）等。

（2）CAX 技术。CAX 技术主要是指一系列的计算机辅助技术，包括计算机辅助设计（Computer Aided Design，CAD）、计算机辅助制造（Computer Aided Manufacturing，CAM）、计算机辅助工艺规程（Computer Aided Process Planning，CAPP）、计算机辅助工程（Computer Aided Engineering，CAE）等，它们是并行工程实施中非常重要的工具。

（3）计算机辅助夹具设计（Computer Aided Fixture Design，CAFD）系统。计算机辅助夹具设计系统是并行工程中实现工艺早期介入，实现各个环节并行工作，缩短产品开发时间的重要工具之一。

（4）产品数据管理（Product Data Management，PDM）系统。在并行工程产品开发过程中，各种计算机辅助工具将产生大量的中间数据、图形、文档或资料，为了保证设计前后的一致，必须按产品结构配置的思想，对数据、文档、工作流、版本等进行全局的管理与控制，这就是产品数据管理系统要解决的问题。PDM能够提供一种结构化方法，有效地、有规则地存取、集成、管理、控制产品数据和数据的使用流程。

6.4.2　敏捷制造

1．敏捷制造提出的背景

20世纪80年代，日本和德国生产的高质量产品大量涌向美国市场，迫使美国的制造策略由注重成本转向产品质量。进入20世纪90年代，产品更新换代加快，市场竞争加剧，仅依靠降低成本，提高产品质量已不足以赢得市场竞争，还必须缩短产品开发周期，于是，如何快速响应市场又成为美国制造商关注的重心。

2．敏捷制造的内涵

敏捷制造（Agile Manufacturing，AM）正处于一个不断发展的过程，目前尚没有一个公认、统一的定义，美国机械工程师学会（ASME）对敏捷制造做了如下定义："敏捷制造就是指制造系统在满足低成本和高质量的同时，对变幻莫测的市场需求的快速反应。"

敏捷制造中"敏捷"一词描述的是企业所应具备的适应变化的能力，即制造敏捷性。就制造企业而言，敏捷性反映的是在由客户个性化需求驱动的动态市场环境中能够快速反应，创造机会并能击败竞争对手，从而获胜的一种能力。这种敏捷性具有丰富的内涵，在不同层次上表现出不同的意义。

（1）市场层面。敏捷性表现为制造企业对市场需求的判断和预见能力，进而对市场变化做出快速反应的能力。

（2）组织层面。敏捷性体现在制造企业组织形态的动态可重组性、可重用性及可扩展性。

（3）设计层面。敏捷性体现在产品的设计综合考虑了供应商、生产过程、顾客和产品的使用及报废等全生命周期的各个环节。

（4）生产层面。敏捷性体现在其能够发展出一种可编程的、可重组的和模块化的柔性加工单元，快速按照顾客定制生产出不同种类的、任意批量的产品，从而达到与大批量生产一样的效益。

（5）管理层面。敏捷性体现在全新组织管理理念上，提倡以人为本，以分散决策代替集中控制，从传统的命令和控制的管理哲学向领导、激励、支持和信任的管理哲学转变。

（6）人的层面。敏捷性就是不断出现有知识、有技能、有创造精神的劳动力。企业最大限度地调动人的积极性，来维持和加强它的创新能力。

敏捷制造就是一种能够让企业实现上述制造敏捷性，提高企业竞争能力的全新制造组织模式。它的基本思想是通过把动态的可重组、可重用的组织结构，先进的柔件制造技术和高素质的人员进行全方位的集成，从而使企业能够从容应付快速变化和不可预测的市场需求，获得企业的长期经济效益。

3. 敏捷制造的关键要素及基本原理

由敏捷制造的内涵可以看出，动态组织结构、先进的柔性制造技术和高素质的人员是敏捷制造实现制造敏捷性的三个关键要素。

1）动态组织结构

对市场反应的速度和满足用户的能力已成为 21 世纪衡量企业竞争优势的准则。而要提高这种速度和能力，采用传统的静态不变的组织结构是万万不行的，必须以最快的速度把企业内部的优势和企业外部不同公司的优势集中在一起，敏捷制造生产模式通过"虚拟公司"实现这种集成。

虚拟公司又称动态联盟，是面向产品经营过程的一种动态组织结构，是企业群体为了赢得某一个市场竞争机会，由一个企业内部某些优势部门或不同优势企业，按照资源、技术和人员的最优配置，快速组成的一个临时性经营实体。虚拟公司一般有一个组织发起者，联盟中的其他成员企业都具有自身的核心能力，同时也共同承担共同的风险和分享共同的利益。它可以降低企业风险，减少相关的开发工作量，降低生产成本，缩短产品上市时间。其以最快的速度把企业内、外部优势集合起来所形成的竞争力，是以固定专业部门为基础的静态组织结构所无法比拟的，所以能够大大提高企业对市场的响应速度。

虚拟公司的企业之间，是一种竞争基础上相互信任、获取共同利益的合作关系，这种既有竞争，又有合作的动态组织结构，改变了传统的静态不变的组织结构，是敏捷制造的核心。虚拟公司的生命周期（如图 6-16 所示）取决于产品市场机遇，随机遇的产生而产生，又随着机遇的消失而消亡。

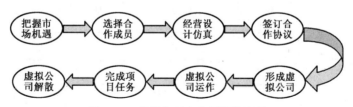

图 6-16　虚拟公司生命周期的流程

2）先进的柔性制造技术

首先，具有高度柔性的先进生产设备是实现制造敏捷性的必要条件，具体体现为由可编程的、可重组的和模块化的加工单元构成的柔性机床组。

其次，在产品开发和制造过程中，能够实现"虚拟制造"。虚拟制造（Virtual Manufacturing, VM）是在计算机环境下将现实制造系统映射为虚拟制造系统，借助三维可视交互环境，对产品从设计、制造到装配的全过程进行全面仿真的技术。由于虚拟制造系统不消耗资源和能量，也不生产现实世界的产品，而只是模拟产品设计、开发及其实现过程，因而具有高度的集成度和柔性，是实现敏捷制造的关键技术之一。

3）高素质的人员

任何企业的成功最终依赖其将集体的知识和员工个人的技能转化为不断更新产品的能力，所以要实现企业的制造敏捷性，最基本的战略之一就是注重对员工素质的培养和开发。敏捷制造需要具有创造性思维的全面发展的高素质工作人员，即要求其具有如下主要特征：

① 能够充分发挥主动性和创造性；

② 反应迅速灵活，能快速地从一个项目转到另一个项目；

③ 得到授权后，能自己组织和管理项目，在各个层次上做出适当的决策；

④ 具有良好的团结协作精神。

敏捷制造的基本原理可以概括为：采用标准化和专业化的计算机网络和信息集成基础结构，以分布式结构连接各类企业，构成虚拟制造环境（如图 6-17 所示）；以竞争合作的原则在虚拟制造环境内动态选择成员，组成面向任务的虚拟公司进行快速生产；系统运行目标是最大限度满足客户的需求。敏捷制造的运作原理如图 6-18 所示。

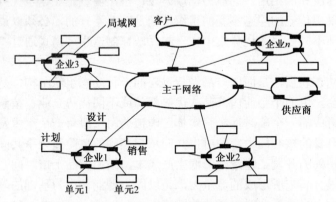

图 6-17　敏捷制造下虚拟制造环境的构成示意图

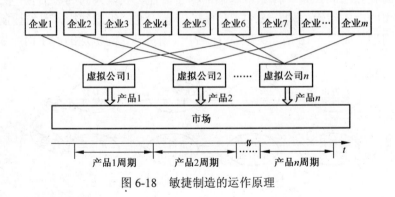

图 6-18　敏捷制造的运作原理

4．敏捷制造的基本特点

与传统生产模式相比，敏捷制造生产模式具有如下基本特点：

1）能在产品生产周期的全过程中满足用户要求

敏捷制造采用柔性化的产品设计方法和可重组的工艺设备，使产品的功能和性能可根据用户的具体要求进行改变，并借助仿真技术让用户很方便地参与设计，从而快速地生产出满足用户需求的产品。敏捷制造对产品质量的概念是：保证在整个产品生产周期内达到用户满意；企业的质量跟踪将持续到产品报废，甚至直到产品的更新换代。

2）采用多变的动态组织结构

采用虚拟公司这种既竞争、又合作的多变动态组织结构，能够大大缩短产品上市时间，提高产品质量，对变幻莫测的市场做出快速反应，实现制造敏捷性。

3）生产成本与批量无关，战略着眼点在于长期获取经济效益

传统的大批量生产企业，其竞争优势在于规模生产，即依靠大量生产同一产品来降低产品的成本。而敏捷制造采用先进制造技术和具有高度柔性的设备进行生产，这些具有高柔性、可重组的设备可用于多种产品，不需要像大批量生产那样要求在短期内回收专用设备及工装等费

用，能够在一段较长的时间内获取经济效益。所以，敏捷制造可以使生产成本与批量无关，做到完全按订单生产，使企业长期获取经济效益。

4）建立新型的标准基础结构，实现技术、管理和人的集成

敏捷制造企业要赢得竞争，必须充分利用分布在各地的各种资源，把生产技术、管理和人集成到一个相互协调的系统中。为此，必须建立新的标准结构来支持这一集成，例如建立大范围的通信基础结构、信息交换标准等的硬件和软件。

5）最大限度地调动、发挥人的作用

敏捷制造提倡以"人"为中心的管理，强调用分散决策代替集中控制，用协商机制代替递阶控制机制。它提倡"基于统观全局的管理"模式，要求各个项目组都能了解全局的远景，明确工作目标和任务的时间要求，完成任务的中间过程则由项目组自主决定，以此来发挥人的主动性和积极性；并且通过不断进行培训和教育提高员工的素质和创新能力，充分发挥人的作用。

5. 实现敏捷制造的主要关键技术

1）网络技术

实现敏捷制造，企业需要信息连通，网络环境必不可少。网络技术包括企业内部网络技术和外部网络技术，利用企业内部网络实现企业内部各部门之间的信息交流与并行工作，利用外部网络实现资源的共享及异地设计和制造，及时最优地建立动态联盟。

2）计算机集成制造技术

计算机集成制造技术（CIM）是一种组织、管理与运营企业生产的技术，它借助计算机软件，综合运用现代管理技术、制造技术、信息技术、自动化技术等，将企业生产过程中的人、技术、管理有机地集成并优化运营，以实现产品高质、低耗、上市快，从而为企业赢得市场竞争。CIM 为实现敏捷制造的集成环境打下坚实的基础，是敏捷制造的基础技术。

3）模拟和仿真技术

敏捷制造通过虚拟公司和虚拟制造技术实现，因而对产品经营过程进行建模和仿真，采用基于仿真的产品设计和制造技术是十分必要的；虚拟原型系统作为敏捷制造在产品设计和制造过程中采用的主要手段之一，也是以模拟和仿真技术为基础的。

4）标准化技术

以集成和网络为基础的制造离不开信息的交流，交流的前提是有统一的规则，这就需要标准化技术。执行电子数据交换标准、产品数据交换标准及超文本数据交换标准等，是进入国际合作大环境，参加跨国动态联盟的前提。

此外，协同技术、数据库技术、工作流程管理技术等也是支持敏捷制造的重要技术。

6.4.3　精益生产

1. 精益生产的产生背景

精益生产（Lean Production，LP）又称精良生产，起源于日本的丰田生产方式。20 世纪 50 年代初，日本的汽车工业受到"多品种，小批量"和"本国资源稀缺"因素的制约，遇到发展瓶颈，而美国的大量生产方式因投资巨大并不适合战后的日本企业，所以需要寻求一种新的生产方式。当时日本丰田汽车公司的副总裁大野耐一注意到制造过程中的浪费是导致生产率低和成本增加的根源，提出了准时生产制（Just In Time，JIT）。20 世纪 60 年代，随着 JIT 的发展

和完善，它与丰田公司早期研制出的自动故障报警系统和全面质量管理结合起来，形成了完整的丰田生产方式。

2. 精益生产的内涵

精益生产从字面意义上讲，"精"即少而精，不投入多余的生产要素，只在适当的时间生产必要数量的必需产品；"益"即利益或效益，所有经营活动都要具有效益。简言之，精益生产就是运用多种现代管理方法和手段，以社会需求为依托，以充分发挥人的作用为根本，有效配置和合理使用企业资源，为企业谋求经济效益的一种新型生产方式。

精益生产方式的核心内容是准时生产方式 JIT，即"在需要的时候，按需要的量，生产所需的产品"，也就是追求一种无库存或库存最小的生产方式。它综合了单件生产方式和大批量生产方式的优点，既克服了前者成本高的缺点，又克服后者柔性差的缺点，力求在大量生产中实现多品种、高质量产品的低成本生产。

精益生产方式强调以社会需求为驱动，以人为中心，以简化为手段，以技术为支撑，以"尽善尽美"为目标。精益生产的资源配置以社会需求为依据，最大限度地满足市场多元化需要，不但在产品数量上，而且在产品质量、品种、规格上，都能最大限度地满足社会需求；精益生产方式始终坚持以人为本，把开发人力资源放在首要位置，在精益生产方式条件下，企业员工不再是简单的劳动者，而是具有多种技能的生产者和管理者；精益生产主张精简组织结构，简化开发过程和生产过程，消除一切不产生附加价值的活动，从系统观点出发将企业中所有的功能合理地加以组合，以利用最少的资源、最低的成本向顾客提供高质量的产品服务，使企业获得最大利润和最佳应变能力；精益生产方式借助准时生产、柔性生产系统、并行工程等现代制造技术和管理方法，力求实现"零库存、零缺陷、零浪费、零故障、零等待、零切换时间和零事故"的终极目标。

3. 精益生产的体系结构

精益生产方式的基本目标是实现零库存、零缺陷、高柔性（多品种）。这个基本目标的实现离不开准时生产方式 JIT、成组技术（Group Technology，GT）和全面质量管理（Total Quality Management，TQM）的支持，而且三者缺一不可。它们和计算机信息网络支持下的群体小组工作方式及并行工程共同构建出"精益生产体系大厦"，如图 6-19 所示。

图 6-19　精益生产的体系结构示意图

1）精益生产的基本目标

（1）零库存。一个充满库存的生产系统，不仅造成浪费，而且会掩盖生产中存在的各种问题，所以库存被称为"万恶之源"。精益生产追求的目标之一就是尽可能减少库存或在制品，直至"零库存"。

（2）零缺陷。与允许存在产品不合格率的传统生产方式不同，精益生产的目标是消除各种引起产品不合格的因素，力求加工过程中的每一道工序都达到最好水平，追求"零缺陷"产品。

（3）高柔性。高柔性是指企业的生产组织方式灵活多变，能适应市场需求多样化的要求，及时组织多品种产品的生产。为了实现柔性和生产率的统一，精益生产要求在组织、劳动力和设备方面都表现出较高的柔性。

2）精益生产的支柱

（1）准时生产 JIT。JIT 是缩短生产周期，加快资金周转和降低生产成本的主要方法。它将最终用户的需求作为生产起点，强调物流平衡，要求上一道工序加工完的零件立即可以进入下一道工序，追求"零库存"。

（2）全面质量管理 TQM。TQM 是保证产品质量，达到"零缺陷"目标的主要措施。精益生产强调质量是生产出来而非检验出来的，由生产中的质量管理来保证最终质量，对质量的检验与控制在每一道工序都进行，保证及时发现问题及时解决，从而保证不出现对不合格品的无效加工。

（3）成组技术 GT。GT 是实现高柔性（多品种）、小批量、低成本、按顾客订单组织生产的技术基础。

3）并行工作方式和小组工作方式

精益生产以小组自治工作方式和并行工程为基础。工作小组是企业集成各方面人才的一种组织形式，它是由企业各部门专业人员组成的多功能设计组，对产品的开发和生产具有很强的指导和集成能力。工作小组全面负责一个型号产品的开发和生产，包括产品设计、工艺设计、编制预算、材料购置、生产准备及投产等工作，并根据实际情况调整原有的设计和计划。

为了缩短产品开发时间，提高开发效率，各工作小组在计算机网络的支持下以并行组织方式进行工作。精益生产要求通过并行工程，使产品的设计不仅要考虑产品的各项性能，还应考虑与产品有关的各工艺过程的质量及服务的质量；要求通过优化生产过程来提高生产效率，通过优化设计质量来缩短设计周期。

4．精益生产方式的特点

与传统的单件和大批量生产方式相比，精益生产具有如下特点：

① 精益生产方式重视客户的需求，以最快的速度和适宜的价格提供质量优良的适销产品，并向用户提供优质服务。

② 精益生产方式重视企业员工的作用，并强调员工是比机器更重要的资产。要求并通过培训使每个员工一专多能，充分发挥员工的创造性；赋予每个员工以一定的独立自主权，生产线上的每一个工人在生产出现故障时都有权让整个工区的生产停下来，并做出决策，解决问题。

③ 精益生产主张减少生产中一切不创造价值的活动。例如，减少管理层次，精简组织结构，简化开发过程和生产过程，减少生产费用；在生产中采用准时制生产方式，精简间接工作岗位和中间管理层，简化产品检验环节，简化与协作厂的关系。

④ 精益生产追求精益求精，尽善尽美。主张持续不断地改进生产，降低成本，力求达到"零废品"、"零库存"，实现产品品种多样化。

5．精益生产方式的新发展

自从 20 世纪 90 年代提出精益生产概念以来，精益生产的理论和方法随着环境的变化不断向新的方向发展，各种新理论和方法层出不穷，如大规模定制与精益生产的结合、单元生产、JIT2、5S 的新发展等。很多美国大企业将精益生产方式与本公司实际相结合，创造出了适合本企业的管理体系，例如，1999 年美国联合技术公司的 ACE 管理（Achieving Competitive Excellence，获取竞争性优势），精益六西格玛管理，波音的群策群力，通用汽车 1998 年的竞争制造系统等。这些管理体系实质是应用精益生产的思想，并将其方法具体化，以指导公司内部各个工厂、子公司顺利地推行精益生产方式。

目前，精益思想已不仅局限于制造业，而正作为一种普遍的管理哲理在各个行业传播和应用，如建筑业、民航业、运输业、通信和邮政管理，以及软件开发和编程方面等，在这些领域的推广和应用将使精益生产思想和系统的发展更加完善。

6.4.4　绿色制造

1. 概述

环境、资源与人口是当今人类社会发展面临的主要问题，人类长期以来对自然资源的无节制开发和耗费，对生态环境的严重污染和破坏，正在对人类社会的生存与发展造成严重威胁。20 世纪 70 年代以来，包括制造业在内的工业污染，对环境的破坏达到了前所未有的程度，使得世界面临资源贫乏，生态系统失衡，环境恶化的全球性危机。1992 年，世界环境与发展委员会在第 42 届联合国大会上提出"可持续发展"的概念，认为经济发展必须考虑自然生态环境的长期承受能力，使环境和资源既能满足经济发展的要求，又能直接满足人类长期生存的需要，从而形成一种综合性的发展战略。

制造业在将制造资源转变为产品的过程中，以及在产品的使用和处理过程中，同时产生废弃物（是制造资源中未被利用的部分，所以也称废弃资源），它是制造业对环境污染的主要根源。据统计，造成环境污染的排放物有 70％以上来自制造业。由此，如何使制造业尽可能少地产生环境污染成为当前环境问题的一个重要研究内容。在这种背景下，绿色制造应运而生。

绿色制造是 21 世纪制造技术的必然选择和发展趋势，其实质是人类社会可持续发展战略在现代制造业的体现。绿色制造的实施是缓解经济与环境矛盾，实现经济与环境协调发展的关键。

2. 绿色制造的内涵

绿色制造（Green Manufacturing，GM）又称环境意识制造（Environmentally Conscious Manufacturing，ECM）、面向环境的制造（Manufacturing For Environment，MFE）等。概括而言，它是一个综合考虑环境影响和资源效益的现代化制造模式，其目标是使产品从设计、制造、包装、运输、使用到报废处理的整个产品生命周期中，对环境的负面影响最小，资源的利用率最高，并使企业经济效益和社会效益协调优化。

绿色制造的定义具有深刻的内涵，其广义性内涵主要体现在以下几个方面：

① 绿色制造涉及的问题领域有三部分，即制造问题，包括产品生命周期全过程；环境保护问题；资源优化利用问题。绿色制造就是这三部分内容的交叉和集成，如图 6-20 所示。

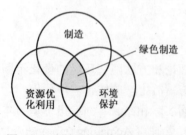

图 6-20　绿色制造涉及的问题领域

② 绿色制造中的"制造"涉及产品整个生命周期，同敏捷制造等概念中的"制造"一样，是一个"大制造"概念。因而，绿色制造体现了现代制造科学的"大制造、大过程、学科交叉"的特点。

③ 绿色制造是一种充分考虑资源和环境两大问题的现代制造模式；从制造系统工程的观点看，它是一个充分考虑制造业资源和环境的复杂系统工程问题。

④ 绿色制造的实施要求企业既要考虑经济效益，更要考虑社会效益（包括环境效益和可持续发展效益等），于是，企业追求的效益目标将从单一的经济效益优化变革到经济效益和社会效益协调优化。

3. 绿色制造模式及基本体系组成

绿色制造不同于传统的"制造—流通—使用—废弃"的开环制造模式，它是一种闭式循环生产模式，即在传统生产模式中增加了"回收"环节，如图 6-21 所示。

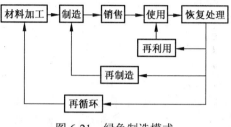

图 6-21　绿色制造模式

在这种闭环式的制造模式下，绿色制造的基本体系构成如图 6-22 所示。

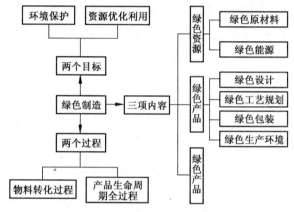

图 6-22　绿色制造的基本体系构成

从图 6-22 可以看出，绿色制造包括两个层次的全过程控制、三项具体内容和两个实现目标。

1）两个层次的全过程控制

一是指具体的制造过程，即物料转化过程，它是充分利用资源，减少环境污染，实现具体绿色制造的过程；另一个是广义绿色制造过程，指在构思、设计、制造、装配、包装、运输、销售、售后服务及产品报废后回收整个产品周期中的每个环节均充分考虑资源和环境问题，以实现最大限度地优化利用资源，减少环境污染。

2）三项内容

① 绿色资源：主要是指绿色原材料和绿色能源。

绿色原材料主要是指来源丰富（不影响可持续发展），便于充分利用，便于废弃物和产品报废后回收利用的原材料；绿色能源应尽可能使用储存丰富、可再生的能源，并且应尽可能不产生环境污染问题。

② 绿色生产：包括绿色设计、绿色工艺规划、绿色包装及绿色生产环境等。

绿色设计是指产品生命周期的全过程中，充分考虑对资源和环境的影响，在考虑产品的功能、质量、开发周期和成本的同时，优化有关设计因素，使得产品及其制造过程对环境的影响和资源的消耗达到最小。绿色设计的应用技术主要有面向拆卸的设计、面向回收的设计等。

绿色工艺规划就是要根据制造系统的实际情况，尽量采用物料和能源消耗少，废弃物少，对环境污染小的工艺路线。绿色制造工艺主要包括净成形加工、干式切削、干式磨削和少屑加工等。

绿色包装是指采用对人类和环境无污染的、可回收重用或可再生的包装材料及其制品进行包装。绿色包装必须符合"3R1D"原则，即减少包装材料消耗，包装容器再使用，包装材料循环再利用，包装材料具有可降解性。绿色包装技术的应用主要集中在包装材料开发、包装结构设计和包装废弃物回收处理等方面。

③ 绿色产品：主要是指资源消耗少，生产和使用中对环境污染小，并且便于回收利用的产品。

3）两个目标

绿色制造追求的目标，一是通过资源综合利用，短缺资源替代，可再生资源利用，二次能源利用及节能降耗等措施，实现资源的可持续利用；二是通过减少废料、污染物生成和排放，降低生产活动给环境带来的风险，实现经济效益和环境效益的最优化。

4. 绿色制造的研究内容

目前，随着环境问题成为世界各国关注的热点，世界上正掀起一股"绿色制造"的浪潮，国内外的大批研究者开展了关于绿色制造方面的研究，其近年来的研究工作及内容可概括为如图 6-23 所示的内容。

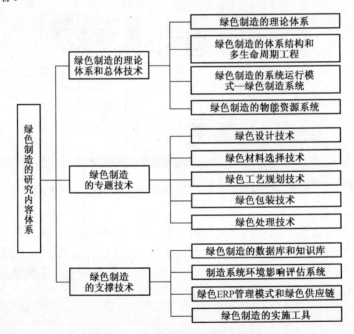

图 6-23　绿色制造的研究内容体系

由图 6-23 可见，绿色制造的研究内容体系包括绿色制造的理论体系和总体技术、绿色制造的专题技术和绿色制造的支撑技术三大部分。

绿色制造的理论体系和总体技术从系统的角度，从全局和集成的角度，研究绿色制造的理论体系、共性关键技术和系统集成技术。

绿色制造的专题技术是相对总体技术而言的，是对绿色制造全过程中某些环节的相关技术进行的专题性研究。目前研究较多的绿色制造专题技术主要包括绿色设计、绿色材料选择、绿色工艺规划、绿色包装和绿色回收处理等。

5．绿色制造的发展趋势

绿色制造是一种仍处于不断发展中的制造技术，在许多方面有待于进一步完善，近年来有关绿色制造的研究越来越活跃，并逐渐呈现出如下的发展趋势。

1）全球化

制造业对环境的影响超越空间，人类需要团结起来，保护共同拥有的唯一地球。随着近年来全球化市场的发展，绿色产品的市场竞争将全球化。

2）社会化

绿色制造的研究和实施需要全社会的共同努力和参与，以建立绿色制造所必需的社会支撑系统。该系统包括绿色制造的立法和行政规定，政府制定的经济政策和面向绿色制造的企业、产品、用户三者之间的新型集成关系。

3）集成化

绿色制造的集成功能目标体系、产品和工艺设计与材料选择系统的集成、用户需求与产品使用的集成、绿色制造的问题领域集成、绿色制造系统中的信息集成、绿色制造的过程集成等集成技术的研究将成为绿色制造的重要研究内容。

4）并行化

绿色设计今后仍是绿色制造中的关键技术，它的一个重要趋势就是与并行工程相结合，从而形成一种新产品设计和开发模式——绿色并行工程。

5）智能化

绿色制造的决策目标体系是现有制造系统目标体系与环境影响、资源消耗的集成。而这些目标，是难以用一般数学方法处理且很复杂的多目标优化问题，需要用人工智能的方法来支撑处理。另外，绿色产品评估指标体系及评估专家系统，均需要人工智能和智能制造技术。

6）产业化

绿色制造的实施将导致一批新兴产业的形成，包括废弃物回收处理装备制造业、废弃物回收处理的服务产业、绿色产品制造业和实施绿色制造的软件产业等。

6.4.5　智能制造

1．概述

智能制造（Intelligent Manufacturing，IM）是一种由智能机器和人类专家共同组成的人机一体化智能系统，它在制造过程中能进行智能活动，诸如分析、推理、判断、构思和决策等。通过人与智能机器的合作共事，去扩大、延伸和部分地取代人类专家在制造过程中的脑力劳动，同时收集、存储、完善、共享、继承和发展人类专家的制造智能。它把制造自动化的概念更新，扩展到柔性化、智能化和高度集成化。

智能制造的出现是制造技术发展，特别是制造信息技术发展的必然，是自动化和集成技术向纵深发展的结果。

首先，智能制造源于人工智能（用人工方法在计算机上实现的智能）的研究。随着产品性能的完善化及其结构的复杂化、精细化，以及功能的多样化，产品所包含的设计信息和工艺信息量猛增，随之生产线和生产设备内部的信息流量增加，制造过程和管理工作的信息量也剧增，因而促使制造技术发展的热点与前沿，转向了提高制造系统对于爆炸性增长的制造信息处理的能力、效率及规模上。专家认为，制造系统正在由原先的能量驱动型转变为信息驱动型，这就要求制造系统不但要具备柔性，而且还要表现出智能，否则是难以处理如此大量而复杂的信息工作量的。

其次，瞬息万变的市场需求和激烈竞争的复杂环境，也要求制造系统表现出更高的灵活、敏捷和智能。

2. 智能制造系统的特征

所谓智能制造系统（Intelligent Manufacturing System，IMS），就是智能制造模式展现的载体。与传统的制造相比，智能制造系统具有以下特征：

1）具有自律能力

自律能力是指搜集与理解环境信息和自身的信息，并进行分析判断和规划自身行为的能力。具有自律能力的设备称为"智能机器"，"智能机器"在一定程度上表现出独立性、自主性和个性，甚至相互间还能协调运作与竞争。

2）人机一体化

智能制造系统不单纯是"人工智能"系统，而是人机一体化智能系统，是一种混合智能。由于"人工智能"只能具有逻辑思维（专家系统），最多做到形象思维（神经网络），完全做不到灵感思维，因此，不可能全面取代制造过程中人类专家的智能。

人机一体化智能系统一方面突出人在制造系统中的核心地位，同时在智能机器的配合下，更好地发挥出人的潜能，使人机之间表现出一种平等共事、相互协作的关系，使机器智能和人的智能真正地集成在一起，互相配合，相得益彰。

3）虚拟现实（Virtual Reality）技术

这是实现虚拟制造的支持技术，也是实现高水平人机一体化的关键技术之一。虚拟现实技术以计算机为基础，融信号处理、动画技术、智能推理、预测、仿真和多媒体技术于一体；借助各种音像和传感装置，虚拟展示现实生活中的各种过程、未来产品及其制造过程，从感官和视觉上使人获得完全如同真实的感受。这种人机结合的新一代智能界面，是智能制造的一个显著特征。

4）自组织能力与超柔性

智能制造系统中的各组成单元能够依据工作任务需要，自行组成一种最佳结构，其柔性不仅表现在运行方式上，而且表现在结构形式上，故称为超柔性，如同一群人类专家组成的群体，具有生物特征。

5）学习能力与自我维护能力

智能制造系统能够在实践中不断地充实知识库，具有自学习功能。同时，在运行过程中具有自行故障诊断，并具备对故障自行排除、自行维护的能力。这种特征使智能制造系统能够自我优化并适应各种复杂的环境。

3. 智能制造的发展现状

目前，虽然智能制造总体而言尚处于概念和实验阶段，但各国政府均将此列入国家发展计划，大力推动实施，充分显示出智能制造对各国发展战略的重要性。

美国政府高度重视智能制造，并将其视为 21 世纪占领世界制造技术领先地位的基石。1991—1993 年连续两年度的美国国家科学基金（NSF）都着重资助了有关智能制造的诸项研究，这些项目覆盖了智能制造领域的绝大部分，美国政府希望借此改造传统工业并启动新产业。

　　加拿大在 1994—1998 年发展战略计划中，认为未来知识密集型产业是驱动全球经济和加拿大经济发展的基础，发展和应用智能系统至关重要，并将具体研究项目选择为智能计算机、人机界面、机械传感器、机器人控制等。

　　日本于 1989 年提出智能制造系统，且于 1994 年启动了先进制造国际合作研究项目，包括公司集成和全球制造、分布智能系统控制、快速产品实现的分布智能系统技术等。

　　欧盟 1994 年启动了新的 R&D 项目，选择了 39 项核心技术，其中三项（信息技术、分子生物学和先进制造技术）中均突出了智能制造的位置。

　　我国在 20 世纪 80 年代末也将"智能模拟"列为国家科技发展规划的主要课题，目前已在专家系统、模式识别、机器人等方面取得了一批成果。最近，国家科技部正式提出将"工业智能工程"作为技术创新计划中创新能力建设的重要组成部分，智能制造将是该项工程中的重要内容。

　　由此可见，智能制造正在世界范围内兴起，它突出了知识在制造活动中的价值地位，必将成为影响未来制造业的重要生产模式。

思考与练习题

1. 试述先进制造技术的特点及发展趋势。
2. 试述 CIMS 的五层递阶控制系统。
3. 快速成形加工方法的基本原理是什么？
4. 快速成形主要有哪些加工方法？如图 6-24 所示是何种类型的快速成形方法？

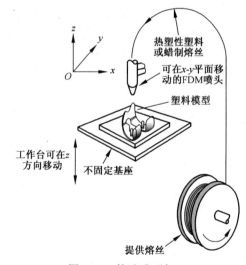

图 6-24　快速成形加工

5. 分析并行工程运行模式的特点，并比较并行工程与串行模式的区别。
6. 并行工程的使能技术有哪些？
7. 绿色制造的未来发展趋势有哪些？
8. 什么是智能制造？分析智能制造系统的特征。

综合实训

1. "精良生产"、"敏捷制造"等先进的制造生产模式，都改变了"设备至上"、"人是机器的附属"的传统管理思想，转变为"重视人的作用"，强调人在生产和管理中的重要性。请结合实际，谈谈对该问题的看法。

2. 写出下列简称的中文名称及英文全称：

    LP DFA DFM PDM IM AM CE TQM CAPP

参 考 文 献

[1] 庞丽君. 金属切削原理与刀具. 上海：国防工业出版社，2009.

[2] 陈日曜. 金属切削原理（第二版）. 北京：机械工业出版社，2002.

[3] 师汉民. 金属切削理论及其应用新探. 武汉：华中科技大学出版社，2005.

[4] 陆剑中. 金属切削原理与刀具. 北京：机械工业出版社，2006.

[5] 于俊一. 机械制造技术基础. 北京：机械工业出版社，2004.

[6] 卢秉恒. 机械制造技术基础. 北京：机械工业出版社，2007.

[7] 翁世修，吴振华. 机械制造技术基础. 上海：上海交通大学出版社，1999.

[8] 张良栋. 机械制造技术基础. 成都：西南交通大学出版社，2009.

[9] 邓文英，宋立宏. 金属工艺学. 北京：高等教育出版社，2008.

[10] 周桂莲，付平. 机械制造基础. 西安：西安电子科技大学出版社，2009.

[11] 王启平. 机械制造工艺学. 哈尔滨：哈尔滨工业大学出版社，2007.

[12] 王先奎. 机械制造工艺学. 北京：机械工业出版社，2006.

[13] 曾志新，吕明. 机械制造技术基础. 武汉：武汉理工大学出版社，2001.

[14] 崔明铎. 机械制造基础. 北京：清华大学出版社，2008.

[15] 张世昌. 机械制造技术基础（第二版）. 北京：高等教育出版社，2007.

[16] 徐嘉元. 机械加工工艺基础. 北京：机械工业出版社，1996.

[17] 陈立德. 机械制造装备设计. 北京：高等教育出版社，2010.

[18] 任假隆. 机械制造基础. 北京：高等教育出版社，2009.

[19] 尹成湖. 机械制造技术基础. 北京：高等教育出版社，2008.

[20] 宾鸿赞. 先进制造技术. 北京：高等教育出版社，2008.

[21] 倪小丹，等. 机械制造技术基础. 北京：清华大学出版社，2007.

[22] 冯之敬. 机械制造工程原理（第二版）. 北京：清华大学出版社，2008.

[23] 李凯岭. 机械制造技术基础. 北京：清华大学出版社，2010.

[24] 杨叔子. 机械加工工艺师手册. 北京：机械工业出版社，2004.

[25] 崔明铎. 工程材料及其热处理. 北京：机械工业出版社，2009.

[26] 董吉洪. 精密和超精密加工机床的现状及发展对策. 光机电信息，2010.Vol.27No.10. 1-9.

[27] 王贵成，张银喜. 精密与特种加工. 武汉：武汉理工大学出版社，2001.

[28] 张建华. 精密与特种加工技术.北京：机械工业出版社，2003.

[29] 郁鼎文，陈恳. 现代制造技术. 北京：清华大学出版社，2006.

[30] 顾新建，祁国宁，谭建荣. 现代制造系统工程导论. 杭州：浙江大学出版社，2007.

[31] 何涛，杨竞，范云. 先进制造技术. 北京：北京大学出版社，2006.

[32] 孙燕华. 先进制造技术. 西安：西安电子科技大学出版社，2006.

[33] 熊光楞. 并行工程的理论与实践. 北京：清华大学出版社，2001.

[34] 王隆太. 先进制造技术. 北京：机械工业出版社，2003.

[35] 盛晓敏. 先进制造技术. 北京：机械工业出版社，2000.

[36] AMT 专家组. 敏捷制造初阶. AMT-企业资源管理研究中心出版，2003.

[37] 刘飞. 绿色制造的理论与技术. 北京：科学出版社，2005.

[38] 卢小平. 现代制造技术. 北京：清华大学出版社，2003.

[39] 周凯，刘成颖. 现代制造系统. 北京：清华大学出版社，2006.

[40] 曾芬芳. 智能制造概论. 北京：清华大学出版社，2001.

读者服务表

尊敬的读者：

感谢您采用我们出版的教材，您的支持与信任是我们持续上升的动力。为了使您能更透彻地了解相关领域及教材信息，更好地享受后续的服务，我社将根据您填写的表格，继续提供如下服务：

1. 免费提供本教材配套的所有教学资源；
2. 免费提供本教材修订版样书及后续配套教学资源；
3. 提供新教材出版信息，并给确认后的新书申请者免费寄送样书；
4. 提供相关领域教育信息、会议信息及其他社会活动信息。

基本信息				
姓名		性别		年龄
职称		学历		职务
学校		院系（所）		教研室
通信地址				邮政编码
手机		办公电话		住宅电话
E-mail				QQ 号码

教学信息			
您所在院系的年级学生总人数			
	课程 1	课程 2	课程 3
课程名称			
讲授年限			
类　型			
层　次			
学生人数			
目前教材			
作　者			
出 版 社			
教材满意度			

书评
结构（章节）意见
例题意见
习题意见
实训/实验意见

您正在编写或有意向编写教材吗？希望能与您有合作的机会！		
状　态	方向/题目/书名	出 版 社
正在写/准备中/有讲义/已出版		

与我们联系的方式有以下三种：

1. 发 Email 至 yuy@phei.com.cn，领取电子版表格；
2. 打电话至出版社编辑 010-88254556（余义）；
3. 填写该纸质表格，邮寄至"北京市万寿路 173 信箱，余义 收，100036"

我们将在收到您信息后一周内给您回复。电子工业出版社愿与所有热爱教育的人一起，共同学习，共同进步！

反侵权盗版声明

电子工业出版社依法对本作品享有专有出版权。任何未经权利人书面许可，复制、销售或通过信息网络传播本作品的行为；歪曲、篡改、剽窃本作品的行为，均违反《中华人民共和国著作权法》，其行为人应承担相应的民事责任和行政责任，构成犯罪的，将被依法追究刑事责任。

为了维护市场秩序，保护权利人的合法权益，我社将依法查处和打击侵权盗版的单位和个人。欢迎社会各界人士积极举报侵权盗版行为，本社将奖励举报有功人员，并保证举报人的信息不被泄露。

举报电话：（010）88254396；（010）88258888

传　　真：（010）88254397

E-mail:　　dbqq@phei.com.cn

通信地址：北京市万寿路 173 信箱

　　　　　电子工业出版社总编办公室

邮　　编：100036